Mijn vader is beroemd (en ik straks ook)

Boeken van Jacqueline Wilson:

*De ster van het hotel*

*Vriendinnen – verliefd*

*Vriendinnen – door dik en dun*

*Vriendinnen – op stap*

*Vriendinnen – ruzie!*

*Vriendinnen!* omnibus

*Altijd prijs!*

# Mijn vader is beroemd

(en ik straks ook)

De Fontein
DAVIDSFONDS UITGEVERIJ

Voor Lisa en Millie

www.defonteinkinderboeken.nl
www.davidsfondsuitgeverij.be

Oorspronkelijke titel: *Little Darlings*


Voor deze uitgave:

Vertaling: Karin Breuker
Omslagafbeelding en illustraties: Juliette de Wit
Omslagontwerp en typografie: blauwblauw design | bno



ISBN 978 90 261 2868 4
D | 2011 | 2952 | 04
NUR 282

# HOOFDSTUK 1
# Destiny

'Lang zal ze leven, lang zal ze leven...'

Ik kruip onder mijn oude berendekbed vandaan en werk me op mijn ellebogen omhoog.

'Lang zal ze leven in de gloria, in de glóri-já, in de glóri-jaaa. Hieperdepiep, hoera! Gefeliciteerd met je verjaardag, Destiny!'

Mijn moeder pakt het dekbed beet en laat als een poppenspeler de twee grote berensnuiten met bromstemmen 'gefeliciteerd' zeggen. Ze doet dit spelletje al zolang ik me kan herinneren. Ik ben nu elf, dus ik zal er intussen wel veel te oud voor zijn, maar wat geeft het. Er is verder toch niemand bij.

'Dankjewel, Roodje, dankjewel, Blauwtje,' zeg ik, en ik geef allebei de dekbedberen een zoen.

Ik weet dat het een beetje suffe namen zijn, maar ik heb ze zo genoemd toen ik pas twee of drie was. 'En dankjewel, mam.'

Ik sla mijn armen om haar heen en geef haar een dikke knuffel. Ze voelt zo mager aan dat ik bang ben dat ik haar doormidden zal breken. Ze doet niet aan haar lijn, ze kan gewoon de tijd niet vinden om veel te eten. Nu we naar Bilefield zijn verhuisd, heeft ze dríé baantjes: 's morgens vroeg maakt ze schoon op de universiteit, daarna werkt ze de hele dag bij de thuishulp, en op vrijdag, zaterdag en zondag werkt ze tegenwoordig 's avonds bij de Dog & Fox – maar dat is ons geheimpje, want als zij in de kroeg werkt, moet ze mij alleen laten.

Ik vind het helemaal niet erg. Zij koopt pizza en ovenfrietjes voor me, die kan iedere sukkel opwarmen. Ik kan alle tv-programma's kijken die ik wil, en ik kan mijn geheime fantasiespelletjes spelen, en als ik ga slapen, ligt er altijd een briefje van mijn moeder in mijn bed. Soms is het een quizvraag over Danny Kilman: *Maak de laatste zin van het refrein af*, dat soort gekke dingen. Soms is het een boodschap: *Welterusten, lieve meid. Slaap lekker, en zorg dat de bedbeestjes je niet bijten.*

Toen we in de Latchford Estate woonden, hebben we echt een keer bedbeestjes gehad. Mijn moeder had een vriendin, die met haar twee kinderen in de flat boven ons woonde, en die hebben een paar weken bij ons geslapen toen die vriendin bij haar man was weggelopen. Ik denk dat zij die beestjes hadden meegenomen. Zij vertrokken, maar de beestjes bleven – afschuwelijke kleine kriebeldingen. Mijn moeder ving ze steeds met een stuk carbolzeep, en ze schrobde de hele matras schoon, maar ze bleven maar komen, met hun kriebelpootjes. Dus toen hebben we de matras maar opgegeven. We hebben hem de lift in gesleept en op het graslandje achter de vuilnisbakken gedumpt, waar iedereen zijn rommel neergooit.

Mijn moeder ging naar de sociale dienst om om een nieuwe matras te smeken. Ze hadden daar iets van: Tja, jullie wonen in de Latchford Estate, dus jullie zijn aso's. Wij kunnen er ook niets aan doen dat jullie smerig zijn, we kunnen jullie moeilijk iedere vijf minuten een nieuwe matras geven. Dus mijn moeder zei dat ze de pest konden krijgen, en toen hebben we maandenlang zonder matras gedaan. We gingen gewoon samen op de bank slapen, met het dekbed van mijn moeder onder ons en mijn berendekbed over ons heen. Ik vond het wel fijn om zo knus tegen elkaar aan te liggen, maar mijn moeder kreeg er rugpijn van.

Ik denk dat dat de belangrijkste reden was waarom ze iets met Steve begon. We gingen bij hem in zijn chique huis wonen en hij kocht van alles voor ons. Niet alleen nieuwe matrassen, maar ook splinternieuwe ledikanten. Zij hadden een prachtig hemelbed, net als in een sprookje. Mijn bed was heel gewoon. Mijn moeder wilde een mooi nieuw dekbedovertrek met een bijpassende kussensloop voor me kopen. Ze had het al helemaal uitgezocht, met wit kant en roze roosjes erop geborduurd. Ik vond het prachtig, maar ik had geen zin om Steve dankbaar te moeten zijn, dus ik zei dat ik liever mijn oude berendekbed wilde houden. En ik was blij dat ik dat had gedaan. Als mijn moeder en Steve in hun prachtige bed lagen, kon ik me lekker opkrullen, met Roodje aan mijn ene en Blauwtje aan mijn andere kant, en dan gingen we zogenaamd lekker samen picknicken in het bos.

Ik kan vaak moeilijk in slaap komen, en met Steve erbij

kon ik niet bij mijn moeder in bed kruipen, dus ik heb héél vaak samen met Roodje en Blauwtje gepicknickt. Als het heel erg was, gingen we op vakantie naar verre landen, mooie dingen bekijken en zwemmen en zonnen. Zulke kinderachtige dingen doe ik nu natuurlijk niet meer. Nou ja, niet vaak meer. En Steve en zijn chique huis en zijn hemelbed zijn verleden tijd.

Hij begon mijn moeder te slaan, en dat liet ze even toe, maar toen begon hij met mij, en dat pikte ze niet. Dus toen zijn we gevlucht, mijn moeder en ik, met twee koffers vol kleren, mijn dekbed, mijn moeders make-up, onze kleine cd-speler, al mijn moeders cd's van Danny Kilman en haar grote Danny-plakboek. We konden niet hard lopen met die koffers – we moesten ze letterlijk achter ons aan slepen.

Uiteindelijk belandden we in een opvangtehuis, waar de kleine kinderen steeds huilden en de grote kinderen ruziemaakten en een van de vrouwen al onze Danny-spullen probeerde te jatten. Mijn moeder sloeg haar helemaal in elkaar toen ze haar betrapte – mijn kleine moeder tegen een nijlpaard van een vrouw van minstens honderddertig kilo – kom niet aan mijn moeders Danny Kilmanverzameling. Daarna kregen we een huis in weer een andere achterbuurt, niet veel beter dan Latchford. Mijn moeder zei dat ze haar lesje had geleerd. Voor haar geen andere man meer, al woonde hij in Buckingham Palace.

Ze probeerde van onze nieuwe flat een echt huisje te maken. Ze schilderde alle muren in verschillende vrolijke kleuren en maakte mooie bloemetjesgordijnen voor de ramen. Maar het was zo vochtig dat het plafond steeds weer zwart werd van de schimmel, hoe vaak ze het ook schilderde, en de gordijnen waren iedere ochtend kletsnat van de condens.

Maar toen kregen we een mazzeltje! Een van de speciale vaste klanten van mijn moeder, Harry Benson, een lieve oude baas bij wie ze iedere donderdagochtend schoonmaakte, kreeg longontsteking, belandde in het ziekenhuis en overleed. Mijn moeder was verdrietig, want ze had die oude Harry altijd erg aardig gevonden. Ze was iedere week verschillende keren voor hem naar de winkel gegaan om zijn *Sun*, zijn sigaretten, een pak melk en zijn favoriete koekjes te kopen, en soms zette ze geld voor hem in bij de paardenraces. Hij moet haar erg dankbaar zijn geweest, want hij liet haar in zijn testament al zijn spaargeld na.

Hij had vaak tegen mijn moeder gezegd dat hij dat zou doen, omdat hij geen familie had om het aan weg te geven. Zij was erg ontroerd, maar ze verwachtte er niet te veel van. Harry woonde in precies zo'n huurflat als wij, en de spullen die hij had staan, leken van de rommelmarkt te komen: een stenen hond waar de oren van waren afgebroken, gebarsten kopjes met de tekst *Groeten uit Margate*, een verbleekte foto van een vrouw met een groen gezicht, dat soort dingen. Maar het bleek dat hij bijna 25.000 pond in een kluis had zitten!

Misschien had hij een keer een groot bedrag gewonnen bij de paardenraces, of misschien had hij zijn hele leven lang geschraapt en gespaard, ik weet het niet. Mijn moeder huilde en huilde toen ze erachter kwam. Ze nam me mee naar het crematorium. Ze wist dat ze zijn as hadden uitgestrooid in de rozentuin, dus ze kroop daar op haar knieën rond en fluisterde tegen Harry dat ze hem ontzettend dankbaar was. Ze dwong mij om hetzelfde te zeggen, hoewel het wel een beetje raar voelde om te praten tegen een stelletje rode en gele rozen. Ik keek steeds bezorgd naar de bloemblaadjes, om te controleren of er geen schilfertjes van dode mensen op lagen.

Ik hoopte dat mijn moeder en ik op een fantastische vakantie zouden gaan, een levensechte versie van mijn nachtelijke fantasieën, maar zij hield het bij een dagje Blackpool. (Ik ben wel de zee in geweest, hoewel het water ijskoud was en mijn tenen blauw werden. Ik heb ook patat gegeten, en twee ijsjes, en ik heb een speelgoedgorilla gewonnen op de pier, dus het was een heerlijk dagje uit.) Ze gebruikte het geld als aanbetaling op ons eigen huis.

Het is maar een heel klein huisje, een voormalig huurhuis in de Bilefield Estate. De wijk staat bekend als de beste van alle goedkope wijken – bijna geen drugsverslaafden, veel koopwoningen, en Balefield Primary zou een goede school zijn. Mijn moeder is er erg op gebrand dat ik goed onderwijs krijg. We hebben dus een heel nieuwe start gemaakt – maar ik vind het eerlijk gezegd niet geweldig. Ik háát de school, want iedereen in de klas heeft zijn eigen groepje vrienden en vriendinnen en ik ben nieuw en heb niemand. Niet dat ik met iemand van dat zooitje bevriend wil zijn.

Mijn moeder zegt dat we nu veel beter af zijn, maar dat bedoelt ze vast niet financieel, want al haar geld gaat op aan de hypotheek. Ze heeft niets over om eens iets extra's te doen. Ik kan geen nieuwe kleren kopen, of een computer, of een iPod. Zelfs geen mobieltje, zoals bijna alle andere kinderen in mijn klas hebben. Mijn moeder zegt dat het het waard is, omdat we nu ons eigen huis hebben. Ik ben daar eerlijk gezegd niet zo zeker van. Vooral niet op speciale dagen, zoals Kerstmis. En verjaardagen. Zoals vandaag.

'Zo, ga nu maar eens mooi rechtop zitten in je bed, verjaardagsmeisje, dan kom ik je een speciaal verjaardagsontbijt brengen,' zegt mijn moeder, met stralende ogen.

Ze loopt nog in haar oude roze ochtendjas. Ik kijk op mijn wekker.

'Mam, het is al halfacht! Straks kom je te laat op je werk!'

Mijn moeder grijnst en geeft me een tikje op mijn neus. 'Nee hoor. Ik heb Michelle en Lana gevraagd om voor me in te vallen bij de universiteit, en Louella doet mijn eerste oude dame. Vandaag is een speciale dag – de verjaardag van mijn lieve meid. Wacht even!'

Ze rent naar de deur en buigt zich over een dienblad dat op de grond staat. Ik hoor haar een lucifer aansteken. Dan pakt ze zachtjes grinnikend het dienblad op en loopt er voorzichtig mee naar het bed.

'O, mam!'

Ze heeft een boterham besmeerd met boter en stroop, een van mijn lievelingshapjes, en er elf roze kaarsjes in gestoken.

'Blaas ze maar uit, Destiny, snel! Als je ze allemaal in één keer uitblaast, mag je een wens doen!'

Ik blaas hard en handig, en krijg alle kaarsjes uit. Dan knijp ik mijn ogen dicht en vraag me af wat ik zou moeten wensen. Dat ik een beste vriendin had? Dat mijn moeder niet zo hard zou hoeven werken? Dat ik een echte vader had?

Dan haal ik mijn kaarsjes eruit, zuig de stroop van de houdertjes en eet mijn verjaardagsbrood op. Mijn moeder gaat koffie zetten, en als ze ermee terugkomt, heeft ze een heel dienblad vol pakjes bij zich: een middelgroot pak, een wat kleiner pakje, en een heel kleintje. Er zijn ook twee enveloppen, een grote en een kleine, met mijn naam op de voorkant, in het krullerige, achterover hangende handschrift van mijn moeder: *Destiny*.

'Twee verjaardagskaarten, mam?' zeg ik.

'Bewaar de kleinste maar voor het laatst,' zegt mijn moeder.

Dus ik doe de grootste envelop het eerste open, en daar komt een kaart voor de dag die mijn moeder zelf heeft gemaakt. Ze heeft allerlei plaatjes uit tijdschriften geknipt – honden, katten, konijnen, pony's, zandstranden, bloemen, flitsende auto's, grote dozen chocola, enorme ijsjes – en heeft die op een stuk papier geplakt om er een waanzinnig geheel van te maken.

'Het zijn allemaal dingen waar je van houdt,' zegt mijn moeder.

Ik draai de kaart om. Mijn moeder heeft er in prachtige roze en paarse letters een boodschap op gezet: *Voor mijn liefe schat Destiny op haar ellefde verjaardag. Heel veel liefs van mama.*

Ik ben heel goed in spellen, maar mijn moeder niet. Ik zou haar nooit van mijn leven op haar spelfouten wijzen. Ik geef haar een dikke knuffel.

'Ik hou zoveel van je, mam,' zeg ik.

'Vind je het niet erg dat het geen echte kaart is?'

'Ik vind jouw kaarten veel mooier,' zeg ik snel.

Ik verwacht ook geen echte cadeautjes. Mijn moeder probeert vaak zelf dingen voor me te maken, of ze koopt spullen op de rommelmarkt en maakt die schoon, maar nu staat me een verrassing te wachten. In het grootste pak zit een zwarte spijkerbroek, gloednieuw van de Primark, met het kaartje er nog aan. In het tweede pakje zit een nieuw zwart T-shirt, echt diepzwart, zonder vlekken onder de armen, dus duidelijk nooit gedragen of gewassen. Het enige vreemde cadeautjes is het laatste: een paar kleine, zwarte nethandschoentjes.

'Vind je ze leuk? Ik heb ze op de markt gevonden. Ik heb er voor mezelf ook een paar gekocht. Ze lijken een beetje op de handschoentjes die Danny aanheeft op zijn vroegste foto's.'

'O, ja. Ze zijn cool, mam. Ik vind ze prachtig,' zeg ik. Ik trek ze aan en laat mijn handen als kleine zwarte spinnetjes over het bed kruipen.

'We moeten dus iets vinden waar je naartoe kunt gaan als je helemaal mooi aangekleed bent in je zwarte spijkerbroek en je T-shirt en je handschoentjes,' zegt mijn moeder. Ze zit met haar handen te friemelen, alsof ze als een klein kind op en neer zou willen springen van ongeduld. 'Maak de envelop open, Destiny! Toe maar!'

Ik maak hem open en vind twee treinkaartjes... naar Londen!

'O, wauw!' zeg ik.

Ik ben maar één keer in Londen geweest. Dat was in een weekend, met Steve. Eerst was hij in een erg goede bui en hij liet ons Buckingham Palace zien, waar de koningin woont, en Trafalgar Square met de grote leeuwen, en toen gingen we naar een heel grote, chique winkel, Harrods, en hij kocht een jurk voor mijn moeder, en 's avonds gingen ze naar een nachtclub. Maar de volgende ochtend was Steve in een verschrikkelijk slechte bui en wilde hij helemaal niets meer doen.

'Waar gaan we naartoe, mam?' zeg ik. 'Buckingham Palace en Trafalgar Square?'

'Die hebben we al gezien,' zegt mijn moeder.

'O, goed, zullen we dan naar die winkel gaan, naar Harrods? Niet om dingen te kopen, alleen om rond te kijken. We kunnen spelen dat we een paar superrijke stinkerds zijn die de hele winkel leeg gaan kopen.'

'Ja, goed, dat kunnen we doen als we 's middags aankomen, maar 's avonds gaan we ergens anders naartoe. We gaan naar een filmpremière,' zegt mijn moeder.

Ik staar haar aan. Soms verzint ze gewoon dingen, net als ik.

'Nee, dat geloof ik niet!' zeg ik.

'Jawel, dat gaan we doen! Nou ja, we gaan niet de film zelf zien – dat is natuurlijk voor de sterren – maar wij gaan kijken als iedereen daar aankomt en op de rode loper staat. Ik heb dat wel gezien op tv. Je kunt heel dicht bij de sterren komen, je kunt zelfs tegen ze praten. En Destiny, raad eens wie daar is? Raad eens!'

Ik kijk mijn moeder aan en schud mijn hoofd. 'Ik weet het niet,' zeg ik. Ik heb echt geen flauw idee.

Ik weet niet veel van filmsterren. Zij is degene die altijd urenlang de sterrenrubrieken in de tijdschriften uitpluist, ik niet. Ik begrijp niet goed waarom ze zich zo druk maakt. Ze bijt op haar lippen en heeft haar handen tot vuisten gebald.

'Danny komt daar!' zegt ze.

'Onze Danny?'

'Ja, ja!'

'Maar hij is geen filmster.'

'Ik heb erover gelezen in het fanclubblad. Het is een film over een nieuwe band... *De Milky Stars...*'

'Heeft Danny een nieuwe band?' vraag ik.

'Nee, nee... o, ik wou dat het wáár was! Wat zou het geweldig zijn om hem te zien spelen! Nee, volgens het artikel dat ik heb gelezen, speelt Danny een grote rockster, een beetje zoals hijzelf... Maar hoe dan ook, de filmpremière is op zaterdag, en er stond dat Danny erbij zal zijn. En ik ben al heel lang aan het sparen voor iets bijzonders voor jouw verjaardag, dus toen dacht ik: Ik koop treinkaartjes, en nieuwe kleren voor jou. Want het is tijd dat je hem ontmoet, Destiny. Het is tijd dat je... je vader ontmoet.'

De laatste woorden fluistert ze eerbiedig. Het is zo'n

groot geheim dat we er zelden over praten. Mijn moeder heeft het behalve aan mij nog nooit aan iemand verteld, en ik zou het ook nooit aan iemand vertellen, al was het mijn allerliefste vriendin.

Mijn vader is Danny Kilman. Zelfs als het geen geheim zou zijn, denk ik niet dat het zin zou hebben om het aan iemand te vertellen, want wie zou me geloven? Mijn moeder heeft Danny ontmoet toen ze achttien was. Ze hield al van hem toen ze zo oud was als ik. Ze kocht al zijn albums en de muren van haar slaapkamer hingen vol met posters van hem. Ze had een paar vriendjes gehad, maar Danny was de enige man van wie ze ooit heeft gehouden. Ze was dolblij toen Danny en zijn groep kwamen spelen in het Apollo. Ze wist een kaartje te bemachtigen en ging er samen met haar vriendin Julie naartoe. Ze gilden zich schor en na afloop gingen ze naar het Midland Hotel, in de hoop dat ze de band daar nog zouden zien. En toen werden ze binnen gevraagd om iets te komen drinken.

Mijn moeder zei dat het de mooiste avond van haar leven was – ze kon het gewoon niet geloven. Ze praatte echt met Danny Kilman! Ze zat op zijn schoot! Ze zoende hem!

Ze zei dat hij heel anders was dan ze zich hem had voorgesteld. Hij was stil en zelfs een beetje verlegen, en hij was heel zorgzaam voor haar, een echte heer.

Mijn moeder zegt dat ze maar heel kort iets met elkaar hebben gehad, maar het was een heftige liefdesaffaire tussen mijn kleine moedertje en rockgod Danny.

'Ik had toen ter plekke van huis moeten weglopen,

mijn baan moeten opzeggen en met hen mee moeten gaan naar Londen,' zegt mijn moeder vaak verdrietig. 'Ik had moeten beseffen dat je over zo'n grote afstand geen goede relatie in stand kunt houden, niet met iemand als Danny. Ik neem het hem niet echt kwalijk dat hij iets met Suzy kreeg. Ik wil niet katten, maar ze heeft zich vreselijk aan hem opgedrongen, iedereen weet dat. Het heeft in alle roddelbladen gestaan. Ik besloot dat ik het niet erg vond dat hij een korte affaire met haar had. Ik bedoel, zijn eerste huwelijk was toen al voorbij, dus hij was vrij om te doen en laten wat hij wilde. En Suzy was toen zelf al een beroemd fotomodel en erg knap – hoewel ik altijd vond dat ze er een beetje hard uitzag. Maar toen, net in de tijd dat ik erachter kwam dat ik in verwachting was, in verwachting van mijn Dan, stond die verpletterende kop in de krant: DANNY KILMAN TROUWT MET SUZY SWINGER – BLIKSEMHUWELIJK IN LAS VEGAS, en ik besefte dat het te laat was. Wat kon ik doen? Als ik het hem vertelde, liep ik het risico zijn piepjonge huwelijk kapot te maken. Dat kon ik niet doen. Dat zou zo oneerlijk zijn.'

Ik vermoed dat mijn moeder dacht dat ze maar het beste haar tijd kon afwachten. Ze had nooit verwacht dat zijn huwelijk zou standhouden. Maar ze waren pas een paar maanden getrouwd toen Suzy niet meer halve nachten met Danny ging feesten. Ze begon wijde topjes te dragen en het was duidelijk dat ze een baby kreeg. Danny's baby.

'Je halfzusje, Destiny,' zei mijn moeder.

Vanaf de allereerste foto's, drie dagen na haar geboorte, hield ze een apart plakboek bij. 'Omdat ze familie is.'

Ik groeide op en wist alles van het leven van die zus van mij die ik nog nooit had ontmoet, Sunset.

'Ik wed dat Suzy die naam heeft bedacht,' snoof mijn moeder.

We hebben veel meer foto's van Sunset dan van mij. Ik vond altijd die babyfoto leuk van Sunset in haar witte speelpakje, met een capuchon met konijnenoortjes. Mijn moeder probeerde er ook een voor mij te maken. Ze stikte een paar oren op mijn minicapuchonnetje, maar ze kreeg de vorm niet goed. De oortjes werden te klein en te rond, zodat ik er uiteindelijk uitzag als een klein wit ratje. Toen Sunset eenmaal begon te lopen, gaf mijn moeder het op om nog dezelfde kleertjes voor mij te maken, omdat Sunset zulke prachtige designkleertjes kreeg. Toen ik oud genoeg was, zaten mijn moeder en ik ze samen urenlang te bestuderen en herhaalden vol ontzag de namen van de Franse en Italiaanse ontwerpers.

De allermooiste foto van het hele plakboek vind ik die van Sunset en Danny op een wit strand in Barbados. Suzy staat er ook op, in de schaduw op de achtergrond. Haar buik puilt boven haar bikinibroekje uit, omdat ze zes maanden zwanger is van Sweetie, mijn volgende halfzusje. Danny ligt languit op het strand. Hij ziet er heel knap en bruin uit, met een gekke lange zwembroek tot zijn knieën, en Sunset zit naast hem en is druk bezig zijn voeten in te graven in het zand. Ze heeft haar haar in een knoedeltje boven op haar hoofd, een enorme zonnebril op haar neus – misschien geleend van Suzy – en een rood met wit gestreept badpak aan. Ze grijnst ondeugend naar haar vader en ziet er zo gelukkig uit. Ik staarde altijd naar die foto tot ik de zon op mijn huid kon voelen, het gekabbel van de golven kon horen en het zand kon voelen terwijl ik stralend glimlachte naar mijn vader.

## HOOFDSTUK 2

# Sunset

'Even lachen!'

'Allemaal even lachen! Deze kant op!'

'Kijk naar mij! Jij daar aan het eind, liefje, lach eens even.'

'Hé, poppetje met je rode laarsjes – láchen!'

Dat ben ik. Ik ben de enige die niét lacht. Mijn vader geeft de fotografen zijn beroemde scheve grijns, gooit zijn lange, verwarde haren uit zijn gezicht en neemt een coole pose aan in zijn zwarte gothic kleren en zijn glimmende zilverkleurige honkbalschoenen. Hij is papa niet meer. Hij is nu helemaal de Grote Danny, tot de wanstaltige met diamanten ingezette doodshoofdring aan zijn pink aan toe.

Mijn moeder glimlacht ook en pronkt met haar nieuwe roze kapsel, precies dezelfde kleur als haar met ruches versierde jurk met bloemen. De jurk is ingesnoerd met een brede zwarte riem met glitters en ze draagt een zwarte visnetpanty aan haar lange benen, met een paar krankzinnig hoge Louboutins met rode zooltjes eronder. Ze is geen fotomodel meer, maar ze weet nog heel goed hoe ze voor de dag moet komen.

Mijn zusje Sweetie is nu al net een klein modelletje. Haar blonde haar is voor vandaag speciaal glad geföhnd. Het zwiert in een glanzende waterval om haar schouders. Mijn moeder heeft haar een beetje paarse oogschaduw op laten doen, die mooi past bij haar paarse balletjurkje. Ze draagt er een klein zwartfluwelen jasje boven, versierd met alle broches en speldjes die ze heeft, en ze heeft een zwart met paars gestreepte panty aan met een paar kleine, puntige laarsjes eronder. Ze heeft haar outfit zelf samengesteld, hoewel ze pas vijf is. Sweetie weet al vanaf haar peutertijd hoe ze zich moet gedragen als het kind van een beroemdheid.

Ace kan nog maar net lopen en geeft geen bal om beroemdheid. Hij zou eigenlijk een miniatuurversie van de outfit van mijn vader aankrijgen, maar hij gilde en schopte en zei dat hij die stomme kleren niet aan wilde. Hij wilde zijn tijgerpak aan, en anders ging hij bijten. Hij is dus in zijn tijgerpak – zwart-goud gestreept met een lange staart, en mijn moeder heeft tijgerstrepen en snorharen op zijn gezicht geschilderd.

Iedereen roept 'Aaaa' en maakt vertederde geluiden als ze hem zien. Ace gromt en zij doen of ze bang zijn. Het is allemaal show, maar Ace vindt het prima om de hele dag en desnoods tot diep in de nacht tijgertje te spelen.

Hij heeft het niet zo begrepen op de flitslampen van de fotografen. Hij knippert met zijn ogen, duikt weg en pakt mijn moeders hand. Zij tilt hem op en geeft hem een knuffel terwijl hij zijn gezicht in haar nek duwt, en hij weet een klein glimlachje op te brengen.

Maar ik niet. Ik kan niet glimlachen. Ik mag het niet.

'Denk eraan, houd je tanden bedekt, anders bederf je de foto,' siste mijn moeder toen de Mercedes aan het begin van de rode loper stilhield.

Ik heb een spleetje tussen mijn voortanden en mijn hoektanden staan te ver naar buiten. Mijn moeder zegt dat ik een paar kiezen moet laten trekken en een beugel moet nemen, maar ik ben bang voor de pijn. En hoe dan ook, de orthodontist zegt dat we nog een paar jaar moeten wachten. Ik zou liever een paar ééuwen wachten. Trouwens, als mijn tanden goed staan, bederf ik evengoed iedere familiefoto. Ik ben niet klein en blond en schattig, zoals Sweetie en Ace. Zij lijken op mijn moeder. Ik lijk op mijn vader. Ik ben donker en ik heb wilde haren en een grote neus. Voor hem is dat prima, maar bij mij staat het afschuwelijk.

Mijn kleren zien er ook niet uit. Mijn moeder heeft ze voor me uitgezocht, omdat ze dat niet aan mij durft over te laten. Ik heb geen idee welke kleren goed bij elkaar staan (en het kan me niet schelen ook), en de enige schoenen die ik leuk vind, zijn schoenen die lekker zitten. Ik zou het prima vinden om net als mijn vader een paar glimmende honkbalschoenen aan te trekken, maar mijn moeder zegt dat ik er dan net uitzie als een jongen. Nu heb ik van die stomme paarse schoenen met superhoge hakken aan. Sweetie vindt ze prachtig en kan bijna niet wachten tot ze groot genoeg is om ze zelf te dragen, maar zelfs mijn moeder zegt dat vijf jaar te jong is voor hoge hakken.

Ik heb een rare, nepleren legging aan die kriebelt en overal blijft plakken, met een blauwfluwelen vestje erboven. Ik vind fluweel verschrikkelijk aanvoelen, vooral omdat ik op mijn nagels bijt. Iedere keer als de rauwe randjes van mijn vingers het fluweel raken, krijg ik koude rillingen.

Dus nee, sorry, ik lach niet. Mijn moeder vindt het niet goed, en om eerlijk te zijn heb ik er ook geen zin in. Ik haat dat rodelopergedoe. Dit is de filmpremière van *De Milky Stars*, een grappige film over een jongensband, en mijn vader heeft een klein rolletje als een wilde rockster. Nou, hij ís een wilde rockster, hoewel hij al een hele tijd geen hit meer heeft gehad en al in geen jaren een behoorlijk concert heeft gegeven. Maar daar mag ik nooit, nooit, nooit iets over zeggen. Toch is hij nog steeds superpopulair – de mensen aan weerskanten van de rode loper gillen zijn naam.

'Danny! Hé, Big Danny!'

'Ik hou van je, Danny.'

'Mag ik je handtekening, Danny? Alsjeblieft!'

'Ik ben je allergrootste fan, voor eeuwig en altijd.'

'Voor eeuwig en altijd', *Always and Forever*, is de titel van mijn vaders nummer één-hit. Het is het nummer dat iedereen kent. Het heeft wekenlang in de top 10 gestaan, het is een vast verzoeknummer bij alle radiostations als er oude hits worden gedraaid, en vorig jaar was het de herkenningsmelodie van een romantische comedyserie op tv. Het is het nummer waar mensen altijd om schreeuwen bij concerten. Sommige mensen in het publiek schreeuwen het nu, met hun armen zwaaiend in de lucht. Het zijn bijna allemaal vrouwen, de meesten ouder dan mijn moeder. Sommigen zouden zelfs al oma kunnen zijn, maar ze zingen en schreeuwen als tieners.

Mijn vader begint ook te zingen, maakt grapjes, loopt naar de metalen afzetting, en geeft glimlachend handtekeningen weg, omdat de camera's nog steeds flitsen. Mijn moeder blijft dicht naast hem. Ze draagt Ace op haar arm en houdt Sweetie bij haar hand. Ik struikel onhandig achter ze aan, met mijn lelijke tanden op elkaar geklemd.

In de menigte zie ik een meisje staan van ongeveer mijn leeftijd. Ze is lang en slank en heeft haar donkere haar in een paardenstaart. Er staat een vrouw naast haar, misschien haar moeder of een oudere zus, want zij is ook slank en donker, met dezelfde paardenstaart. Ze zijn allebei in het zwart gekleed, met kleine zwarte nethandschoentjes. Heel lang geleden droeg mijn vader die ook, ze waren zijn speciale handelsmerk.

Ze staren allebei gespannen naar mijn vader.

'Hé, Danny, kijk! Hier is ze, je "Destiny"!' schreeuwt de vrouw. Ze wijst naar haar dochter en prikt met haar wijsvinger in haar arm. Het meisje lijkt het geschreeuw en geprik van haar moeder niet erg te vinden. Ze steekt haar platte borst trots naar voren en schreeuwt zelf ook.

'Ja, ik ben Destiny!' roept ze met schitterende ogen. Haar hele gezicht straalt.

Héét ze zo? Hoe kan ze daar zo trots op zijn?

*Destiny* is ook een nummer van mijn vader, hoewel het

is weggestopt op een van zijn vroegere albums en alleen zijn ware fans ervan hebben gehoord.

*Destiny, you are my Destiny,*
*All the world to me.*
*Even though we're apart*
*You're always in my heart,*
*That's where you'll stay*
*For ever and a day.*
*When the wind blows*
*When the grass grows,*
*Till the moon glows blue*
*I'll love you true.*

Niet echt geweldig, toch? En Destiny is geen normale naam. Ik vind dat er een wet zou moeten zijn die ouders verbiedt hun kinderen afschuwelijke namen te geven. Mijn eigen naam staat nummer één op de lijst. Sunset. Ja, hoor. Ik weet zeker dat je erom moet grinniken. Dat doet iedereen.

'Sunset!' sist mijn moeder in mijn oor. 'Kom op, we gaan nu.'

De fotografen hebben hun toestel allemaal gericht op het begin van de rode loper, waar een blonde actrice gillend de voorkant van haar jurk bij elkaar probeert te houden, omdat een van haar borsten eruit is gewipt.

'Ze doet het expres, dat kan iedere idioot zien,' zegt mijn moeder. 'Kom op, Sunset, doorlopen.'

'Danny, o, Danny, ga alsjeblieft niet weg! Kom hiernaartoe! Hier!' gilt Destiny's moeder wanhopig.

'Kun je papa niet vragen om ze even gedag te zeggen?' vraag ik aan mijn moeder.

Ze zucht, met opgetrokken wenkbrauwen. De fotografen zijn doorgelopen om het probleem met de jurk van de actrice vast te leggen.

'Dat heeft geen zin,' zegt ze. 'Ze maken al geen foto's meer van papa. Nee, loop maar door.'

Ik loop door, maar niet snel, en ik kijk over mijn schouder. Destiny's moeder staat nog steeds te gillen. Haar ogen puilen uit, haar mond staat wijd open en ze ziet er eng uit, alsof ze niet goed bij haar hoofd is. Ik kijk naar Destiny, en zij kijkt terug naar mij. Ze heeft zo'n vreemde, hunkerende uitdrukking op haar gezicht. Zij zal toch niet óók verliefd zijn op mijn vader? Daar is hij veel te oud voor. Zij staart en ik staar. Het is bijna alsof we elkaar kennen.

Ik huiver en draai me om naar mijn vader. Hij zwaait nog één keer naar het publiek, drukt een kus op zijn hand en doet alsof hij hem de lucht in gooit... en dan loopt hij de bioscoop in, met Sweetie hangend aan zijn hand. Mijn moeder loopt naast hem, met Ace op haar heup. Zij worden ook door het gebouw opgeslokt.

Ik sta in mijn eentje op de rode loper te aarzelen. Een beer van een veiligheidsagent loopt met grote stappen op me af.

'Ben jij de dochter van Danny Kilman?' vraagt hij.

Ik knik.

'Naar binnen dan, juffie,' zegt hij en hij duwt me naar de ingang.

Ik kijk nog één keer achterom naar Destiny en haar moeder. Ik geloof dat de moeder húílt. Ik voel me zo rot, maar ik kan niets doen. Ik loop onzeker de bioscoop binnen. Zwikkend op mijn hoge hakken loop ik verloren tussen de kletsende menigte door. Ik draai om mijn as; ik weet niet waar ik naartoe moet of aan wie ik de weg moet vragen, maar dan voel ik dat mijn moeders hand mijn schouder vastgrijpt.

'In godsnaam, Sunset, waar ben je nou mee bézig?' fluistert ze. 'O, shít, nou heb ik door jou mijn nagel gebroken!'

Een van haar valse nagels hangt als een klein, roze pikhouweeltje in mijn vestje.

'Kom snel mee naar het damestoilet,' zegt mijn moeder. Ze sleept me achter zich aan. 'Je moet je legging optrekken. Hij is helemaal afgezakt, het ziet er bespottelijk uit.'

'Hij ís ook bespottelijk,' mompel ik, terwijl ik achter mijn moeder en Sweetie aan hobbel.

Ik zie mijn vader nu, die nog steeds lol staat te maken. Ace zit op zijn schouders en kraait van plezier.

De toiletruimte staat vol prachtige jonge vrouwen in korte, zwarte jurkjes. Ze omhelzen elkaar, drukken kussen op poederige wangen en lopen wankelend heen en weer op hun torenhoge hakken. De meesten besteden geen aandacht aan mij, maar een paar buigen zich vertederd over Sweetie en bewonderen haar balletjurkje en haar speldjes. Zij kijkt ze vrolijk glimlachend aan, gooit haar lange, glanzende haren naar achteren en vertelt ze wat de speldjes voorstellen. Ze slist een beetje, omdat ze weet dat mensen haar dan nog schattiger vinden.

'Ik kom zo bij je terug, Sweetie,' zegt mijn moeder. Ze duwt mij een wc-hokje in en perst zichzelf erbij.

'Kom híér,' sist ze. Ze sjort aan mijn afschuwelijke legging. 'Ik zal je even helpen.'

Ik bloos, doodsbenauwd dat de mooie vrouwen buiten zullen denken dat ze me moet helpen met naar de wc gaan. Ik word helemaal warm. Mijn legging plakt tegen mijn vochtige huid en maakt gênante knerpende geluiden terwijl mijn moeder eraan trekt. Dan, net als ze hem helemaal omhoog heeft getrokken en glad heeft gestreken, kijk ik naar de wc naast me en merk opeens dat ik nodig moet. Ik moet het hele ritueel nog een keer overdoen: eerst de legging naar beneden stropen en dan weer ophijsen.

'Tjongejonge, zeg,' sist mijn moeder. Ze ziet rood van het bukken en trekken. 'Je bent nota bene de óúdste, Sunset. Je bezorgt me meer werk dan Sweetie en Ace bij elkaar.'

Ik voel mijn wangen branden. Tranen springen in mijn ogen.

'Ga nou niet staan janken!' zegt mijn moeder. Ze schudt me aan mijn schouders een beetje heen en weer. 'Wat mankéért jou? Dit is een fééstje.'

Als we eindelijk uit het wc-hokje komen, staat er een hele rij vrouwen te wachten, maar Sweetie is nergens te bekennen.

'O, mijn god,' zegt mijn moeder, en ze slaat haar hand voor haar mond. Maar dan horen we Sweetie lachen.

Ze staat om de hoek, in een ruimte met nog meer spiegels. Ze heeft een paar hoge hakken van iemand geleend en flaneert over het tapijt. Ze schudt met haar haar en laat haar gaasrokje uitwaaieren. Iedereen lacht, Sweetie zelf het hardst van allemaal.

'Kijk, mam, moet je mij zien!' roept ze, terwijl ze met zwikkende enkels een rondje draait. 'Mijn hakken zijn veel hoger dan die van Sunset! En ze zijn ook veel hoger dan die van jou! Ben ik nu niet groot?'

'O, zeker, je bent heel erg groot, je lijkt wel 21,' zegt mijn moeder droog, maar haar hele gezicht is nu zacht van liefde. 'Kom, lieverd, geef die aardige mevrouw haar mooie schoenen terug en stop jij je pootjes maar weer in je laarsjes. We willen papa niet laten wachten.' Die laatste zin klinkt een beetje onheilspellend. Sweetie voelt het onmiddellijk aan en schopt snel haar hoge hakken uit.

'Wie is je papa dan?' vraagt het meisje dat Sweetie haar schoenen had geleend.

'Mijn papa is Danny Kilman,' zegt Sweetie.

'O, wauw!' zegt het meisje. De mensen komen dichterbij staan en zijn zichtbaar onder de indruk.

'Stel je voor dat Danny Kilman je vader is!' zegt iemand.

'Ik heb hem liever als partner!' zegt iemand anders, en nu kijken ze allemaal naar mijn moeder.

'U bent zo'n geluksvogel,' zegt een meisje met een onnozel giechellachje.

Mijn moeder kijkt hen allemaal aan en strijkt haar rok glad. 'Dat ben ik zeker,' zegt ze. Ze steekt haar handen uit. 'Kom, meisjes.'

Sweetie pakt haar ene hand en ik moet de andere wel nemen, hoewel het er vast idioot uitziet, een grote meid van tien aan de hand van haar moeder. We lopen weg en horen hen achter ons afgunstig mompelen.

De foyer is nu nog voller geworden. In een hoek klinkt rumoer, omdat daar de jongens van de Milky Stars net zijn aangekomen.

'Ik wil ze zien! Ik vind de Milky Stars hartstikke leuk!' schreeuwt Sweetie.

Waarschijnlijk heeft ze ze in een van haar kleuterstripboeken zien staan.

'Nee, nee, het zijn gewoon een stelletje malle jongens,' zegt mijn moeder snel. 'Wij moeten nu papa zoeken. En niet doorzeuren over de Milky Stars waar papa bij is, afgesproken, Sweetie?'

Mijn moeder mag de malle jongens dan hebben afgewimpeld, als we bij mijn vader terugkomen, is hij omringd door malle meisjes, jonger dan de vrouwen in de toiletruimte, met nog kortere rokjes en op nog hogere hakken. Een van hen houdt Ace in haar armen, die kronkelt om los te komen.

'Geef mijn zoon maar even hier. Dankjewel,' zegt mijn moeder en rukt hem bijna uit haar armen. Ace schrikt en begint te jammeren.

'Kijk nou eens, je maakt hem aan het huilen,' zegt mijn moeder.

'O, jee,' zegt het meisje. Ze is niet echt knap. Haar haar zit een beetje wild en haar mond is te groot voor haar gezicht, maar ze heeft iets waardoor je naar haar blijft kijken.

'Stil maar, Ace,' zegt mijn moeder. 'Hij houdt er niet van om door vreemden te worden vastgehouden.'

'Echt niet?' zegt het meisje. Ze trekt haar wenkbrauwen op en kijkt mijn vader aan. 'De meeste mannen vinden dat wel leuk.'

Enkele meisjes in het groepje beginnen te lachen. Mijn vader lacht ook. Mijn moeder kijkt woedend en klemt Ace zo strak tegen zich aan dat hij nog harder begint te huilen.

'Stil nou. Je had beloofd dat je een grote jongen zou zijn, zodat je naar papa's film kon kijken,' zegt mijn moeder. 'Kom, dan gaan we naar binnen.'

Ze begint zich een weg door de menigte te banen, met Sweetie en mij aan weerskanten naast haar, maar mijn vader blijft waar hij is, bij het meisje met de grote mond. Mijn moeder draait zich om en kijkt naar hem. Sweetie babbelt verder over de Milky Stars. Ace jengelt en jammert. Ze hebben geen idee wat er aan de hand is. Mijn moeder zegt geluidloos iets tegen mijn vader en kijkt hem smekend aan. Mijn vader blijft even zwijgend staan en draait dan zijn rug naar haar toe. Hij buigt voorover naar het meisje met de grote mond en fluistert iets in haar oor. Ze lacht.

Ik voel me zo misselijk dat ik bang ben dat ik terug moet rennen naar de wc om over te geven. Mijn moeder ziet ook lijkbleek. Ze klemt Ace in haar armen en haar ogen schieten heen en weer, om te controleren of iemand het heeft gezien.

Mijn vader zegt nog iets, met zijn hoofd heel dicht bij

het hoofd van het meisje, zodat ze met haar grote mond bijna haar glimmende lippenstift op zijn wang smeert. Mensen dringen langs hen heen om hun plaats in de zaal in te nemen, maar zij staan samen te praten en te lachen, volkomen ontspannen, alsof er niemand in de buurt is. Het is alsof mijn moeder, Sweetie, Ace en ik plotseling niet meer bestaan.

Mijn moeder bijt op haar lip en wankelt even. Sweetie trekt ongeduldig aan haar hand. Mijn moeder weet duidelijk niet wat ze moet doen. Moeten we zonder mijn vader de zaal in gaan? Stel je voor dat hij niet achter ons aan komt? Dan ziet iedereen de lege stoel. En hoe moet het dan als we na afloop naar buiten gaan? Dan zullen de fotografen er nog steeds zijn. 'Waar is Danny?' zullen ze schreeuwen. 'Hé, wat hebben jullie met Danny gedaan? Waarom lachen jullie niet meer? Hé, poppetje met je rode laarsjes, lach eens.'

Ik voel de tranen in mijn ogen komen. Mijn vader staat nog steeds met zijn rug naar ons toe. *Papa*, schreeuw ik in mijn hoofd. *Papa, papa, papa!*

Hij draait zich om, alsof hij me heeft gehoord. Hij zegt nog iets tegen Grote Mond en pakt haar even bij haar elleboog. Dan slentert hij nonchalant naar ons toe, alsof er niets is gebeurd. Hij geeft mij een knipoog, werpt Sweetie een kushandje toe en knijpt Ace zachtjes in zijn neus.

'Kom op, jongens, we gaan de film bekijken,' zegt hij, alsof wij hém hebben laten wachten.

Mijn moeder schenkt hem een oogverblindende glimlach en duwt ons naar voren, zodat we naast hem komen te lopen. 'Kijk eens een beetje vrolijker, Sunset,' sist ze in mijn oor. 'Jee, dit is een feestje, hoor.'

Ik ben zo in de war dat ik probeer te lachen om haar een plezier te doen... en zie haar verstrakken van ergernis.

'Hou je mond dicht!'

Ik heb heel veel zin om haar te bijten met mijn lelijke tanden. Ik houd me in tot we allemaal naast elkaar zitten en de lichten uitgaan. Dan laat ik mijn tranen lopen. Ik veeg mijn wangen snel droog met de mouw van mijn vest. Ace is ook nog steeds aan het jengelen en kronkelt op mijn moeders schoot.

'Kun je hem niet stilhouden?' sist mijn vader. 'Ik zéí toch al tegen je dat hij te klein is?'

'Hij wil zijn papa zien in de film. Toch, Ace, schatje?' zegt mijn moeder. 'Hij wordt zo wel stil.'

Ze probeert hem in het donker zijn speen te geven, maar hij blijft ermee klieren en maakt rare, slurpende geluiden.

'Wacht, ik vraag wel een meisje om op hem te passen,' zegt mijn vader.

'Probeer jij hem eens stil te krijgen, Sunset,' zegt mijn moeder en ze dumpt hem bij mij op schoot.

Ik pak hem stevig bij zijn armpjes – niet om zijn buik, daar kan hij niet tegen. 'Ik ben mama tijger en we zitten veilig in ons hol en we moeten heel stil zijn, anders krijgen de boze mannen ons te pakken,' fluister ik in zijn oor.

Ik leg mijn kin op zijn zijdezachte haar en wrijf heen

en weer, en na een paar minuten voel ik dat hij zich ontspant. Hij werkt zijn kleine kontje wat hoger op mijn schoot, laat zijn hoofd opzij zakken en zuigt zachtjes op zijn speen.

Sweetie zit ook stiekem op haar duim te zuigen. Ze heeft zich tegen mijn moeder aan genesteld en streelt met haar handje over het zachte satijn van haar rok. Mijn moeder zit dicht tegen mijn vader aan, die wijdbeens en een beetje onderuitgezakt in zijn stoel zit, met zijn armen breeduit over de stoelleuningen naast hem.

Ik vraag me af of het meisje met de grote mond bij ons in de buurt zit. Ik heb het gevoel dat ze vlak naast me zit en in mijn oor fluistert: Pas maar op. Jullie zitten daar wel het gelukkige gezinnetje uit te hangen, maar ik kan jullie zo te grazen nemen.

Maar dan, heel langzaam, kom ik in de ban van de film. Ik vind de Milky Stars ook leuk, vooral kleine Davie, de drummer. Hij is de jongste en doet altijd gekke dingen. De andere drie zijn allemaal supercool, maar kleine Davie verslaapt zich voortdurend en is altijd de laatste die een grapje doorheeft. De helft van de tijd is hij zelf de grap. We zien hem van de trap vallen en uitglijden over een bananenschil. De andere jongens worden achtervolgd door meisjes – een van de meisjes is Grote Mond en loopt aan één stuk door kushandjes te geven – maar niemand werpt kushandjes naar kleine Davie.

In mijn hoofd begint een andere film te spelen, een film waarin ik zes of zeven jaar ouder ben en Davie op straat tegen me aanloopt. We moeten allebei lachen en zeggen sorry, en dan gaan we samen ergens koffiedrinken. En aan het eind van de avond is Davie mijn vriendje, en hij laat me drummen op zijn drumstel, en ik ben er zo goed in dat ik ook bij de band mag, en Davie en ik blijven de rest van ons leven samen drummen...

Dan begint het publiek te lachen. Ik zoek met knipperende ogen naar de echte Davie op het scherm, en dan zie ik mijn vader. Hij loopt stoer door een straat in Soho. Zijn haar zit wild, hij heeft een haarband om zijn hoofd en zijn lange, zwartleren jas wappert om zijn benen. Dan komen de vier Milky Stars om de hoek, en ze grijpen elkaar beet en beginnen opgewonden te praten. Ze laten zich op hun knieën vallen en roepen: 'O, Danny, wat een eer', en mijn vader zet zijn laars op hun rug en staat daar met zijn armen trots in de lucht, alsof hij een leeuwentemmer is en zij vier onbeholpen welpjes zijn.

De hele zaal begint te lachen, en mijn vader gooit zijn hoofd achterover en lacht ook. Hij zit nu recht overeind, waardoor hij opeens groter lijkt, en zijn lach is het hardst en uitbundigst van allemaal. Mijn moeder lacht met hem mee, en Sweetie giechelt en springt op en neer in haar stoel. Zelfs Ace wordt een beetje wakker en praat met zijn speen in zijn mond.

'IJk papa! IJk papa!' mompelt hij.

Nou, ik kijk. Ik kijk heel goed naar de film-papa, die de straat doorloopt en de vier Milky Stars met één hand achteloos gedag zwaait. Ik zie de oude vrouwtjes in de straat naar hem schreeuwen en achter hem aan hobbelen. Ze trekken hun boodschappentassen op wieltjes achter zich aan en struikelen over hun gemakkelijke schoenen. Op de achtergrond speelt 'Always and Forever', maar het klinkt een beetje vals en vervormd, en als het eind van het refrein te horen is, *when the wind blows*, is er plotseling een hevige rukwind, die de haarband van mijn vader bijna wegblaast, zijn haar in de war waait en hem een beetje laat wankelen, als een oude man.

Iedereen in de bioscoop klapt dubbel van het lachen, maar het is misschien niet zo erg grappig. Misschien lachen ze op de verkeerde manier om mijn vader. Misschien lachen ze omdat hij niet meer zo jong en cool is als de Milky Stars.

Mijn vader lacht nog steeds, maar niet meer zo hard. Hij leunt voorover en staart gespannen naar het scherm. Zijn eigen enorme gezicht staart naar hem terug, iedere rimpel en porie vergroot. Dan is hij weg. We kijken verder naar de Milky Stars en het publiek bedaart weer. Ace valt in slaap, maar Sweetie begint te draaien op haar stoel.

'Wanneer komt er nou weer een stukje met papa?' fluistert ze luid tegen mijn moeder.

'Zo,' zegt mijn moeder, maar ze klinkt onzeker. 'Kijk maar naar de Milky Stars. Die vind je toch leuk?'

'Maar niet zo leuk als papa,' zegt Sweetie.

De mensen in de rijen voor en achter ons hebben het allemaal gehoord en roepen: 'Aaaa!' Mijn vader heeft haar ook gehoord. Hij steekt zijn arm uit en trekt haar op zijn schoot. Er klinkt weer een 'Aaaa!' om Danny Kilman en zijn schattige, beeldschone dochtertje Sweetie.

Zo noemden ze haar in het tijdschrift Hi!: 'Danny Kilman geniet samen met zijn schattige, beeldschone dochtertje Sweetie van een heerlijk familiemoment.' Mijn vader was afgelopen zomer bij een liefdadigheidsfeest en daar zat hij samen met Sweetie op een witgeschilderd paard in de draaimolen, met zijn hand om de vergulde gedraaide paal geklemd. Toen zat zijn haar ook in de war, maar hij zag er helemaal niet gerimpeld uit, misschien omdat hij lachte. Sweetie lachte ook. Ze had een piepklein roze kort broekje en een wit, met kanten randjes versierd hemdje aan, waarin haar zongebruinde platte buikje heel mooi uitkwam. Het is zo oneerlijk. Waarom kan *ík* niet schattig en klein zijn, met lang, blond haar en een superplat buikje?

Ik staar naar het scherm en kijk naar Davie, maar deze keer merkt hij me totaal niet op. Mijn vader is niet meer in de film te zien, maar als de vier Milky Stars hun eerste optreden hebben, zetten ze allemaal een wilde, donkere pruik op hun hoofd, binden er een haarband omheen, trekken rare, zwarte kleren aan en doen enorme ringen om, net als mijn vader. Het hele publiek schatert, omdat ze er helemaal niet cool, maar juist belachelijk uitzien. Hun publiek in de film lacht hen ook uit en jaagt hen joelend van het podium af. Dan krijgen ze een nieuwe manager. Hij trekt de pruiken van hun hoofd, gooit hun podiumkleren en sieraden weg en laat hen zingen in hun gewone T-shirt en spijkerbroek... en plotseling zien ze er geweldig uit. Hun carrière neemt een hoge vlucht, ze worden rijk en beroemd en ze krijgen allemaal superknappe vriendinnetjes, zelfs Davie.

Als de aftiteling verschijnt, zijn er van alle hoofdpersonen stripfiguurtjes te zien. Er is er ook een van mijn vader. Hij paradeert dwars door het beeld en wordt dan met maaiende armen en bungelende benen de lucht in geblazen. Zijn haarband rafelt uit elkaar en valt samen met de helft van zijn haar naar beneden.

Ik hoor mijn vader iets mompelen tegen mijn moeder. Wanneer de lichten aangaan, zitten ze allebei boos te kijken. Maar dan beginnen mensen tegen mijn vader te praten en roepen hem door de zaal heen toe: 'Hé, Danny, je was fantastisch!'

'Sportief, hoor, Danny!'

'Voor mij steel jij de show!'

Mijn vader glimlacht stijfjes en aanvaardt de complimenten, maar hij mompelt nog iets tegen mijn moeder.

Ace slaapt nog en klampt zich als een klein aapje aan me vast, dus ik sjouw met hem de rij door naar de uitgang. Sweetie is ook uitgeput. Ze ziet erg bleek en ze heeft in haar ogen gewreven, waardoor haar oogschaduw is uitgeveegd. Maar als ze de mensen voor in de zaal hoort praten over een feestje dat na de première gehouden zal worden in Falling Rain, een nachtclub in de buurt, klapt ze in haar handjes.

'O, een feestje! Laten we daarnaartoe gaan! De Milky Stars zijn er vast ook!' roept ze.

'Jij gaat helemaal niet naar een feestje,' zegt mijn vader. 'Jij gaat naar huis. Het is allang bedtijd geweest, juffie.'

Mijn moeder kijkt bezorgd. 'Ik kan John vragen de kinderen naar huis te brengen. Als Claudia ze naar bed brengt, kunnen wij naar het feestje, Dan,' zegt ze snel.

Met meisjes zoals Grote Mond in de buurt laat ze mijn vader beslist niet in zijn eentje feestvieren.

'Ik ben niet in de stemming om feest te vieren,' zegt mijn vader. Hij klinkt niet erg overtuigend, maar zij haakt er meteen op in.

'Oké. Prima. Dan gaan we naar huis.' Ze belt John om te zeggen dat hij onmiddellijk naar de bioscoop moet komen om ons op te halen. In de foyer is het weer een afschuwelijke heksenketel, maar mijn moeder baant zich er een weg doorheen. Zij duwt Sweetie voor zich uit en ik houd nog steeds Ace vast.

Als we buiten op de groezelig geworden rode loper staan, kijkt mijn moeder de ene en mijn vader de andere kant op, om te zien of de auto er al aan komt. De fotografen zijn grotendeels verdwenen. Er hangen alleen nog een paar trouwe fans over de afzetting heen.

'Hé, Danny, wij zijn het! We zijn er nog. Kijk, dit is Destiny!'

Het is de vrouw met de paardenstaart met haar dochter, dat meisje dat zo bleef staren. Ik ril en houd Ace extra stevig vast. Hebben zij de afgelopen twee uur in de kou gestaan, terwijl wij naar de film zaten te kijken?

'Danny, alsjeblieft, kom met ons praten,' roept de moeder, maar mijn vader negeert haar.

'Waar blijft John toch met die auto, verdomme?' moppert hij.

'Hij komt er vast zo aan, schat,' zegt mijn moeder. 'Is dat de Mercedes niet? Misschien kan hij niet dichterbij parkeren. Hou jij Sweetie even vast, dan loop ik er snel naartoe om te kijken.'

Een beetje wiebelig vanwege haar strakke rok en hoge hakken rent ze weg.

'Danny! Kom snel, schat, nu Suzy even weg is. Dan stel ik je voor aan Destiny!' roept de vrouw.

Mijn vader pakt Sweetie op en loopt zonder op of om te kijken terug naar de ingang van de bioscoop. 'Breng Ace mee hiernaartoe, Sunset,' roept hij.

Ik draai me te snel om en wankel op mijn stomme nieuwe laarsjes.

'Oeps! Pas op, schat!' De moeder met de paardenstaart steekt haar hand uit en probeert me op te vangen. Destiny naast haar staart me aan.

'Jij bent zo'n geluksvogel,' fluistert ze me toe.

# HOOFDSTUK 3
# Destiny

We kijken toe terwijl ze in hun zilverkleurige Mercedes stappen. Suzy gaat achterin zitten met Ace op schoot, Sweetie zit in het midden en naast haar zit Sunset. Danny zit voorin, bij de chauffeur. Mijn moeder stapt naar voren, alsof wij ook bij de familie horen, klaar om zich erbij in de auto te persen, maar als ze er nog een paar passen bij vandaan is, rijdt hij weg.

'Danny!' roept mijn moeder. Tranen stromen over haar wangen. Ze blijft zijn naam roepen, 'Danny, Danny, Danny', als een gestoord vogeltje.

'Mam, hij kan je niet meer horen. Hij zit in de auto. Hij is weg,' zeg ik, en ik schud haar een beetje door elkaar.

Mensen staren naar ons. Er komt nu een grote groep sterren de bioscoop uit stromen, op weg naar een of ander feestje.

'Mam, alsjeblieft,' smeek ik, maar ze luistert niet naar me. Ze staat daar alleen maar te trillen en te huilen en om Danny te roepen.

Iedereen dringt naar voren als de Milky Stars op een kluitje naar buiten komen. Ze lachen en kletsen met de fans, maar de kleinste, Davie, staart naar mijn moeder. De anderen kijken ook, en een van hen begint te lachen. Ik bal mijn vuisten. Maar Davie kijkt bezorgd. Hij komt naar ons toe. Hij raakt de arm van mijn moeder zachtjes aan.

'Gaat het?'

Mijn moeder ziet hem nauwelijks. Ze staart nog steeds in het donker, in de richting van de auto, die allang is verdwenen.

Davie kijkt mij aan. 'Hoort ze bij jou?'

'Ja, het is mijn moeder,' zeg ik fel.

'Wat is er met haar?'

'Ze is... ze is gewoon van streek,' zeg ik. 'Het gaat wel. Ik... ik breng haar wel naar huis.'

'Zal ik een taxi voor jullie bellen of zo?'

'Nee, nee...' Nee, alsjeblieft niet. We hebben een taxi genomen van het station naar Leicester Square en dat kostte een vermogen. Mijn moeder heeft nog maar een paar pond over in haar portemonnee. 'Nee, dankjewel, we redden het wel.'

'Sterkte dan, meid,' zegt Davie. Hij geeft mij ook een klopje op mijn arm en loopt terug naar zijn vrienden van de Milky Stars. Dan springen ze allemaal in een zwarte stretchlimo.

'O, wauw! O, mijn god! Davie praatte tegen je!' hijgt een meisje. Ze springt opgewonden op en neer.

'Hij is zo'n schatje. Ik vind hem echt de leukste,' zegt haar vriendin.

'Hij raakte je áán... en je moeder ook!'

Mijn moeder kijkt hen met knipperende ogen aan. Ze is gestopt met schreeuwen, maar ze zegt nog steeds geluidloos 'Danny'.

'Kom, mam,' zeg ik. Ik sla mijn arm om haar heen. 'We gaan.'

Ze begint gehoorzaam te lopen. Ik heb geen idee waar we naartoe gaan. We lopen het grote plein over. Het staat er nog steeds vol mensen, die schreeuwen en lachen tijdens hun avondje uit. Mijn moeder en ik laten ons als een paar zombies meevoeren.

'Mam, weet jij welke kant we op moeten voor het station?'

Mijn moeder kijkt wezenloos om zich heen. 'Nee, dat weet ik niet,' zegt ze, huiverend. 'Ik had niet gedacht... het was niet de bedoeling dat het zo zou lopen. Ik was ervan overtuigd dat we vanavond niet terug zouden gaan. Ik dacht... ik dacht dat we met Danny mee zouden gaan. Ik wilde me niet opdringen. Ik weet dat hij ook zijn andere gezin heeft, maar we hebben elf hele jaren gewacht. Ik was ervan overtuigd dat hij het meteen zou begrijpen als hij ons zou zien. O, Destiny, hij kéék niet eens naar ons. Zou hij me niet hebben gehoord? Ik heb zo hard geschreeuwd!' Ze begint weer te schreeuwen, met een heel hoog stemmetje.

'Die vrouw is dronken, en ze heeft nota bene haar dochtertje bij zich! Wat een schande!' moppert iemand.

Ik kan ze wel sláán. Mijn moeder is nog nooit van haar leven dronken geweest. Ze drinkt hooguit een paar glaasjes bubbels met kerst. Hoe dúrven ze! Maar mijn moeder lijkt wel dronken. Ze staat onsamenhangend te praten en te schreeuwen, en ze ziet er ook dronken uit. Haar oog-make-up is uitgelopen en haar haar is losgeraakt.

Ik houd me voor dat ze wel weer op verhaal zal komen als we in de trein zitten, maar ik begin toch erg bang te worden. Het is alsof mijn moeder in een klein meisje is veranderd en ik nu de volwassene ben, die voor haar moet zorgen.

We lopen en lopen, maar we komen nergens. Ik wacht tot ik een groepje vrolijke vrouwen van middelbare leeftijd zie staan, die hun armen in elkaar hebben gehaakt en liedjes zingen uit de musical *We Will Rock You!* De vrouw die mij het aardigst lijkt, spreek ik aan.

'Mevrouw, weet u misschien of we hier dicht bij het station zijn?'

'Het spijt me, liefje, ik ben hier zelf ook niet bekend. We zijn hier alleen om de show te zien – we zijn met een georganiseerde busreis. Kunnen jullie de bus niet nemen naar huis?'

'We hebben treinkaartjes,' zeg ik. Ik vraag me af of ik zo ook begin te huilen.

'Het station is aan het eind van de straat, meisje!' onderbreekt een man ons. 'Loop maar gewoon je neus achterna, je kunt het niet missen.'

Ik geloof hem niet echt, maar ik sleep mijn moeder toch achter me aan de straat over. En daar is het dan, het station. Het is inderdaad een station, maar het ziet er helemaal niet uit zoals het hoort. Het is een oud gebouw, met een prachtig versierde toren op het voorplein. Mijn moeder lijkt het niet te merken. Ik pak haar hand en we lopen naar binnen. Ik hoop op een krankzinnige manier dat het gebouw plotseling in het juiste station zal veranderen... maar het ziet er heel anders uit, en als ik op het bord met de vertrektijden kijk, zie ik er allemaal verkeerde namen op staan.

Ik spreek een man in uniform aan. 'Kunt u ons misschien vertellen waar de trein naar Manchester staat?'

Hij kijkt me aan alsof ik gek ben. 'Je kunt hiervandaan niet naar Manchester. Dan moet je via Euston.'

'Waar is Euston?'

'Dat is een ander station. Je kunt het beste de metro nemen.'

Hij wijst ons waar het is. We lopen de trap af en de tunnel door, maar dan staan er automaten die ons niet doorlaten. Ik maak mijn moeders schoudertas open en vind onze kaartjes, maar de automaat laat ons nog steeds niet door. Er komt een andere man in uniform bij, die onze kaartjes bestudeert.

'Nee, nee, dit zijn alleen maar retourtjes van Manchester naar Londen. Jullie moeten ook metrokaartjes hebben.' Hij praat hard, alsof we niet goed wijs zijn.

Ik vind de twee pond van mijn moeder, maar dat is niet genoeg voor ons allebei.

'Kunnen we het geld later niet opsturen, als we thuis zijn?' smeek ik, maar hij luistert niet.

Ik trek mijn moeder bij het loket vandaan en spreek ten einde raad een groepje meisjes aan dat kletsend de trap af komt. Het zijn allemaal meisjes van een paar jaar ouder dan ik. Ze lopen druk te lachen en gek te doen.

'Sorry dat ik jullie lastigval, maar ik probeer geld bij elkaar te krijgen voor de metro naar Euston Station. Kunnen jullie wat kleingeld missen?' vraag ik.

Ze besteden geen enkele aandacht aan me en lopen voorbij alsof ze me niet eens hebben gehoord.

Maar mijn moeder heeft het wel gehoord. Haar hoofd schiet omhoog alsof iemand haar heeft geslagen. 'Destiny! Laat dat! Niet bedelen!'

'We moeten wel. Hoe moeten we er anders komen?' zeg ik, en ik draai me om naar een ander groepje in de buurt. 'Sorry dat ik jullie lastigval...' Ik draai het hele verhaal opnieuw af, maar ze kijken vol afkeer – niet naar mij, maar naar mijn moeder.

'Hoe durf je dat arme kind voor je te laten bedelen!'

'Moet je zien hoe ze erbij loopt! Die is duidelijk aan de drugs. En dan je kind te gebruiken. Zo iemand verdient het niet om moeder te zijn. Ze zouden dat kind bij haar weg moeten halen.'

Ik klamp me aan mijn moeder vast. 'Nee, zo is het helemaal niet! We hebben alleen maar niet genoeg geld voor de metro. Onze trein vertrekt vanaf Euston. Laat ze de treinkaartjes zien, mam!'

Maar de man in uniform komt naar ons toe lopen. Hij ziet er boos uit. Ze zijn nu allemaal boos, en dus vluchten mijn moeder en ik de trap op naar de brede straat. Daar blijven we hijgend en snikkend staan.

'O, mam!' zeg ik. Ik sla mijn armen om haar heen.

'Het komt wel goed, het komt wel goed,' zegt mijn

moeder. Ze houdt me stijf vast. 'Ik laat je niet bij me weghalen.'

Ze klinkt weer als mama en ik leun tegen haar aan.

'Maar wat gaan we nu dóén?'

'Nou, het ziet ernaar uit dat we moeten lopen,' zegt mijn moeder. Ze werpt een blik op haar schoenen. Ik ben op mijn gympen, maar zij heeft haar mooiste witte schoenen met hoge hakken aangetrokken. Ze heeft al pijnlijke rode plekken op haar beide hielen. Ze blijft nog een paar straten moeizaam op haar hoge hakken lopen, maar dan trekt ze ze uit. Ze heeft van die nylon kousjes aan, waar haar grote tenen al doorheen steken. Als we eindelijk bij Euston Station aankomen, zijn ze helemaal kapot en loopt mijn moeder mank, maar ze klaagt niet.

'Godzijdank,' zegt ze, als we het station binnenlopen.

Hier zijn we in ieder geval op bekend terrein, maar het ziet er toch vreemd uit. Een eind verderop lopen een paar jongens wat met elkaar te dollen, een oude dronken man zit wat in zichzelf te mompelen en een jongen en een meisje zitten op het voorplein van het ijskoude station, blind en doof voor alles om hen heen.

'Gek,' zegt mijn moeder. 'Waar ís iedereen?'

Ik kijk naar het bord met vertrektijden. Er staat niets meer op. De eerstvolgende trein vertrekt morgenochtend pas weer, om kwart voor zes.

'O, mam, er rijden vanavond geen treinen meer,' zeg ik.

'Doe niet zo raar, Destiny. Natuurlijk rijden er nog treinen,' zegt mijn moeder, maar dan ziet ze de stationsklok.

'O, nee. Je hebt gelijk. We hebben hem gemist.' Ze haalt diep adem. 'We hebben alles gemist.'

Ik ben bang dat ze weer zal gaan schreeuwen en huilen. Ik houd haar stijf vast. Ik voel hoe ze staat te trillen.

'Wat bén ik voor moeder?' mompelt ze.

'Jij bent een geweldige moeder. De beste die er is,' zeg ik fel.

Ik kijk om me heen, maar er is nergens een plek waar we even gemakkelijk kunnen gaan liggen. Uiteindelijk gaan we op twee harde bankjes bij de gesloten kiosk zitten.

'We kunnen hier niet de hele nacht blijven,' zegt mijn moeder. Maar we moeten wel, we hebben geen andere keus. We kunnen geen hotelletje nemen, want we hebben geen geld. En mijn moeder heeft geen creditcard meer, omdat ze het te verleidelijk vond om dingen te kopen, vooral voor ons huis. We hebben nu schulden, maar die betalen we af, en we hebben het huis gehouden, dus we redden ons prima. Behalve dan vannacht.

Ik wou maar dat we goede jassen bij ons hadden. Het is nu zo koud. Ik ga zo dicht mogelijk tegen haar aan zitten.

'Leg je hoofd maar op mijn schoot, schat,' zegt ze, dus dat doe ik. Ze streelt mijn haar en laat zachtjes haar vingers door mijn paardenstaart glijden. 'Zo, doe je ogen maar dicht. We zijn niet in een smerig oud station. We liggen in een heerlijk groot bed met lekkere frisse witte lakens, en het is helemaal donker en stil, en zo meteen val je diep in slaap...' Haar stem is nog schor van het schreeuwen, maar ze is mijn lieve mama weer en ik luister slaperig naar wat ze zegt. Dan hapert ze en ik zie dat ze weer huilt.

'Niet huilen, mam. Kom, vertel verder over het bed. Het klonk zo echt.'

Ze schudt haar hoofd, met haar lippen op elkaar geperst. 'Dat is het probleem, Destiny. Ik maak dingen zo echt in mijn fantasie, dat ik er zelf in ga geloven. Daarom zitten we hier, schat. Ik heb mezelf wijsgemaakt dat we vanavond niet terug zouden gaan. O, ik wist wel dat we een kéér terug zouden moeten... we zouden niet uit ons huis weg willen... maar ik dacht dat we een tijdje bij Danny zouden blijven.' Ze snikt bij het uitspreken van zijn naam. 'Ik dacht... o, Destiny, ik dacht dat als hij ons zou zien, als hij je naam zou horen, hij het zich weer zou herinneren, het zou begrijpen. Het is tijd dat je je eigen vader leert kennen, schat. Als er iets met mij gebeurt, is hij de enige die je hebt, en je bent zijn kind, dat is honderd procent zeker. Je hoeft alleen maar naar jezelf te kijken: je hebt zijn ogen, zijn neus, zijn mond, zijn kin, zijn wilde donkere haar. Je bent een echte Kilman, dat is zonneklaar. Het is niet dat we eisen gaan stellen. Hij is nog steeds bij Suzy en dat vind ik goed, het is mooi dat hij haar trouw blijft... hoewel ik niet goed begrijp wat hij in haar ziet.

Hoe dan ook, hij is de vader van al háár kinderen. Hij is een echte huisvader, dat kun je zo zien. En wíj zijn ook familie... nou ja, jij dan, Destiny. En ik dacht dat hij je dolgraag zou willen leren kennen. Ik wist wel dat Suzy er niet blij mee zou zijn, maar ik kon me niet voorstellen dat ze het heel erg zou vinden. Ik kende Danny tenslotte al eerder dan zij, en zij heeft hem nu al die tijd al gehad. Ik kon me niet voorstellen dat ze ons die paar dagen zou misgunnen om jou de kans te geven je vader te leren kennen. En het leek me voor jou zo leuk om vriendschap te sluiten met Sunset. Jullie schelen minder dan een jaar met elkaar.'

'Mám! Een meisje als Sunset zou nooit met mij bevriend willen zijn!'

'Jawel, heus wel. Ik dacht dat ze ons zouden vragen om te blijven logeren, en dat jij dan bij Sunset op de kamer zou komen. Ze hebben vast wel een bende logeerkamers en in één daarvan zou ik kunnen slapen. En in de ochtend zouden we dan zo'n lekker ontspannen laat ontbijt hebben, met heerlijk fruit en yoghurt en echte koffie, en dan zouden we uren kletsen, en dan misschien met z'n allen een wandeling maken in een Londens park, en naar een pub gaan, en Danny zou je van alles vragen over jezelf, en hij zou zo verrast zijn als hij je zou horen zingen.'

'Mam! Echt niet!'

'Nou, je hebt een prachtige stem. Die heb je duidelijk van hem – ik kan niet zingen, al doe ik nog zo mijn best. En je zou hem over school vertellen, en dat je altijd de beste van de klas bent.'

'Ik ben niet altijd de beste. Raymond Wallis is stukken beter in rekenen dan ik.'

'Ik wilde hem alleen maar laten zien dat hij nog een andere dochter heeft om trots op te zijn,' houdt mijn moeder vol. 'Ik verwachtte niet dat hij ons zou vragen om voorgoed te blijven, maar ik wist zeker dat hij ons adres zou vragen, dat hij contact zou willen houden, dat hij je behoorlijke verjaardagscadeautjes zou gaan sturen... dat hij je misschien zelfs naar een chique privéschool zou laten gaan...'

'Ik wíl helemaal niet naar zo'n kakkerige privéschool.'

'Ja, maar je moet een goede opleiding hebben. Je bent zo slim, veel slimmer dan ik. Ik ben hartstikke dom, dat weet ik best, maar jij bent mijn ster en ik wil het beste voor jou.'

'Ik héb het beste, mam. Ik heb jou,' zeg ik.

'Ik ben een verschrikkelijke moeder,' zegt mijn moeder. 'Moet je ons hier nou zien zitten, midden in de nacht. We kunnen nergens naartoe. En denk eens aan de scène die ik heb gemaakt! Ik weet niet wat me overkwam, schat. Ik was gewoon mezelf niet. Ik kon het niet verdragen toen Danny ons niet zag.'

'Hij heeft ons wél gezien, mam. Hij wilde gewoon niets met ons te maken hebben.'

'Nee, nee, dat is niet waar. Nou ja, hij heeft ons misschien wel gezíén...'

'En gehoord.'

'Ja, oké, ik weet dat ik stond te schreeuwen... Maar hij heeft ons gewoon niet herkend, hij heeft niet begrepen wie we waren. Als we nou maar met hem alleen waren geweest, had ik je heel rustig en beleefd aan hem kunnen voorstellen. Ik weet zeker dat het dan goed was gegaan.' Mijn moeder zwijgt even en windt mijn haar om haar vingers. 'Ik weet wat! We gaan naar zijn huis!'

'Mam, hou op. Dat kunnen we niet doen. We weten trouwens niet eens waar hij woont.'

'Jawel, dat weten we wel. Hij woont in Robin Hill – je hebt de foto's gezien in de *Hi!* Weet je nog dat ik je hun huiskamer heb laten zien? Ze zaten met z'n allen op zo'n grote leren bank, toen kleine Ace nog maar net geboren was. Er stond ook zo'n prachtige foto bij van Danny, dat hij hem in zijn armen houdt. O, ik had er alles voor overgehad als hij jou zo had kunnen vasthouden! Nou, dat was hun huis in Robin Hill. Het ligt maar een kilometer of zestien buiten Londen, ik heb het opgezocht. We kunnen daar nu naartoe gaan.'

'Mam! Stop! Dit is krankzinnig. We hebben geen geld. Hoe kunnen we daarnaartoe gaan? We kunnen het niet lopen. Kijk eens hoe je arme voeten er nu al uitzien.'

'We kunnen... we kunnen gaan liften. Dat deed ik ook altijd toen ik een jaar of vijftien, zestien was, als ik ergens naartoe wilde.'

'Mam, alsjeblieft.' Ik leg mijn handen om haar gezicht en kijk haar in de ogen. 'Mam, nu doe je weer een beetje raar. Hou op, alsjeblieft.'

'Nee, ik doe niet raar, Destiny, ik probeer het goed te maken. Bij de bioscoop heb ik het verknald door zo te gaan staan schreeuwen, dat zie ik nu wel in. Maar we hebben nog een kans. We kunnen niet meteen terug naar Manchester, we moeten tot de ochtend wachten, dus oké, in plaats van hier op onze krent te blijven zitten, gaan we naar Danny's huis. We zeggen hem gewoon gedag, heel beleefd en rustig. Wat hebben we te verliezen?'

'We kunnen niet zomaar bij hem aankloppen!'

'Het is niet verboden, vooral niet omdat je Danny's dochter bent.'

'Wélke deur, trouwens? Weet je zijn hele adres?'

'Niet precies, maar Robin Hill is een heel klein, chic buurtje. Er staan daar niet zoveel huizen, dat is het 'm juist. Het zijn allemaal grote huizen met enorme tuinen, zwembaden, paardenstallen, je kunt het zo gek niet bedenken. O, Destiny, stel je voor dat je wakker wordt en kunt gaan zwemmen in je eigen zwembad en een ritje kunt gaan maken op je eigen pony! Zou je dat niet geweldig vinden?'

'Ja, maar...'

'We vinden Danny's huis zo. We zullen hem laten zien dat we niet zomaar een stelletje domme, gillende fans zijn. O, ik kan mezelf wel voor mijn hoofd slaan dat ik zo naar hem heb staan schreeuwen. Maar deze keer zal ik je niet teleurstellen, Destiny, dat zweer ik je. Ik blijf heel rustig en waardig. Hij hoeft maar één keer goed naar je te kijken, en dan is hij verkocht. O, Danny is zo'n schat van een man. Hij gaat ons met open armen ontvangen, dat zul je zien.'

Ik zie het helemaal niet. Ze verzint het allemaal, ze lijkt er niets aan te kunnen doen. En ik kan geen manier bedenken om het uit haar hoofd te praten. Ze is nu tenminste niet kwaad, ze schreeuwt niet. Haar hele gezicht straalt. Ze ziet eruit als de mensen die je soms ziet in zo'n christelijk jongerenkoor op tv, devoot en vol bezieling. Alleen aanbidt zij niet God, maar Danny.

We lopen het station uit en mijn moeder gaat meteen met haar duim omhoog langs de kant van de weg staan. Geen van de automobilisten neemt notitie van haar. Ze minderen niet eens vaart.

'Kom op, Destiny, steek ook je duim omhoog.'

We staan daar tot onze armen tintelen van vermoeidheid, maar we bereiken niets. Dan stopt er een man met een witte bestelbus. Mijn moeder slaakt een triomfantelijke kreet en rent naar zijn raampje – maar tegen de tijd dat ik ook kom aanrennen, is hij doorgereden, en mijn moeder staat met een rood gezicht op straat.

'Wat is er gebeurd, mam?'

'Het was een akelige kerel, echt een vreselijk onbeschofte vent. Met hém willen we niet meerijden. Maar maak je geen zorgen, we krijgen zo gerust wel een fatsoenlijke lift.'

Ja ja, 'zo'. Het blíjft 'zo'. Eindeloze uren gaan voorbij, maar op het horloge van mijn moeder zijn het slechts minuten. Ik ben nog nooit van mijn leven tot zo laat opgebleven. Ik ben zo moe. Mijn ogen prikken en ik heb overal pijn en ik wil alleen nog maar liggen. Als ik kon, zou ik zo op de smerige straat gaan liggen slapen. Mijn hoofd voelt veel te groot voor mijn lichaam, alsof het ieder moment van mijn nek kan knappen en als een bowlingbal in de goot rollen.

Er stopt een auto, maar hij zit vol dronken jongelui, en deze keer neemt mijn moeder niet eens de moeite om ze te vragen of ze langs Robin Hill komen. Ze beginnen naar ons te schreeuwen en roepen de smerigste dingen. Mijn moeder houdt mijn hand stijf vast. Onze handpalmen zweten. Dan stopt er een taxi, en de auto met dronkenlappen rijdt gelukkig door.

'Is alles goed, dames? Vielen ze jullie lastig?' vraagt de taxichauffeur. 'Het is maar goed dat ik jullie zag zwaaien.'

'O, sorry. Het was niet mijn bedoeling om een taxi te nemen. Ik probeerde alleen te liften,' zegt mijn moeder. Ze houdt nog steeds mijn hand stijf vast. Ik voel haar beven.

'Dat meent u toch niet? Dat moet u niet doen, hoor. Zeker niet met die kleine meid erbij.'

'Ik weet het, ik weet het, maar we zijn door ons geld heen en ik moet naar Robin Hill,' zegt mijn moeder.

'Naar Robin Hill?' Hij fluit twijfelachtig. 'Wonen jullie in Robin Hill?'

'We gaan daar iemand bezoeken.' Mijn moeder zwijgt even. 'Familie.'

'Kunnen zij niet een auto sturen om u op te halen, als ze aan de Goudkust wonen?' zegt de taxichauffeur.

'Het is een verrassingsbezoekje,' zegt mijn moeder.

Hij kijkt haar aan alsof ze het allemaal verzint. Dat doet ze ook, en ik kan haar niet meer tegenhouden. Ik zou er alles voor overhebben om in ons eigen kleine huisje in bed te liggen. Ik pers hard mijn lippen op elkaar om niet te gaan huilen. De taxichauffeur kijkt me aan.

'Gaat het een beetje, meisje?' vraagt hij.

'Ja, prima,' mompel ik, want ik wil mijn moeder niet afvallen.

'Luister, ik heb een idee. Ik stop ermee voor vanavond.

Ik woon in Putney. Dat is ruim over de helft naar Robin Hill. Spring maar in de taxi, dan breng ik jullie naar Putney High Street, oké?'

'O, u bent een engel. Heel, heel erg bedankt,' zegt mijn moeder. Ze duwt mij achter in de auto en springt er zelf snel bij, voor hij van gedachten kan veranderen.

'Ja, ik bén een engel. Zie je dat glimmende kransje boven mijn kale kop? Dat is mijn aureooltje,' zegt de taxichauffeur. 'En, waar komen jullie vandaan, dames?'

'Uit Wythenlathen. Dicht bij Manchester,' zegt mijn moeder. 'We hebben daar een eigen huis.' Ze zegt dat altijd zo trots.

'Heb je een man thuis?'

'Nee, Destiny en ik zijn met z'n tweetjes,' zegt mijn moeder en ze slaat haar arm om me heen.

'Destiny! Dat is een aparte naam.'

'Ze heet naar het liedje van Danny Kilman.'

'O, dat ken ik wel. Ik vond Danny altijd erg goed. Ben je een grote fan?' vraagt hij.

'O, zeker, wij zijn zijn grootste fans,' zegt mijn moeder. Ze geeft mij een knipoog. 'Ik ken hem.'

Ik stoot haar aan. Ik wil niet dat ze er verder op doorgaat.

'Aardige kerel, zeker? Een beetje een ruige, volgens mij, maar ja, dat hoort bij het vak.'

'Tegen mij is hij altijd heel erg aardig,' zegt mijn moeder.

Ik kijk haar bezorgd aan. Hij was helemaal niet aardig, hij negeerde haar gewoon. Ik krijg dat paniekerige gevoel dat je hebt als je akelig droomt en midden in de nacht met bonzend hart wakker wordt en niet weet wat er echt is en wat niet.

De taxichauffeur kletst verder over dat beroemde tv-interview waarbij Danny halverwege het gesprek zo schoon genoeg kreeg van de stompzinnige vragen dat hij gewoon de studio uitliep, terwijl hij dingen riep die allemaal weggepiept moesten worden. Wij hebben er een opname van die we zo vaak hebben bekeken dat we de volle 23 minuten uit ons hoofd kennen. En aan het eind zingen we altijd met Danny mee: *O, piep toch op, idiote piep piep pieper*, en dan brullen we van het lachen.

Mijn moeder en de taxichauffeur lachen nu ook, maar ik heb geen zin om mee te doen. Ik wil er niet aan denken wat er gaat gebeuren als we ooit in Robin Hill aankomen. Het is allemaal veel te eng, dus ik leun tegen mijn moeder aan, doe mijn ogen dicht en zing in mijn hoofd een liedje van Danny, om hun stemmen uit te bannen.

'Ah, is ze ingedommeld?' vraagt de taxichauffeur.

'Ze heeft een behoorlijk opwindende dag gehad, de schat,' zegt mijn moeder, met een klopje op mijn schouder.

'Jullie zijn wel close, geloof ik.'

'O, ja, Destiny en ik zijn hartstikke gek met elkaar,' zegt mijn moeder.

'Wacht maar af tot ze ouder wordt. Ik was vroeger ook heel close met mijn dochter, en ze zag enorm tegen haar oude pa op, eerlijk waar, hoewel ze me om haar pink kon winden. Maar nú... je hoeft haar maar de simpelste dingen te vragen, en ze loopt te stampen en te zuchten, en het is van: "O, pap, jij bent ook zo stom." Als ik vroeger zoiets tegen mijn vader had gezegd, had ik een draai om mijn oren gekregen, maar die kinderen van tegenwoordig zijn zo brutaal als wat, en je doet er niks aan.'

'O, die tijd zal voor mij ook wel komen, maar voorlopig is mijn dochter echt een schatje. Ik zou niet weten wat ik zonder haar moest beginnen... of zij zonder mij.' Mijn moeders stem begint te beven. Ik gaap en nestel mijn hoofd nog wat dieper in haar schoot om haar af te leiden. Ik ben bang dat ze anders weer gaat huilen.

Ik ben blij dat we niet veel hebben gegeten, want ik voel me een beetje misselijk nu ik zo dubbelgevouwen lig. Het zou verschrikkelijk zijn als ik in de taxi zou overgeven, terwijl die man zo aardig voor ons is geweest.

Het duurt zo lang voor we in Putney zijn. Ik val echt in slaap en droom van een enorme achtbaan op een kermis. Mijn moeder en ik zitten samen in een karretje. We gaan woest omhoog en omlaag en schreeuwen onze longen uit ons lijf. Een eind voor ons uit zien we Danny en zijn gezin. Zij zijn bijna aan het eind van de rit. Als ze eerder uitstappen dan wij, raken we ze voorgoed kwijt. Mijn moeder besluit dat we moeten springen, het hele eind naar beneden. Ze zegt steeds tegen me dat het goed komt. Ze pakt me vast en schudt me door elkaar, maar ik kan niet springen, het is te hoog en te eng, dus ik moet eeuwig rondjes blijven draaien...

'Destiny! Kom op, lieverd, wakker worden!' zegt mijn moeder.

Ik ben terug in de taxi. Plotseling staan we stil.

'Hebben we een aanrijding gehad?' mompel ik.

'Nee, gekkie, we zijn in Putney. We moeten nu uitstappen,' zegt mijn moeder. 'Heel erg bedankt voor de lift. Hier, ik heb maar een paar pond... ik weet dat het veel te weinig is, maar pakt u het alstublieft aan, als fooi.'

'Nee, wijfie, hou dat geld nou maar bij je. Ik hoop dat je goed in Robin Hill aankomt. Ik zou je er graag zelf naartoe brengen, maar ik ben kapot. Ik moet nodig mijn bed in, lekker bij de vrouw. Die kleine meid en jij redden je nu toch wel?'

'Ja, hoor, wij redden ons prima. En heel erg bedankt,' zegt mijn moeder. 'Zeg eens "dank u wel", Destiny.'

Ik bedank hem gehoorzaam. Mijn moeder leunt voorover en geeft hem een zoen, maar zo ver ga ik niet. Ze zwaait hem gedag tot de taxi een klein zwart stipje wordt en uit het zicht verdwijnt.

'Wat een aardige man,' zegt mijn moeder. 'Zie je nou, Destiny, er zijn nog best heel goede mensen op de wereld. Moet je je voorstellen, een taxichauffeur die ons dat hele eind voor niets laat meerijden. Nu hoeven we alleen nog maar te zien dat we een tweede lift krijgen...'

We lopen Putney High Street af tot mijn moeder een geschikt plekje heeft gevonden, waar de winkelverlichting ons goed zichtbaar maakt. Hoewel het al erg laat, of eigenlijk juist erg vroeg is, komen er regelmatig auto's langsrijden, maar ze zoeven gewoon langs ons heen. Dan stopt er weer een taxi. Mijn moeder maakt een sprongetje van opwinding, maar deze keer schudt de taxichauffeur zijn hoofd als ze zegt dat we geen geld hebben.

'Doe me een lol, zeg, ik moet ook mijn brood verdienen,' zegt hij en rijdt weg.

We zijn dus weer op liften aangewezen, en nu ben ik zo moe dat ik nauwelijks meer op mijn benen kan staan. Mijn moeder zet me neer bij de ingang van een winkel en gaat zelf langs de stoeprand staan en zwaait met haar armen. Soms stopt er een auto, maar of ze denken dat mijn moeder alleen is en rijden door als ze mij roept, of ze hebben nog nooit van Robin Hill gehoord.

'Misschien kunnen we maar beter gaan lopen,' stelt ze met een zucht voor, maar dan stopt er een vrachtwagen.

'Waar moet je naartoe, schat?'

'Robin Hill.'

'O, meen je dat? Oké, stap maar in.'

'Ik heb mijn dochter bij me.'

'Die mag ook instappen.'

'Gaat u echt naar Robin Hill?'

'Ik ga naar Kingtown. Dat is net iets verder, dus ik zet jullie onderweg af, als je het goed vindt.'

'O, dat is meer dan goed, dat is helemaal fantastisch!' zegt mijn moeder.

Ze pakt mijn hand en we klimmen in de vrachtwagen. De vrachtwagenchauffeur geeft ons allebei een hand.

'Hallo, dames,' zegt hij. 'Ik heet Ginger.'

Hij heeft vuurrood krullend haar en een vrolijke sproetenkop. Hij ziet er niet uit als een maniak die ons met een bijl te lijf zal gaan, maar ik ben toch op mijn hoede. Mijn moeder glimlacht naar hem alsof hij haar beste vriend is.

'Nou, prettig kennis te maken, dames,' zegt Ginger.

'Hoe komt het dat jullie zo laat nog op pad zijn? Zeker de hele nacht gefeest?' Hij zwijgt even. 'O, jee, toch niet op de vlucht voor je vent, hè?'

'Ik heb geen vent, en ik hoef er ook geen een,' zegt mijn moeder. 'Het ligt een beetje ingewikkeld, Ginger. We gaan een verrassingsbezoekje afleggen.'

'O, juist,' zegt Ginger, maar het is duidelijk dat hij er niets van begrijpt. 'Nou, het is altijd fijn om een beetje gezelschap te hebben in de cabine. Iemand om mee te praten. Als ik 's nachts werk, word ik rond deze tijd altijd een beetje slaperig... Nee, nee, maak je geen zorgen, ik val echt niet in slaap...' Hij laat een fractie van een seconde zijn hoofd een beetje zakken en maakt een snurkend geluidje, en dan buldert hij van de lach. 'Die gezichten van jullie! Nee, hoor, maak je geen zorgen, dames, bij mij zijn jullie veilig.'

Dat is zo. Hij rijdt ons het hele eind netjes over de tweebaansweg. Dan mindert hij vaart en rijdt de parkeerplaats bij een hotel op.

'Zo, we zijn er. Ik zei toch dat ik jullie hier veilig zou afleveren?' zegt Ginger.

Mijn moeder en ik gaan overeind zitten en wrijven in onze ogen. Ik denk dat we allebei zijn ingedut. De paardenstaart van mijn moeder is nu helemaal afgezakt en haar make-up is uitgelopen rondom haar ogen, maar ze glimlacht nog steeds stralend.

'Zijn we in Robin Hill?' vraagt ze.

'Ja, je hoeft alleen nog maar dat straatje door.'

'Dan ben je een schat uit duizenden, Ginger,' zegt mijn

moeder, en ze geeft hem een zoen op zijn wang.

Ik mompel een bedankje en hoop dat ik hem niet ook hoef te zoenen. We springen vanuit de vrachtwagencabine op straat. Ginger geeft ons een kushand en trekt zijn stompe neus in rimpels als hij wegrijdt.

'Hij lijkt net een varken als hij dat doet!'

'Dat is gemeen om te zeggen, Destiny,' zegt mijn moeder, maar ze giechelt. 'Maar hij heeft zich niet gedrágen als een varken, vind je wel? Hij was echt een schatje... en de taxichauffeur ook. We hebben zo'n mazzel gehad.'

Mijn moeder glimlacht nog steeds, hoewel ze haar armen stijf om zichzelf heen slaat en rillend met haar voeten op de grond stampt.

'Wat gaan we nu doen, mam?' vraag ik met een klein stemmetje.

Ze kijkt me verwijtend aan. 'Voor een slim meisje ben je soms erg traag van begrip, Destiny! We gaan Danny's huis zoeken.'

Ik kijk verlangend naar het hotel. Ik denk aan een warm bad, een schoon bed met witte lakens... Mijn moeder kijkt ook. Ze wriemelt aan haar verwarde haren.

'Het zou heerlijk zijn als we ons eerst even konden wassen en opknappen,' zegt ze. Ze pakt me bij mijn hand. 'Oké, we gaan het proberen.'

'Mam, dat kan niet! We hebben geen geld!'

'We kunnen er morgenochtend altijd stiekem vandoor gaan,' zegt mijn moeder.

Mijn hart begint te bonzen. Méént ze dat serieus? Ze marcheert door de glazen deur de hotellobby binnen. Ze meent het dus.

Er is niemand in de lobby. Niemand bij de receptie. Niemand waar dan ook. Mijn moeder tuurt om zich heen. Ze kijkt naar de zachte, paarse bank vlak voor ons.

'Nou, daar kunnen we altijd een tukje op doen,' zegt ze. 'Toe maar, lieverd, ga maar liggen. Je ziet er doodmoe uit.'

Ik sta even te zwaaien op mijn benen en loop dan onzeker naar de bank. Ik raak hem zachtjes aan, alsof hij leeft, en ga dan op het randje zitten. Het voelt zo fijn dat ik wel achterover móét leunen – en dan ga ik echt liggen en trek mijn benen op.

'Goed zo,' zegt mijn moeder. 'Kom, schuif eens een stukje op, dan kom ik erbij.'

Maar als ze naast me wil kruipen, komt er een man uit een achterkamer tevoorschijn en staart ons aan.

'Mijn hemel, waar komen jullie opeens vandaan?' vraagt hij. Hij kijkt me dreigend aan. 'Je mag daar niet slapen!'

Ik spring van de bank af. Hij tuurt naar de kussens, alsof ik er allemaal moddervlekken op heb achtergelaten.

'Mijn dochter is moe. We willen graag een kamer,' zegt mijn moeder, met opgeheven kin.

De man kijkt met veel vertoon op zijn horloge. 'Onze gasten komen gewoonlijk niet meer om deze tijd aan,' zegt hij.

'Nou, wij zijn naar een feestje geweest,' zegt mijn moeder. 'En nu willen we graag een kamer.'

Hij zucht, maar zet zijn computer aan. 'Is het voor één nacht?'

‘Ja, graag.’

‘Mag ik uw creditcard zien?’

Mijn moeder bijt op haar lip. ‘Kunnen we niet betalen als we weggaan?’

‘Ja, natuurlijk, maar ik moet nu uw creditcardgegevens opnemen.’

‘O, juist ja.’ Mijn moeder maakt een show van het doorzoeken van haar tas en de zakken van haar spijkerbroek. De man wacht onverstoorbaar. ‘O, nee!’ zegt ze. ‘Ik kan hem niet vinden.’

‘Ach, wat een verrassing,’ zegt de man.

‘Ik weet niet wat ik moet doen,’ zegt mijn moeder.

‘Nou, ik ben bang dat u hier niet kunt blijven. Tot ziens,’ zegt de man.

Ik grijp mijn moeders hand. Ik wil niet dat ze doorgaat met haar toneelspel, het is zo afschuwelijk. Maar ze let niet op mij.

‘Waar kan ik hem nou zijn kwijtgeraakt?’ zegt ze. ‘Ik moet morgenochtend die mensen van het creditcardbedrijf maar opbellen. Kunnen we niet gewoon voor de rest van de nacht een kamer krijgen en de financiële details later afhandelen, na het ontbijt?’

‘Het spijt me, we hebben hier strikte bedrijfsregels. Gasten moeten bij het inchecken hun creditcardgegevens achterlaten.’

Mijn moeder zucht. ‘Goed, mogen mijn dochter en ik dan in ieder geval van jullie toiletruimte gebruikmaken, of is er een strikte bedrijfsregel die zegt dat kleine meisjes bij jullie niet naar de wc mogen?’ zegt ze.

De man trommelt ongeduldig met zijn vingers op de balie. 'Goed dan. Maar schiet wel op.'

We schieten helemaal niet op. We gaan niet alleen naar de wc. We wassen ons gezicht bij de wastafel. Mijn moeder trekt haar bloesje uit, wast zich onder haar oksels en weekt haar vieze voeten in de wasbak. Ze doet haar make-up opnieuw op, kamt haar haar en doet een nieuwe paardenstaart in. Dan doet ze mijn haar ook weer opnieuw in een paardenstaart. We hebben geen tandpasta of tandenborstels bij ons. Mijn moeder probeert in plaats daarvan een beetje zeep over haar tanden te wrijven, maar daar moet ze van kokhalzen.

'Zo, nu zien we er een beetje beter uit,' zegt ze. 'Wil jij je voeten ook wassen, Destiny? De mijne voelen nu zoveel lekkerder aan.'

'Nee, mam. We zijn al uren bezig. Die man kan ieder moment op de deur komen bonzen. Laten we maar gaan.'

'Ach, wat ben je toch bezorgd,' zegt mijn moeder en ze geeft me een kus op het puntje van mijn neus. Daarna moet ze er met toiletpapier de lippenstift weer van afvegen.

'Kijk, je moet natuurlijk niet zo'n rode neus hebben als Rudolf het Rendier als je je vader ontmoet,' zegt ze.

De man staat met een grimmig gezicht te wachten bij de deur van het damestoilet. Hij steekt zijn hoofd naar binnen, waarschijnlijk om te controleren of we de wastafels niet hebben ondergesmeerd en niet op de smetteloze vloer hebben geplast.

'Ik zei dat jullie moesten opschieten. Wat hebben jullie gedaan, een bad genomen?'

Ik giechel zenuwachtig, maar hij maakt geen grapje.

'Nu wegwezen, jullie.' Hij kijkt mijn moeder nijdig aan. 'Je hebt geluk dat ik de politie niet heb gebeld.'

'O, is het nu al verboden om om een kamer te vragen in dat klerehotel van jullie?' vraagt mijn moeder. 'Maak je maar geen zorgen, ik wíl hier al niet eens meer blijven, al kreeg ik geld toe.'

Ze pakt mijn hand en marcheert op haar hoge hakken naar buiten. Haar paardenstaart zwiept heen en weer. Ik ren op een drafje met haar mee.

'O, mam, hij zal toch niet echt de politie bellen, hè?'

'Doe niet zo gek, Destiny. Natuurlijk doet hij dat niet. Kop op, schat. We zijn er, we zijn in Robin Hill.' Ze streelt liefdevol over het straatbord, alsof het een kat is. 'Zo! Kom mee.'

De straat is afgesloten met een witte houten slagboom met een hokje ernaast, maar daar zit gelukkig niemand in. We lopen over de stoep de Robin Hill Estate in en hebben het gevoel dat we een sprookjeswereld in stappen. We zijn maar een paar stappen van de drukke hoofdweg verwijderd, maar toch lijkt het alsof we hier meteen helemaal buiten zijn. Boven ons hoofd is een dicht bladerdak en dikke heggen omzomen het met gras begroeide pad. Vogels beginnen al te zingen in de bomen, hoewel er nog geen straaltje zon te bekennen is. Het is hier heel erg donker. Ik pak mijn moeders hand en houd hem stijf vast.

'Is het hier niet heerlijk?' fluistert ze. 'Ik wist wel dat

Danny op een prachtige plek zou wonen.'

'Denk je echt dat je weet wat zijn huis is?'

'Natuurlijk!' zegt mijn moeder, maar ze klinkt niet meer zo zeker van zichzelf.

Als we verder lopen, komen we erachter dat er heel veel huizen staan, maar de meeste staan ergens verscholen achter een lange oprit met grind. Het enige wat je kunt zien zijn grote, beveiligde hekken. Mijn moeder klimt langs een van de hekken een stukje omhoog om te zien of ze het huis kan ontdekken, en meteen gaat er vanuit het niets zomaar een licht aan. We geven een gilletje van schrik. Mijn moeder springt naar beneden en we rennen weg, het pad af en de hoek om. Met bonzend hart drukken we ons tegen een boomstam. We verwachten ieder moment geschreeuw, rennende voetstappen en politiesirenes, maar het licht is weer uit en er heerst een diepe stilte.

'Oeps!' zegt mijn moeder en ze giechelt een beetje beverig.

'Mam, straks denken ze dat we inbrekers zijn en sluiten ze ons op!'

'O, Destiny, hou op, ik word helemaal depri van je. Ik probeer juist een beetje de moed erin te houden. Ik ben er aardig zeker van dat dat niet Danny's huis was. Hij heeft een prachtige tuin. Ik heb foto's gezien dat hij in zijn tuin met de kinderen aan het spelen is. Hij is zo'n liefdevolle vader. Zie je wat je al die jaren hebt gemist, schat? Ik wil dat hij ook een beetje om jou gaat geven. Dat wordt hoog tijd.'

'Maar, mam...'

'Hou je mond nou, Destiny. Waarom moet je me toch altijd tegenspreken? Ik ben je moeder en ik weet het beter. Kom mee nu.'

Dus ik loop met haar mee, zonder iets te zeggen. Ze begint weer mank te lopen, maar ze houdt haar schoenen aan, om haar voeten schoon te houden. Ze neuriet, maar zo zachtjes dat ik haar nauwelijks kan horen. Ik hoef niet te luisteren om te weten welk wijsje het is. Het is 'Destiny', mijn liedje.

We lopen grasachtige paadjes op en af, vangen hier en daar een glimp op van enorme huizen, hier een met een groot meer, daar een met tennisbanen ernaast. Ik stel me Danny voor die roeit, Danny die met een racket rondrent. Bij een van de huizen is een grote Duitse herder, die meteen blaffend op ons af komt als we door het hek gluren. Hij kan niet bij ons komen, maar we rennen toch weg, bang dat zijn luide geblaf iemand zal wekken.

'Dat kan Danny's huis niet zijn. Hij zou nooit zo'n enge hond nemen met kinderen in de buurt. Dat beest zou die kleine Ace opvreten als ontbijt,' hijgt mijn moeder.

Ik begin te geloven dat we de rest van de nacht over Robin Hill zullen dwalen en waarschijnlijk zonder het zelf te weten verschillende keren langs Danny's huis zullen komen. Maar daar, aan het eind van het pad, zien we plotseling een groot hek. Er zijn bosjes slaphangende bloemen en kleine teddybeertjes aan vastgebonden, en overal op de muur zijn klodderige, half uitgesmeerde teksten geschreven, die we in het donker niet kunnen lezen.

Dat is ook niet nodig. Het is duidelijk dat het hartstochtelijke boodschappen zijn van fans. Dit móét Danny's huis zijn.

Mijn moeder knijpt me hard in mijn hand. 'We hebben het gevonden, Destiny!' Ze lacht even. 'Wat zullen ze verrast zijn als we aankloppen!'

'Mam! We kunnen nú niet aankloppen. Het is nog veel te vroeg.'

'O, schat, we kunnen nu niet meer wachten,' zegt mijn moeder. Ze ijsbeert heen en weer op haar pijnlijke hoge hakken. 'Ik kan niet wachten, ik kan niet wachten!'

'Mam, wat zouden wij denken als er bij óns om drie uur 's morgens op de deur zou worden geklopt? Ze zullen heel erg schrikken – en ze zullen ook kwaad worden.'

'Niet als we het uitleggen,' zegt mijn moeder, maar ze begint een beetje te weifelen. 'Misschien heb je gelijk. We wachten tot het licht is, goed? Dat geeft ons de kans om een schoonheidsslaapje te houden.'

Dus we gaan op het pad zitten en leunen tegen de muur. Ondanks de kou, de zorgen en de opwinding vallen we allebei in een diepe slaap.

## HOOFDSTUK 4

# Sunset

Ik word vroeg wakker, hoewel ik de halve nacht niet heb kunnen slapen. Mijn vader en moeder maakten urenlang ruzie. Ze schreeuwden zo hard dat Ace er wakker van werd en begon te huilen. Ik was eerder bij hem dan Claudia, haalde hem uit zijn bedje en nam hem mee naar mijn kamer. Sweetie kwam er ook bij en kroop met haar kleine scherpe ellebogen en knieën dicht tegen me aan, haar lange haar in een warrige bos over mijn gezicht.

We bleven ongemakkelijk liggen terwijl het geschreeuw doorging. Ik probeerde het dekbed over onze hoofden te trekken en deed met Sweetie en Ace alsof we beren waren in een grot. Dat leidde ze een paar minuten af, maar toen kregen ze het warm en ze duwden hun hoofd weer onder het dekbed vandaan. Mijn moeder stond nu te schreeuwen en mijn vader brulde heel erg lelijke woorden terug. Ace begon ze na te brabbelen, maar ik legde mijn hand over zijn mond.

'Niet doen, Ace. Dat mag je niet zeggen.'

'Papa zegt het ook.'

'Papa is heel erg stout.'

‘Waarom is hij zo boos op mama?’ mompelt Ace. ‘Ik vind het naar als papa boos is.’

‘Mama huilt,’ zegt Sweetie. ‘Zullen we zeggen dat ze moeten ophouden, Sunset?’

‘Nee, dan worden ze boos op ons. Stil nou.’

‘Ik wil naar mama toe!’ zegt Ace.

‘Je bent nu bij mij. Kom hier, kleine Aceman Spaceman. Het is tijd om te dromen over de maan en de sterren.’

Ik streelde hem over zijn warme gezichtje en zijn zijdezachte, steile haar. Hij nestelde zich dicht tegen me aan en viel na een paar minuten in een diepe, rustige slaap.

‘Hij is niet op het potje geweest,’ fluisterde Sweetie. ‘Pas op, Sunset, straks plast hij in bed.’

‘Nee, dat doet hij niet,’ zei ik vastberaden, hoewel ik bang was dat ze wel eens gelijk kon hebben.

Het bed is nu nog steeds droog, en eigenlijk zou ik hem snel uit bed moeten tillen en op het potje moeten zetten, maar als hij wakker wordt, maakt hij iedereen wakker, en het is nu zo heerlijk stil en rustig. Sweetie is ook in mijn bed blijven liggen. Ze ligt met haar armen en benen wijd uitgespreid als een zeester en neemt de meeste ruimte in. Ze heeft nog steeds paarse oogschaduw op haar oogleden. Ik staar naar mijn zusje en slaak een zucht. Het is zo oneerlijk. Waarom kan ík niet klein en mooi zijn? Ik zou er alles voor overhebben om net zo klein en blond en mooi te zijn als Sweetie. Zij hoeft niet steeds moeite te doen om aardig te zijn tegen mensen. Iedereen vindt haar leuk, omdat ze er leuk uitziet. Ik kam

met mijn vingers voorzichtig door haar lange lokken en leg mijn hoofd heel dicht tegen het hare, zodat haar lange blonde haar over mijn schouders valt.
Sweetie mompelt iets in haar slaap en duwt me weg.

'Sorry, hoor, dit is wel *míjn* bed,' mopper ik, maar ze blijft liggen waar ze ligt.

Dus laat ik me uit bed glijden en rek me uit. Dan loop ik op mijn tenen over het tapijt en doe voorzichtig de deur open naar Kleerkaststad. Ik heb een witte ingebouwde kleerkast die een hele muur beslaat, maar het is me gelukt om al mijn saaie jurken, jasjes, bloesjes en broeken in één hoek te proppen. Dat betekent dat ik meer dan de helft over heb voor Kleerkaststad.

Het is begonnen met mijn poppenhuis. Dat heb ik van het blad *Hi!* gekregen toen Sweetie geboren was. Ze hadden een fotoreportage van twaalf pagina's gemaakt van mijn vader en moeder met hun nieuwe baby. Ze maakten foto's van mijn moeder in bed met Sweetie (in haar konijnenpakje); van mijn vader die mijn moeder ontbijt op bed brengt; van mijn vader en moeder in bed, met Sweetie in hun armen; van mijn moeder die op de hometrainer bezig is, terwijl mijn vader Sweetie in de wieg legt; van mijn vader en moeder in feestkleding op de grote fluwelen bank, met Sweetie in een lange witte doopjurk op mijn moeders knie; van mijn vader en moeder die Sweetie in haar sprookjesachtige schommelwieg een nachtzoentje komen brengen. Daar sta ik ook bij, met mijn vinger tegen mijn lippen gedrukt (tanden niet in beeld). Daarna wilden ze een foto in mijn slaapkamer, met mij op de grond met Sweetie op schoot en al mijn beren in een kring om ons heen, maar ze vonden de muur een beetje wit en kaal, dus toen lieten ze een enorm poppenhuis komen om de lege ruimte op te vullen!

Ik geloof niet dat ik ooit eerder een poppenhuis had gezien. Ik vergat mijn kleine zusje en wilde alleen nog maar op mijn knieën bij dat prachtige roze met witte huis zitten, met de glimmende witte dakpannen, de witte pilaren en de drie witte trappetjes naar de roze voordeur. Er zat een piepklein koperen kloppertje in de vorm van een leeuwenkopje op de deur waarmee je echt kon kloppen, en een klein brievenbusje, waar je brieven niet groter dan een nagel doorheen kon duwen. De deur had echte scharnieren, zodat een klein popje kon aankloppen en dan door de deur naar binnen kon gaan. Ik wilde het liefst zelf door die deur naar binnen glippen. Ik ging op mijn hurken zitten om tussen de latten van de ramen door te zien of er misschien popjes binnen zaten die met hun piepkleine plastic handjes naar me zwaaiden.

'Wil je naar binnen kijken?' vroeg Mark, de assistent van de fotograaf. Hij duwde een haakje aan de zijkant van het huis omhoog en daar zwaaide het huis open. Alle drie de verdiepingen van het poppenhuis werden onthuld, met wat eerste spulletjes erin – hier een bed, daar een vloerkleed, een fornuisje in de keuken en een piepklein wc'tje in de badkamer.

Ik pakte mijn allerkleinste beertje en liet haar door het poppenhuis lopen, legde haar in het bed, liet haar zitten op het vloerkleed, zette haar bij het fornuis om pap te koken en zette haar op de wc. Ik vergat helemaal mijn tanden te bedekken. Ik glimlachte van oor tot oor.

Sweetie had er intussen genoeg van en de oppas (niet Claudia – was het toen nog Rhiann, of Agnieszka, of Hilke?) gaf haar de fles, zodat ik twintig minuten ongestoord kon spelen. Dat beertje heette Donsje en was altijd de baby van de berenfamilie geweest, maar in het poppenhuis groeide ze snel op en ze veranderde in mevrouw Donsje, trotse eigenares van een miniatuurlandhuis. Ik maakte van een tissue een schortje voor haar en ze scharrelde bedrijvig door het huis en stofte voorzichtig de meubeltjes af met haar poot.

Toen Sweetie haar fles en een schone luier had gekregen en klaar was om weer voor de camera's te verschijnen, legde ik mevrouw Donsje met tegenzin in bed om uit te rusten. Samen met mijn zusje ging ik op de grond zitten en deed mijn best om er zo charmant mogelijk uit te zien. Hopeloos was ik. Ik kon mijn lippen niet op elkaar houden, ik draaide mijn hoofd steeds verlegen opzij, en ik was zo bang om ieder keer als de camera flitste met mijn ogen te knipperen, dat ik met een strakke, loensende blik in de lens staarde. Sweetie was nog maar net geboren, maar ze had meteen de slag te pakken. Ze kon nog niet echt lachen, maar ze zette haar blauwe ogen wijd open, tuitte haar kleine roze mondje en hield op een schattige manier een van mijn vingers vast. Toen al wist ze hoe ze de camera moest bespelen.

Toen we eindelijk klaar waren en de fotograaf en zijn assistent alle rare witte schermen, het zilverpapier en de eindeloze voorraad camera's, statieven, batterijen en elektriciteitskabels begonnen op te ruimen, ging ik weer bij mijn poppenhuis zitten. Ik maakte mevrouw Donsje wakker en ze liep diepongelukkig alle kamers rond. Ze kuste de spijlen van het bed, de wollige randen van het kleed en de pitten van het fornuis. Ze boog zelfs voorover en kuste de wc.

'Wat doet zij nou? Moet ze overgeven?' vroeg Mark, die op zijn knieën naast me was komen zitten.

Ik bloosde, omdat hij misschien vond dat ik vies deed. 'Ze neemt afscheid van het huis,' fluisterde ik.

'Wil ze er dan niet meer in wonen?'

'Jawel, het is haar droomhuis!' zei ik, en hij moest lachen.

'Zeg dan maar tegen haar dat ze mag blijven. Het ziet ernaar uit dat je het poppenhuis mag houden!'

'Echt?'

'We hebben geprobeerd het te huren, maar dat was zo duur dat we het maar gewoon hebben gekocht. Het heeft volgens mij weinig nut om het mee terug te sjouwen naar de studio. Hou jij het maar, lieverdje.'

Lieverdje. Dat zei iedereen altijd tegen mijn kleine zusje. Even dacht ik dat hij bedoelde dat het poppenhuis voor haar bestemd was. 'Maar ik ben Sunset. Ik ben niet Sweetie,' zei ik teleurgesteld.

'Dat weet ik, schat. Ik noem iedereen "lieverdje".' Hij kneep me zachtjes in het puntje van mijn neus. 'En jij bent een ongelofelijk lieverdje.'

O, ik hield toch zoveel van Mark. Een hele tijd deed ik

alsof hij en ik samen in het roze met witte huis woonden en dat mevrouw Donsje onze huishoudster was.

Mijn moeder kocht twee poppenhuispopjes voor me, maar die vond ik nooit zo leuk. Ze hadden porseleinen hoofdjes en stijve witte lijfjes van stof, en ze konden niet goed zitten. Ik moest ze steeds ergens tegenaan zetten of plat op de grond leggen, alsof ze plotseling waren flauwgevallen. Ze hadden victoriaanse kleertjes aan, de vrouw een paarse hoepelrok en de man een keurige grijze jas met een streepjesbroek. Mijn moeder zei dat ik ze Victoria en Albert moest noemen. Ik wilde dat eigenlijk niet. Het maakte ze nog stijver en vreemder dan ze al waren. Ik kreeg akelige dromen over levensgrote monsterpoppen met geschilderde hoofden en starende ogen, die me met één klap van hun stijf opgevulde armen tegen de grond konden slaan. Ik verbande Victoria en Albert naar de bodem van mijn sokkenla.

Ik nodigde het op één na kleinste beertje in het poppenhuis uit om mevrouw Donsje gezelschap te houden. Dat was meneer Bruintje Dikzak, een bolrond beertje met een brede glimlach, dat grappige verhaaltjes vertelde, vooral nadat ik hem iets te drinken had gegeven uit een miniatuurlikeurflesje.

Ik besloot dat mevrouw Donsje en meneer Bruintje Dikzak misschien wel kinderen wilden, dus ik gaf ze Tjaptjoj, een piepklein Chinees poesje dat altijd met zijn pootje zwaaide, Tippel, een roze glazen paard, en een baby, Ukkepuk, die ik speciaal had gemaakt van roze boetseerklei.

Mijn moeder werd boos op me toen ze me met mijn nieuwe familie zag spelen.

'Waarom zet je je mooie poppenhuis vol met deze troep? Ik heb je juist mooie popjes gegeven om mee te spelen. Deze gekke dingen zijn geen poppen. Ze zien er helemaal verkeerd uit. Ze zijn allemaal óf te groot, óf te klein. En je weet dat ik niet wil dat je met boetseerklei speelt – het komt overal aan.' Ze kneep Ukkepuk in elkaar, zodat ze verschrikkelijk vervormde.

Ik zei dat het me speet, gaf toe dat het raar van me was en haalde mijn familie weg uit het poppenhuis, maar zodra mijn moeder de kamer uit was, zette ik ze allemaal weer terug. Ik vroeg mevrouw Donsje om bij het fornuis te gaan staan en mijn lievelingseten voor ze te koken: worstjes met gebakken bonen en aardappelpuree. Meneer Bruintje Dikzak plofte op de bank met een piepklein dubbelgevouwen stukje krant. Tjaptjoj ging knikkeren met piepkleine kraaltjes. Tippel deed haar dressuuroefeningen met een heel klein roze veertje op haar kop. Ik kneedde Ukkepuk liefdevol terug in haar oude vorm en legde haar in haar wiegje, gemaakt van een lucifersdoosje. Ik zorgde dat mijn familie veilig en goed onder dak was, wat er ook gebeurde.

Het is nu jaren later en ze wonen nog steeds in het poppenhuis. Ik heb nieuwe popjes, kleine lachende dikkerdjes, en vijf kleine vilten muisjes, allemaal met verschillende kleertjes aan, maar dat zijn alleen maar vriendjes en neefjes en nichtjes van mijn echte familie. Ik heb nu ook veel meer spulletjes: een hemelbed met roze dekens, een tv, een piepklein vogeltje in een wit kooitje, vloerkleden in alle kamers, schilderijen aan de muren, gordijnen voor de ramen. Maar de dingen die er vanaf het begin bij zaten, zijn nog steeds mijn favoriet. Mevrouw Donsje heeft een hele voorraad steelpannen en kan haar maaltijden opdienen op speciale miniatuurbordjes met wilgenpatroontjes erop. De bank van meneer Bruintje Dikzak heeft nu fluwelen kussens met kleine gevlochten kwastjes. Tjaptjoj, Tippel en Ukkepuk hebben kamersvol piepklein speelgoed, waaronder een perfect miniatuurpoppenhuisje. Het heeft een haakje aan de zijkant, zodat je het kunt openklappen. Ik heb er van boetseerklei pieperdepiepkleine kopietjes van mijn familie in gemaakt, die spelen met weer een ander, nóg kleiner poppenhuisje. Ik vind het leuk om me voor te stellen dat er in dat poppenhuisje een nóg kleinere familie speelt met een poppenhuis zo groot als een koekkruimel, en zo maar door, tot ik er duizelig van word.

Het poppenhuis is nog steeds mijn liefste bezit, hoewel ik waarschijnlijk veel te oud ben om met poppen te spelen. Sweetie wilde er zodra ze kon kruipen ook mee spelen, maar zij stopte alle meubeltjes in haar mond. Ze had bijna Ukkepuk ingeslikt.

Ik probeerde haar voorzichtig af te leiden, maar dat maakte haar nog vastberadener. Ze gebruikte het poppenhuis om zich aan op te trekken. Ze greep zich vast aan de kleine vensterbankjes en trok ze helemaal uit hun verband. Ik kon het niet aanzien en gaf haar een tik op haar kleine graaiende vingertjes, maar toen mijn moeder dat zag, schreeuwde ze dat ik een akelig, jaloers, egoïstisch zusje was en dat ik moest leren mijn speelgoed met Sweetie te delen. De meeste dingen wilde ik best met haar delen, maar niet het poppenhuis. Dus ik heb het met veel moeite in mijn kleerkast gezet en de deur dichtgedaan, zodat Sweetie er niet bij kon.

Daarna liet ik het poppenhuis altijd in de kleerkast staan. Dat was heel verstandig, want Ace bleek een enorme lastpost, die al mijn spullen kapotmaakte. Deze week alleen al heeft hij van al mijn viltstiften de punten kapot geduwd en van mijn grootste beer, Suma, de kop afgetrokken.

Maar Kleerkaststad zit veilig achter gesloten deuren. Ik doe mijn wereld alleen open als Sweetie en Ace weg zijn of slapen. Ik heb nog drie huizen gemaakt van aan elkaar geplakte schoenendozen, die ik allemaal zelf heb bekleed en gemeubileerd. Ook heb ik van houten blokken een hoge flat gemaakt. Na een aantal verschrikkelijke rampen heb ik Bizonkit gebruikt om de stenen aan elkaar te plakken.

Er zijn ook twee winkels. De een verkoopt kleine pakjes ontbijtgranen, potjes met jam, miniatuurflesjes met sterkedrank en allerlei kant-en-klaarmaaltijden van boetseerklei. De ander is een kledingzaak, gespecialiseerd in spijkergoed – een heleboel kleine jasjes en broekjes die ik heb gemaakt van een oude spijkerbroek. Er is ook een klein boerderijtje, zodat iedereen iedere dag verse melk en eieren heeft, en een garage met een heel stel Dinkytoyautootjes. Ik ben stiekem aan het sparen voor een kasteel, hoewel dat er waarschijnlijk moeilijk bij zal passen.

Ik vertel nooit iemand over Kleerkaststad. Ze zouden me op school alleen maar nóg stommer vinden. Ik haat school. Ik heb al op vier verschillende scholen gezeten en ze zijn allemaal even erg. Op mijn laatste school vond ik de lessen nog wel oké, maar Ridgemount House is afschuwelijk, want daar hebben ze geen regels. Als we geen zin hebben, hoeven we niet eens te werken. De andere kinderen lopen voortdurend te keten. Ik voel me daar helemaal niet thuis. Ze vinden me niet aardig en noemen me Slijmtrut. Ik heb geen enkele vriendin.

Ik kan het niet aan mijn vader of moeder vertellen. Die gaan dan alleen maar weer uitgebreid vertellen over de ruige scholen waar zij vroeger zelf op hebben gezeten. Ze zeggen dat ik moet leren niet zo serieus te zijn, en dat ik snel genoeg vrienden zal krijgen als ik meedoe met lol trappen. Zoals Sweetie. Zij zit ook bij mij op school en alle kinderen in haar klas willen haar beste vriendje of vriendinnetje zijn.

Ik hoor een klagelijk gemauw en gekrab bij mijn deur.

'Ga slapen, het is nog te vroeg,' sis ik.

Ik wil op mijn gemak de slaapkamers van mijn poppenhuis opnieuw inrichten, maar Bessie mauwt zo zielig dat ik Kleerkaststad maar opberg om naar haar toe te gaan.

Ik doe mijn slaapkamerdeur open en pak haar op. Ze is nu een oude dame, maar ze is nog steeds mooi: een dikke zwarte kat met witte voetjes. Mijn moeder heeft haar na afloop van een fotosessie met jonge poesjes van iemand cadeau gekregen, maar ze kijkt niet echt naar haar om en mijn vader houdt niet van katten. Sweetie schijnt er allergisch voor te zijn en Bessie moet niets hebben van Ace, omdat die haar altijd achternazit. Het komt er dus op neer dat ik nu degene ben die voor haar zorgt.

'Het is nog geen etenstijd, Bessie,' fluister ik, terwijl ik met mijn kin over haar zachte, harige kopje wrijf.

Bessie is het daar niet mee eens. Wat haar betreft is het altijd etenstijd. Ik draag haar de trap af naar de keuken en gooi een blik van haar natte smurrie in een schaaltje. Zij schrokt het gretig naar binnen terwijl ik haar gezelschap houd met een schaaltje cornflakes. Er is verder nog niemand wakker. Claudia slaapt uit zolang Ace haar de kans geeft. Margaret, onze huishoudster, komt op zondag altijd pas laat het ontbijt klaarmaken. Haar man John gaat in de middag pas grasmaaien en andere klusjes doen om mijn vader niet te storen. Het is 's morgens vroeg altijd erg rustig.

Bessie heeft haar schaaltje eerder leeg dan ik. Ze loopt naar de achterdeur en begint weer te mauwen om naar buiten gelaten te worden. Het is een hele klus om alle sloten en grendels los te krijgen, maar ik ben er zo langzamerhand aardig handig in geworden. Ik doe de deur open en Bessie schiet weg, het grasveld over, om het zwembad heen, onder de trampoline door en het pad op naar het ruige, bosachtige gedeelte, waar het gras hoog is en ze zich kan verstoppen.

Ik loop in mijn pyjama achter haar aan naar buiten en

gris Johns oude fleecetrui van de haak bij de achterdeur. Ik heb weinig zin om mijn voeten in zijn tuinschoenen te steken, dus ik loop op mijn blote voeten de tuin in. Het gras is nat en kietelt aan mijn voeten. Het voelt een beetje als pootjebaden. Ik spring in het rond, zwaai met mijn armen en gooi als een balletdanseres mijn benen in de lucht.

Mijn moeder heeft me op ballet gedaan toen ik een jaar of vijf was. Misschien was het om me uit de weg te hebben toen Sweetie geboren was. Ze zei dat het me zou helpen om me sierlijker te bewegen. Ik heb het een heel jaar volgehouden. Ik vond juf Lucy, die ons lesgaf, erg aardig. Ze was vriendelijk en werd nooit boos, zelfs niet als ik steeds weer met het verkeerde been begon en de verkeerde kant op draaide. Ik was het enige kind in de klas dat niet kon springen. Ik voelde me altijd helemaal rood en warm worden, en ik zag de andere meisjes grinniken als ik maar wat rondhobbelde. Maar juf Lucy zei altijd: 'Goed gedaan, Sunset. Ik zie dat je goed je best doet, liefje.'

Toen kon mijn moeder me op een dag niet brengen, omdat ze bij de kapper extensions in haar haar ging laten zetten. De oppas moest met Sweetie naar de dokter, Margaret en John hadden een weekend vrij, en de uitzendkracht kwam niet opdagen, dus bracht mijn vader me naar de balletles.

Hij zat daar bij de moeders van de andere kinderen, die helemaal opgewonden waren en zich uitsloofden omdat ze naast Danny Kilman mochten zitten, op wie de meesten al sinds hun kindertijd verliefd waren. Mijn vader genoot van alle aandacht en leunde achterover, met zijn handen achter zijn hoofd en zijn lange, magere benen met de cowboylaarzen voor zich uitgestrekt. Ik was toch zo trots dat hij mijn vader was. Maar toen ik begon te dansen, ging hij rechtop zitten. En na een poosje dook hij in elkaar, met gebogen hoofd, alsof hij het niet kon verdragen om nog langer naar me te kijken.

Zodra de les was afgelopen en ik nog samen met de andere meisjes een beetje wankel een reverence stond te maken, pakte mijn vader me bij de hand en sleurde me de zaal uit.

'Vind je dansen leuk, Sunset?' vroeg hij.

'Ik weet het niet,' mompelde ik.

'Nou, ik zie niet in waarom je ermee zou doorgaan, schat, want je bakt er niks van,' zei mijn vader. En ik ben nooit meer gegaan.

Ik weet dat ik er nog steeds niks van bak, ik ben niet gek, maar ik vind het heerlijk om te springen en rondjes te draaien, en zolang ik mezelf niet kan zien, kan ik doen alsof ik een schattig wit balletpakje aan heb, en roze balletschoentjes aan mijn voeten. Ik maak een achtje om het zwembad, zweef door het hoge gras en begin dan een serieus bosnimfenballet, waarbij ik steeds tussen de bomen verdwijn en weer tevoorschijn kom. Ik raak behoorlijk buiten adem, dus ik stop en maak een diepe reverence voor mijn denkbeeldige publiek, dat klapt en juicht en me bloemen toewerpt.

Ik hoor klappen! Echt klappen, gedempt maar onmiskenbaar. Ik kijk op en daar zie ik een gezicht boven de muur, en ellebogen, en twee klappende handen. Ik voel dat ik bloos. Ik zie er vast belachelijk uit. Wie is dit? Een meisje, niet erg oud, ongeveer mijn leeftijd. Een mager, donker meisje met haar haar in een paardenstaart.

Ken ik haar? Ze komt me op de een of andere manier bekend voor. Het is niet een van de meisjes van school, het is niet een van de meisjes die vroeger wel eens kwamen spelen, het is... Het is het meisje van gisteravond bij de première, het meisje dat zei dat ik zo'n geluksvogel ben!

Wat doet zij hier? En hoe is ze daar gekomen? De muur is zeker twee meter hoog. Ik ben nog steeds zo rood als een biet en ik weet niet wat ik moet doen. Misschien moet ik terugrennen, het huis in. Misschien moet ik John gaan halen – hij doet de beveiliging. Misschien moet ik hem vertellen dat er een meisje op de muur is geklommen.

'Hallo,' zegt het meisje aarzelend.

'Hallo,' zeg ik, alsof het de gewoonste zaak van de wereld is dat we elkaar op deze manier ontmoeten.

'Ik vond dat je mooi danste,' zegt ze.

Mijn hart begint te bonzen, maar ik geloof niet dat ze me wil plagen.

'Ik zag er vast idioot uit,' mompel ik.

Ik besef dat ik er nog steeds ongelofelijk stom uitzie in mijn roze berenpyjama met Johns oude fleecetrui erover. Het meisje ziet er zo gaaf uit in haar zwarte T-shirt. Ze heeft nog steeds haar kleine zwarte handschoentjes aan. Haar moeder was gisteren net zo gekleed als zij.

'Waar is je moeder?' vraag ik.
'O, die is hier, maar ze slaapt nog.'
'Hoe bedoel je, hier?'
Ze knikt naar haar kant van de muur. 'Hier!'
'Hè? Slaapt je moeder op straat?'
'Jep.'
'Gaat het goed met haar?'
'Ik denk het wel.' Ze kijkt naar beneden en glijdt bijna weg. 'Oeps! Wacht even.' Ze trekt uit alle macht, wringt zich in bochten en weet dan uiteindelijk ook haar ene voet op de muur te krijgen.
'O, wees voorzichtig! Straks val je!'
'Nee, nee, wacht even.' Ze schuift haar voet langzaam een stukje verder naar voren, werkt haar been omhoog, en plotseling zit ze triomfantelijk schrijlings op de muur.
'Hoe dóé je dat? Hoe ben je daaróp gekomen?'
'Ik ben goed in klimmen. En er zit hier een klimplant, dus daar heb ik me aan vastgehouden. Ik kan zo bij je in de tuin springen, als je dat goed vindt.'
'Eh...'
'Ik zou anders door het hek zijn gekomen, maar dat zit op slot, en het is er zo een met een beveiligingscode, hè?'
'Ja, dat denk ik wel.'
'Dus hoe doen je vriendinnen dat dan als ze willen vragen of je meekomt?'
'Dat doen ze niet. Ik denk dat onze moeders dat meestal van tevoren afspreken, via de telefoon,' zeg ik een beetje ongemakkelijk, want ik wil niet toegeven dat ik op dit moment helemaal geen vriendinnen heb.

'Nou, ik heb niets afgesproken, hè? Mag ik binnenkomen?'

Ik weet dat ik eigenlijk 'nee' moet zeggen. Mijn moeder zou door het lint gaan. Ze roept altijd tegen mijn vader dat we meer beveiliging nodig hebben. Ze heeft geprobeerd de muur te laten verhogen, met glasscherven aan de bovenkant, maar de andere bewoners van Robin Hill waren erop tegen en zeiden dat het niet paste bij de rest van de buurt. Mijn moeder was woedend. Ze zei dat het een stelletje bemoeizuchtige snobs waren die onze beveiligingsproblemen gewoon niet begrepen, omdat ze getrouwd waren met saaie directeuren en niet met een wereldberoemde rockster. Wij hadden niet alleen inbrekers om ons zorgen over te maken – iemand zou zomaar haar kinderen kunnen ontvoeren voor losgeld.

Maar dit meisje met haar paardenstaart is duidelijk geen inbreker of ontvoerder. Het is zo vreemd: ik ken haar niet, ik weet niet eens hoe ze heet, maar toch voel ik me bij haar niet verlegen. Ik heb het gevoel dat ik alles tegen haar kan zeggen en dat ze me niet zal uitlachen, of met haar vinger tegen haar voorhoofd zal tikken, of zal zeggen dat ik raar ben.

'Ja, natuurlijk mag je binnenkomen... maar wees wel voorzichtig. Kijk, wacht...' Ik trek Johns fleecetrui uit, rol hem op en leg hem bij de muur op de grond. 'Dit breekt waarschijnlijk je val... of als je wilt, kan ik proberen je op te vangen.'

'Dan bezeer ik je,' zegt ze. 'Het komt wel goed. Kijk maar!'

Plotseling springt ze naar beneden. Ze landt sierlijk, met gebogen knieën en uitgestrekte armen, op de trui en richt zich dan weer op, als een gymnast.

'Nu klap ik voor jou,' zeg ik, en ik doe het.

'Ik hoop dat ik niet je ochtendjas vies heb gemaakt,' zegt ze. Ze raapt de trui op en schudt hem uit.

'Dat is mijn ochtendjas niet!' zeg ik. 'Dat is Johns fleecetrui.'

'Wie is John?'

'Nou, hij is vooral onze tuinman,' zeg ik gegeneerd.

'O, natuurlijk. Ik kan me niet voorstellen dat Danny Kilman zelf zijn tuin doet,' zegt ze.

'Ben jij... ben je zo verliefd op Danny? Je was gisteravond ook al bij de première.'

Ze aarzelt. 'Het is... ingewikkeld,' zegt ze op een erg volwassen manier, maar ze kijkt er een beetje ongemakkelijk bij.

'Het geeft niet, hoor. Ik geloof dat ik verliefd begin te worden op Davie van de Milky Stars. Ik vind hem hartstikke leuk.'

'O, ja. Ik vind hem ook leuk. Hij zei gisteravond iets tegen mijn moeder en mij.'

'O ja?'

'Ja, echt waar.' Ze tuurt tussen de bomen door naar het huis. 'Je hebt de grootste tuin van de hele wereld, Sunset!'

'Hoe weet je hoe ik heet?' vraag ik blozend.

Ze lacht. 'Je staat in alle bladen, gekkie.'

'Ik haat die dingen. Ik bedoel, ik weet dat mijn vader en

moeder erin staan en dat is oké, want zij zijn beroemd, maar ik verpest het alleen maar.'

'Jij bent ook beroemd! En wat zeur je nou? Je ziet er altijd fantastisch uit op die foto's. Je hebt zulke prachtige kleren. Ik ben gek op die rode laarsjes die je hebt... en dat leren jackje! Jij bent zo'n geluksvogel.'

Ze wekt nog steeds de indruk dat ze het echt meent. Het leren jackje past me niet goed meer. Het is zo klein dat het knelt onder mijn armen. Dit meisje is net zo lang als ik, maar veel dunner. Haar zou het waarschijnlijk wel passen. Zal ik het aan haar geven? Of zou ze dat vernederend vinden en beledigd zijn?

'Zou jij zo'n leren jack willen hebben?' vraag ik voorzichtig.

'Dat is een gekke vraag!' zegt ze, maar ze lacht erbij.

'Nou...' begin ik, maar dan zegt ze iets wat me afleidt.

'Mijn lievelingsfoto van jou is dat je nog heel klein bent en samen met Danny op het strand speelt. Kun je je die nog herinneren?'

Ik schud mijn hoofd.

'Oké, en die dat Sweetie net geboren is en dat je met je poppenhuis zit te spelen. Weet je die nog wel?'

'O, já.'

'Het was zo'n prachtig poppenhuis, helemaal roze en wit. Heeft Sweetie het nu?'

Ik aarzel. 'Nou, kijk, zij heeft haar eigen spulletjes.'

'Dus het staat nog steeds in je slaapkamer?'

'Eigenlijk staat het in mijn kleerkast.'

'Jeetje, dan heb je vast een enorme kleerkast! Ga je daar

stiekem in zitten om met je poppenhuismensjes te spelen, als er niemand in de buurt is? Dat zou ík doen!'

Ik knik, want ik weet zeker dat ze niet zal lachen. Ik vraag me af of ik haar binnen zal vragen, om naar mijn slaapkamer te gaan en haar Kleerkaststad te laten zien. Ik weet dat ze het prachtig zou vinden. Ik zou haar voorstellen aan mevrouw Donsje en al haar vrienden, we zouden samen het huis kunnen schoonmaken en naar het winkelcentrum kunnen gaan, we zouden op de boerderij kunnen rondhangen, ik en mijn vriendin...

'Hoe heet je?' vraag ik.

Ze aarzelt en bijt in haar onderlip. 'Niet lachen,' zegt ze.

'Alsof ik dat zou doen! Jij lacht ook niet om mij, en Sunset is een heel rare naam.'

'Ik heet Destiny. Destiny Williams.'

'Dat is... dat is een mooie naam,' zeg ik. Ik begrijp het even niet. Dan zeg ik: 'Bedoel je Destiny, zoals in het liedje van mijn vader?'

'*You are my Dest-in-yyy*,' zingt ze, met opgetrokken wenkbrauwen. Ze heeft een heel bijzondere, mooie stem, erg laag en volwassen.

Dan beginnen we allebei te giechelen.

'Moet je je voorstellen hoe het voor mij is op school. Ik word altijd gepest.'

'O, ik ook,' zeg ik. Het is zo, hoewel er op Ridgemount House een heleboel kinderen zitten met gekke namen, zoals Kester, Bambi, Starling, Plum, Primavera... 'Ik haat school.'

'Ik ook. Maar jij hoeft toch niet naar school? Jullie zijn

toch hartstikke rijk? Zou je geen privéleraar kunnen krijgen?'

'Was het maar waar! Ja, een privéleraar die alleen lesgeeft in tekenen en handenarbeid en taal.'

'Ja! Dat zijn ook mijn lievelingsvakken!'

'Het is vreemd dat wij zoveel met elkaar gemeen hebben,' zeg ik.

'Ja, dat vind ik ook!' Zij klinkt ook helemaal opgewonden. 'We lijken zelfs een beetje op elkaar, hè? Vind je ook niet?'

Ik weet het niet zeker. We zijn wel allebei donker, maar zij is slanker dan ik, ze ziet er ouder uit en ze is véél knapper. Ik zou willen dat ik inderdaad op haar leek.

'Misschien wel een beetje,' zeg ik.

'Ja, hoor, echt,' zegt ze, en ze glimlacht nu met haar hele gezicht.

Dan horen we iemand roepen, met een hoge, bange stem.

'Destiny! Destiny, waar bén je?'

'O, god, dat is mijn moeder,' zegt Destiny. Ze rent door de bomen terug naar de muur. 'Het is oké, mam, ik ben hier. Ik ben in de tuin,' roept ze.

'Wat? Waar dan?' Ze klinkt paniekerig.

Destiny probeert tegen de muur op te klimmen, maar ze kan zich nergens goed vasthouden. Ze probeert het nog eens, maar valt weer naar beneden en schaaft haar handen.

'Niet doen! Je doet jezelf pijn. Kom mee naar het hek,' zeg ik snel. 'O, je arme handen!'

'Het is niet erg, alleen maar een schrammetje. Ik kan wel tegen een stootje,' zegt Destiny. 'Mam, hoor je dat? Sunset zegt dat je naar het hek moet komen.'

'Sunset! Dus je hebt haar eindelijk ontmoet!' roept haar moeder van de andere kant.

'Wilde je míj ontmoeten?' vraag ik aan Destiny.

Ze haalt haar schouders op. 'Misschien kan mijn moeder het beter uitleggen. Zij gaat het allemaal aan Danny vertellen.'

Ik slik. Hoe moet dat dan? Mijn vader praat niet met mensen die hij niet kent. Je moet speciaal een afspraak met hem maken via Rose-May, zijn manager, en dan komt hij meestal niet opdagen, tenzij het voor de media is. En 's morgens praat hij niet eens tegen ons. Voor twaalf uur 's middags mogen we niet bij zijn slaapkamer in de buurt komen, zelfs Sweetie niet.

Ik loop bezorgd achter Destiny aan langs de muur. Ze ziet het zwembad en trekt haar wenkbrauwen op. 'Je hebt je eigen giga-zwembad!' zegt ze. 'O, mijn god, het is in de vorm van een gitáár. Wat cool!'

'Het is een beetje vreemd om in te zwemmen, met al die bochten erin,' zeg ik. 'Je kunt er geen behoorlijke baantjes in trekken.'

'Dus jij kunt wel goed zwemmen? Ik ben er waardeloos in. Ik ben één keer bij ons naar het zwembad geweest. Iemand duwde me kopje-onder en ik kreeg allemaal water in mijn neus. Ik heb als een gek geschreeuwd en ben er later nooit meer naartoe geweest. Dus jij kunt na het zwemmen lekker luieren in de zon en piña colada's drinken?'

'Nou, ik drink geen echte cocktails. Ik krijg wel eens iets met verschillende soorten vruchtensap met stukjes fruit erin.'

'Dus je drinkt écht cocktails? Maak je geen geintje?' Destiny schudt haar hoofd. Dan tuurt ze naar het huis. 'Sunset, jullie huis is echt enorm! Het is groter dan ons hele huizenblok bij elkaar. Waar zit jouw slaapkamer?'

'In dat gedeelte met het torentje.'

'O, dat is precies de kamer die ik zou uitkiezen,' zegt ze. 'Het is net een sprookje. Moet je hem delen met Sweetie?'

'Nee, maar ze komt soms wel bij me in bed liggen. En Ace ook... niet zo'n goed idee, want hij plast soms nog in bed.'

Ze lacht. 'Ik vind al die dingen die ze niet in de *Hi!* zetten toch zó leuk!'

Dan lopen we naar het hek, en daar staat Destiny's moeder tegen de ijzeren spijlen gedrukt. Ze is kleiner dan ik me haar herinner, niet veel langer dan wij. Door haar paardenstaart ziet ze eruit als een meisje, maar ze heeft lijnen in haar gezicht, ze ziet eng bleek en ze heeft zo'n starende blik. Het kost me moeite om niet een beetje bang voor haar te zijn, maar Destiny rent naar haar toe, knijpt haar door de smalle spijlen in haar handen en wrijft haar over haar smalle schouders.

'Sorry dat ik je ongerust heb gemaakt, mam, maar je lag nog zo lekker te slapen. Ik dacht, ik probeer op de muur te klimmen om even snel te kijken, en toen zag ik Sunset in de tuin dansen...'

'Een bespottelijke vertoning,' zeg ik. 'Hoe maakt u het, mevrouw Williams?'

'Hallo, kind,' zegt ze zacht. Ze kijkt hoofdschuddend van mij naar Destiny en weer terug. Tranen lopen over haar wangen.

'Niet huilen, mam!' zegt Destiny.

'Ik ben gewoon bang dat ik nog droom,' zegt ze, en ze veegt snel haar tranen weg met haar zwarte handschoentjes.

'Kom maar binnen, dan kun je meedoen met de droom,' zegt Destiny. Ze kijkt me aan. 'Ze mag toch binnenkomen?'

'Ja, ja, natuurlijk,' zeg ik onzeker.

Destiny trekt aan het hek, maar het rammelt alleen maar en gaat niet open. 'Vertel ons de code dan, Sunset.'

'Die... eh... die weet ik niet,' zeg ik.

'Die móét je wel weten, anders kun je toch je eigen huis niet in?' zegt Destiny. Ze staart me aan.

'Nou, ik kom alleen buiten als John of Claudia of mijn moeder me meeneemt in de auto, en dan toetsen ze gewoon zo'n apparaatje in. Maar binnen kun je het ook doen. Ik kan nu naar binnen gaan om hem in te drukken, dan gaat het hek open,' ratel ik. 'Blijf maar even hier. Het is zo gebeurd, echt waar.'

'Je komt toch wel terug, hè?' zegt Destiny scherp.

'Destiny!' zegt mevrouw Williams geschokt. 'Zo praat je niet tegen Sunset!'

'Nee, het is niet erg. Ik beloof dat ik terugkom,' zeg ik. 'Ik ben hooguit een minuutje weg, let maar op.'

Ik draai me om en ren de tuin door, om het zwembad heen, langs de bloembedden en het speelveldje met Sweeties speelhuisje en de klimtouwen en de trampoline, over de patio en dan achterom naar de keukendeur. Ik ben bang dat Margaret er is, of Claudia met een vroeg kopje koffie, maar de keuken is gelukkig helemaal leeg. Misschien kan ik voor Destiny en haar moeder koffie zetten, of een paar boterhammen klaarmaken.

Ik ga ze niet mee naar binnen nemen. Ik zou hun ontbijt naar de tuin kunnen brengen – misschien kunnen we samen bij het zwembad gaan zitten. Dan kan ik proberen uit te leggen dat mijn vader niet echt met ze komt praten. Ik zou in plaats daarvan een gesigneerde foto voor ze kunnen opzoeken. Ik weet dat daar een hele stapel van ligt, en ik kan misschien een verzameldoos met cd's voor ze pakken, dat zouden ze geweldig vinden.

Maar ik moet nu eerst het hek openmaken. Het controlepaneel hangt in de hal en ik mag er nooit in de buurt komen, dus mijn hand beeft een beetje als ik twee keer de schakelaar indruk. Ik hoop dat dat voldoende is, dat er niet nog een code is. Dan ren ik terug naar de keuken, vul de ketel, zet hem op het fornuis om te koken, ga de achterdeur weer uit en ren terug de tuin in.

Het is gelukt! Het hek staat wijd open, en Destiny en haar moeder staan hand in hand in de tuin.

'Zo!' zeg ik. 'Kom verder. Als jullie bij het zwembad gaan zitten, haal ik...'

'Cocktails?' valt Destiny me lachend in de rede.

'Dan haal ik ontbijt voor jullie!' zeg ik.

'Het is zo aardig van je. Je bent zo'n lief meisje. Maar dat wisten we al, hè, Destiny?' zegt mevrouw Williams.

'Kom maar mee, deze kant op,' zeg ik, en ik leid ze naar het zwembad.

Maar voor ze kunnen gaan zitten, klinkt er geschreeuw vanuit het huis, en mijn moeder komt in haar grijze Pineapple-trainingspak de tuin door rennen.

'Sunset? Ik wilde net gaan hardlopen. Wat ben je in godsnaam aan het doen?' Dan ziet ze Destiny en haar moeder en haar mond valt open. 'Wat moeten jullie in mijn tuin? Ga weg!'

'Nee, mam...' onderbreek ik, maar ze luistert niet.

'Ik geef jullie vijf seconden om te vertrekken!' zegt ze. 'Hoe durven jullie hier zomaar binnen te dringen!'

'Dat hebben ze niet gedaan, mam. Ik heb het gedaan. Ik heb ze binnengelaten. Ze waren buiten. Ze hebben op de stoep geslapen.'

'Hou je mond, Sunset. Ga naar binnen. Goede god, hoe kun je zo stom zijn?'

'Alsjeblieft, Suzy, wees niet boos op haar, ze kan er niets aan doen,' zegt mevrouw Williams.

Mijn moeder trekt een gezicht als ze zich door deze onbekende vrouw Suzy hoort noemen. 'Wilt u alstublieft gaan? Dit is privéterrein,' zegt ze. 'Moet ik de politie soms bellen? Ik heb het helemaal gehad met idiote fans zoals jullie.'

'Nee, Suzy, je begrijpt het niet. Natuurlijk zijn we fans, maar we zijn veel meer dan dat. Als we heel even met Danny zouden kunnen praten...'

'Luister eens, jullie hebben hem gisteravond gezien. Ik heb jullie zien rondhangen bij de rode loper.'

'Maar we hebben geen gelegenheid gehad voor een behoorlijk gesprek.'

'Doe niet zo bespottelijk! Jullie kunnen hier niet zomaar komen binnenvallen en een gesprek eisen met mijn man, alsof jullie ons kennen.'

'Maar we kénnen jullie ook,' zegt Destiny's moeder. Haar bleke gezicht straalt en haar vreemde, starende ogen glinsteren. 'Jullie zijn familie.' Ze draait zich om naar Destiny en slaat haar arm trots om haar schouder. 'Dit is Destiny, Danny's dochter.'

Mijn mond valt open. Destiny kijkt me aan en bijt blozend op haar lip.

'Ben jij ook een dochter van papa?' fluister ik.

'Ja, schat, dat is ze. Zie je niet hoe jullie op elkaar lijken? O, het is fantastisch om jullie als twee zusjes bij elkaar te zien!' zegt Destiny's moeder en ze klapt in haar handen.

'Dat is onzin, dat is je reinste onzin!' gilt mijn moeder. 'Hou op!' Ze heft haar hand op, alsof ze mevrouw Williams wil gaan slaan.

'Waag het niet om mijn moeder te slaan!' zegt Destiny fel.

'Het is oké, Suzy, ik begrijp dat het een enorme schok is om hiermee te worden overvallen. Maar ik beloof je dat je je geen zorgen hoeft te maken. Het was kort voor Danny en jij elkaar ontmoetten. Ik weet zeker dat hij je nooit ontrouw zou zijn. Iedere dwaas kan zien hoe gelukkig hij met je is, een toegewijde huisvader – en ik ben heel erg blij voor je, echt waar. Ik maak me geen illusies. Ik houd dan misschien nog steeds zielsveel van mijn Danny, maar ik weet best dat ik nu geen schijn van kans bij hem maak.'

'Ga wég, smerige onruststoker! Wat moet je? Wil je ons soms chanteren?' gilt mijn moeder.

Destiny's moeder doet een stap achteruit. Ze kijkt volkomen verbijsterd. 'Natuurlijk niet! Ik heb helemaal geen kwaad in de zin. Ik vond het alleen tijd dat de meisjes elkaar leerden kennen, vooral omdat ze maar zes maanden in leeftijd verschillen. En Destiny moet haar vader leren kennen, om allerlei redenen.'

'Je bent volslagen geschift. Ze ís Danny's kind niet! Je hebt hem nog nooit ontmoet!'

'Ik heb hem leren kennen toen hij bezig was met de *Midnight*-show. Bijna twaalf jaar geleden kwam hij naar Manchester. Ik ontmoette hem na afloop, in de privébar van het hotel. Het was een stormachtige affaire, net als in zijn liedje, "Destiny". Hij heeft dat nummer voor mij geschreven, dat weet ik zeker.'

'John! John, kom hier!' schreeuwt mijn moeder. Dan stapt ze naar voren. Ze spuugt bijna van woede. Ze pakt Destiny's moeder bij de schouders en geeft haar een harde zet. 'Ga van mijn terrein af, jij vieze, smerige groupie! Ga weg!'

'Blijf van mijn moeder af! Hou op!' gilt Destiny. Ze probeert mijn moeders handen te pakken.

O, god, ze véchten. Ik kan het niet verdragen. Ik weet

niet wat ik moet doen. Moet ik mijn moeder helpen? Of Destiny en háár moeder? Is het echt waar? Is Destiny mijn halfzusje?

Dan komt John aanrennen. Met zijn grote, stevige armen grijpt hij eerst Destiny en dan haar moeder beet en sleurt ze naar het hek.

'Goed zo, gooi ze er maar uit! Ik ga meteen naar binnen om de politie te bellen, dus ik zou hier maar niet blijven rondhangen, als ik jullie was,' zegt mijn moeder.

'Nee, alsjeblieft! Laat me even met Danny praten, een paar minuutjes maar! Hij moet zijn dochter zien,' smeekt Destiny's moeder.

'Ze is zijn dochter niet! Hou op met die onzin! Alsof Danny ooit iets te maken zou willen hebben met zo'n slet als jij!' schreeuwt mijn moeder.

Destiny begint dingen terug te schreeuwen en ze slaat en schopt naar John, maar die heeft zijn arm strak om haar heen en ze kan niet loskomen. Hij is nu bijna met ze bij het hek. Hij doet ze pijn, het is afschuwelijk, en ik kan niets doen.

'Sunset! Sunset!' roept Destiny's moeder nu naar me. 'Vertel jij het aan je vader. Vraag hem alsjeblieft of hij het zich nog herinnert. Kate. Vertel hem van Destiny. Zeg tegen hem dat hij contact moet opnemen. Ze zal hem nodig hebben...'

Maar dan zijn ze het hek door en John geeft ze een harde zet, zodat ze allebei vallen.

'Hou op! Doe ze alsjeblieft geen pijn!' jammer ik hulpeloos.

Mijn moeder pakt me beet en geeft me een harde klap in mijn gezicht. 'Hoe haal je het in je hoofd om die types in de tuin te laten!' zegt ze. 'Ga onmiddellijk naar je kamer.'

'Maar ze wilden alleen maar met papa praten, dat is alles. Mam, is het waar? Is ze echt mijn zusje?'

'Natuurlijk niet! Het is gewoon een slimme truc om ons geld afhandig te maken. Waag het niet om hier ooit iets over tegen je vader te zeggen. Ga nu naar je kamer en hou op met dat afschuwelijke gesnotter. Je ziet er vreselijk uit!'

Ze trekt Johns fleecetrui van mijn lijf en sleurt me met zoveel geweld het huis in dat ze de mouw van mijn berenpyjama afscheurt.

# HOOFDSTUK 5
# Destiny

We doen er de hele dag over om weer thuis te komen. De hele morgen gaat voorbij met terugliften naar Euston Station. Er stopt niemand voor ons, en als dan eindelijk een grote, dikke kerel met een witte bestelbus ons een lift geeft, rijdt hij verkeerd. Hij stopt op een verlaten fabrieksterrein, en dan kijkt hij ons opeens heel eng aan, en mijn moeder en ik schrikken ons dood. Hij grijpt mij beet, maar mijn moeder geeft hem een trap in zijn ballen en daarna springen we uit de bus en rennen als gekken weg. Godzijdank is hij net een stuk spek op pootjes. Hij probeert ons nog te achtervolgen, maar hij kan ons niet bijhouden.

Toch zijn we nu helemaal verdwaald. Maar dan stopt er een vrouw, omdat mijn moeder staat te huilen. We vertellen haar over de enge dikke kerel en ze wil met ons naar de politie gaan om hem aan te geven, maar dat praten we haar uit het hoofd. Ze brengt ons naar de hoofdweg van Londen en we willen net uitstappen als ze plotseling zegt: 'Nee, blijf maar zitten. Ik ga me veel te veel zorgen maken over jullie. Ik breng jullie zelf de stad in.'

We kunnen er niet over uit dat ze zo aardig is, vooral omdat het erg druk is en we in een verschrikkelijke verkeersopstopping belanden.

'Sorry, hoor, ik vind het heel erg,' zegt mijn moeder steeds.

De vrouw geeft haar een klopje op haar knie. 'Kom op, wij meiden moeten elkaar steunen.'

Ze deelt ook een Kit-Kat met ons, en dat is heerlijk, want we vergaan intussen van de honger. Ze zet een cd op, en je raadt nooit wie de zanger is: Danny Kilman! Mijn moeder begint weer te huilen als ze de muziek hoort. Ik hoop dat ze de vrouw niet alles gaat vertellen, want het is allemaal zo raar en afschuwelijk gegaan. Ik kon niet verdragen dat die Suzy ons als een stuk vuil behandelde. Ze geloofde mijn moeder niet eens.

Dat is nog het ergste. Ik weet zelf ook niet of ik haar echt geloof. Als we eindelijk bij het station aankomen, hebben we een nieuw probleem, omdat onze treinkaartjes zijn verlopen, maar mijn moeder is nog steeds in tranen en de controleur laat zich vermurwen en laat ons doorlopen. Als we onderweg zijn, ga ik naar de wc en kijk eens heel goed in het piepkleine spiegeltje. Ik draai mijn hoofd langzaam heen en weer en op en neer. Lijk ik op Danny? We zijn allebei donker, maar daar houdt het wel mee op. Misschien lijk ik een beetje op Sunset, maar zij ziet er superchic uit en praat als iemand van de tv.

Maar ze was in ieder geval aardig. Heel erg vriendelijk, en helemaal niet verwaand. Godzijdank lijkt ze niet op haar moeder. Ik haat die Suzy. Danny had bij mijn moeder moeten blijven. Als ze ooit iets met elkaar hebben gehad.

Als we eindelijk, eindelijk thuiskomen, liggen er twee rekeningen op de mat. Mijn moeder bekijkt ze lusteloos en laat ze op de grond vallen. Ze gaat naar de badkamer en blijft daar een hele tijd binnen.

Ik klop op de deur. 'Mam? Is alles goed met je?'

'Mm? Ja, ja hoor, alles is prima. Mijn buik is een beetje van streek, je weet hoe ik ben. Wil jij water opzetten voor een kopje thee, lieverd?'

Ik kook water en kijk dan in de koelkast of er nog iets te eten is. Er ligt alleen een hard, oud stuk kaas en een paar zachte tomaten. Ik vind een laatste stukje brood in de broodtrommel en snijd het voorzichtig doormidden. We kunnen een geroosterde boterham eten, met gegrilde kaas en tomaten. Het liefst zou ik gauw naar de snackbar rennen. Het water loopt in mijn mond als ik denk aan een zakje friet, maar ik weet dat de portemonnee van mijn moeder leeg is.

Ik voel langs de zijkanten van de bank en de stoelen en controleer al onze zakken, maar ik vind alleen maar één penny, niet eens genoeg voor één frietje. Het wordt dus een geroosterde boterham met kaas. Ik maak hem zorgvuldig klaar en leg hem netjes op een dienblad.

Mijn moeder ziet erg bleek.

'Gaat het, mam?'

'Ja, hoor, best,' zegt ze snel. Ze begint gehaast rond te lopen en spullen op te ruimen.

'Ga zitten, mam. Je ziet er zo moe uit. Waarom ga je

niet even liggen? Dan kom ik bij je zitten en eten we samen in bed.'

'Je moet niet boos worden, schat, maar ik heb niet zo'n trek. Ik hoef even niets te eten.'

'Je móét eten, mam. Je wordt steeds magerder, kijk maar.'

Maar ze neemt alleen maar een slokje van haar thee. Dan loopt ze vermoeid naar haar kleerkast, schuifelend als een oud vrouwtje. Ze haalt een trui voor de dag, haar strakke rok, haar witte schoenen met hoge hakken...

'Mam? Wat doe je? Waarom ga je je omkleden?'

'Ik ga naar mijn werk, schat.'

'Maar je bent doodop! Je kúnt nu niet naar de pub gaan!'

'Het gaat best,' herhaalt ze, terwijl ze een afschuwelijke rode glimlach op haar lippen tekent.

'Het gaat níét, mam, ik laat je niet gaan!' Ik pak haar bij haar schouders en probeer haar naar het bed te voeren, maar ze wurmt zich los.

'Ik moet vanavond wel gaan, anders geven ze me de zak. Ik moet al deze rekeningen betalen, en de hypotheek, en de rest.' Ze zegt het alsof ze de tafels opzegt, zonder enige emotie, maar plotseling stromen er tranen over haar wangen.

'Mam?'

'Het gaat wel, het gaat wel,' zegt ze. Ze veegt haar ogen af met de rug van haar hand. 'Ik had alleen zo gehoopt dat we een paar dagen bij Danny zouden kunnen blijven, en dat hij zo blij zou zijn om te zien wat een geweldige meid je bent, dat hij misschien dingen voor je zou willen kopen en een echte vader voor je zou willen zijn.'

'Ik heb al een echte moeder. Ik wil hem niet als vader, nu niet meer.'

'Nee, nee, zo moet je niet denken, schat. Je kunt het hem niet verwijten. Als hij had geweten dat je er was, was hij zo blij geweest. Het kwam alleen maar door die Suzy... het is duidelijk dat zij verschrikkelijk onzeker is.'

'Een dom modepoppetje, dat is ze,' zeg ik. 'Zal ik je eens wat vertellen, mam? Ik heb echt medelijden met Sunset. Stel je voor dat je iemand als Suzy als moeder hebt!'

Mijn moeder schenkt me een flets glimlachje. 'Ja, ik vraag me ook af wat Danny in haar ziet,' zegt ze. 'Oké, lieverd, ik ga nu. Ga een beetje op tijd naar bed. Je moet slaap inhalen.'

Ze geeft me een zoen. Als ik weer in de spiegel kijk, zie ik een rode mond op mijn wang. Ik neem mijn laatste stukje brood met kaas en eet ook de portie van mijn moeder op. Ik heb niet de rust om tv te gaan kijken, dus ik hang daarna wat in huis rond. Ik denk aan Sunset in haar enorme landhuis. Ze zal wel zo'n tv hebben ter grootte van een bioscoopscherm. Misschien hangt er in iedere kamer van het huis wel zo'n ding. Er moeten daar zoveel kamers zijn. Zouden ze ze echt allemaal gebruiken? Ik stel me voor dat ik tien minuten op een enorme leren bank in een van de kamers zit, dan doorloop naar de volgende kamer en daar in een grote fluwelen stoel ga zitten, en dan twee minuten later neerval op een victoriaanse chaise longue. Ik verander in de loop van de avond tientallen keren van zitplaats, en haal tussendoor af en toe iets lekkers uit de keuken.

Misschien heeft ze ook een heel stel slaapkamers, voor iedere dag van de week één, allemaal met hun eigen thema en kleur. Ik bedenk een supermeisjesachtige roze kamer met rozenknopjes in roze glazen vaasjes, roze teddybeertjes, een zuurstokroze dekbed en Sunsets eigen roze suikerspinmachine. Dan bedenk ik een blauwe kamer met kleine blauwe kerstboomlampjes, een blauwe maan op het plafond en in de aangrenzende badkamer een blauw bad met donkerblauwe kranen met dolfijnen. Dan besluit ik dat er ook een zonnekamer moet komen, met een enorme kooi met zingende kanaries, grote schalen vol bananen en overal lachende zonnetjes op de muren. En dan, bij wijze van contrast, een heel zwarte kamer met een zwartfluwelen dekbed, zwartsatijnen lakens en daarbovenop een enorme opgekrulde zwarte speelgoedpanter. En dan heeft ze misschien nog een victoriaanse kamer met een hemelbed, prachtig versierde kamerschermen en een hobbelpaard. Of juist een ultramoderne kamer, met strakke, elegante meubelen, designlampen en spotjes aan het plafond. En het allermooiste zou zijn als ze een ronde slaapkamer zou hebben, met een zacht, rond bed, planken vol ronde matroesjkapoppen en een luik midden in de kamer, zodat ze als ze het warm krijgt haar badpak kan aantrekken, het luik openzetten en helemaal naar beneden kan glijden in een hemelsblauw zwembad, onder in het huis.

Ik pak mijn agenda uit mijn schooltas, scheur er een bladzijde uit en maak van alle kamers een piepklein tekeningetje, zodat ik ze allemaal kan onthouden.

Dan ga ik mijn eigen slaapkamer binnen. Ik kijk omhoog naar de grote vochtplek in het plafond (iedere keer als het regent, lekt het dak). Ik kijk naar de versleten tapijttegels op de vloer. Ik kijk naar mijn oude bed met mijn verbleekte dekbedberen, die flauwtjes naar me zwaaien.

Ik ga naar bed, maar ik kan niet in slaap komen. Ik lig urenlang te draaien en te woelen, tot ik eindelijk mijn moeder haar sleutel in het slot hoor steken. Ik hoor haar op haar tenen rondlopen in het donker.

'Kom maar, hoor, mam, ik ben nog wakker,' roep ik.

'Dan ben je een ondeugende meid. Ga onmiddellijk slapen!' zegt ze, maar ze is niet echt boos.

Ze trekt haar kleren uit en kruipt bij me in bed, en de hele nacht liggen we knus naast elkaar, onder Roodje en Blauwtje. Hoewel we uitgeput zijn, slapen we allebei niet veel. Mijn moeder staat als eerste op en komt me een kopje thee brengen op een dienblad, maar ik wil niet wakker worden.

'Ik heb je wekker op acht uur gezet. Beloof me dat je dan opstaat,' zegt mijn moeder bezorgd. Ze neemt af en toe een slokje van haar thee en kleedt zich intussen aan. 'Destiny? Beloof het!'

'Misschien,' mompel ik, terwijl ik me weer onder het dekbed laat zakken.

'Je doet wat ik zeg,' zegt mijn moeder, en ze geeft me een por. 'Kom op nou, schat, beloof me dat je naar school gaat. Geen gespijbel. Al moet ik me er dood voor werken, ik wil dat jij een goede schoolopleiding krijgt.'

Ze moet nu weg, anders komt ze te laat voor haar schoonmaakwerk bij de universiteit. Het is ruim veertig minuten lopen naar de campus, maar ze is nu tenminste niet op haar hoge hakken. Ze heeft haar oude gympen aangetrokken, maar haar voeten zitten nog onder de blaren van gisteren.

'Ik wou dat je niet zo ver hoefde te lopen, mam,' zeg ik, terwijl ik me op een elleboog opricht.

'Over een paar jaar loop je daar zelf,' zegt mijn moeder. 'Dan doe je daar een ingewikkelde studie. Als je tenminste goed je best doet op school.'

Ik zucht. 'Oké, oké. Zeur niet zo.'

'Daar zijn moeders voor,' zegt ze. Ze zoent me gedag. Zoals altijd zingt ze het refrein uit een van Danny's liedjes: '*Goodbye, my babe, it's time to go, don't wanna leave, I love you soooo.*'

Meestal zing ik het met haar mee, maar deze keer houd ik mijn mond. Als om acht uur mijn wekker gaat, slof ik door het huis en ik eet mijn cornflakes zo uit het pak. In de huiskamer blijf ik staan en staar naar de posters van Danny aan de muur. Het zijn er zo veel dat we geen behang nodig hebben. Ik kijk naar de grootste poster van een jonge Danny met zijn hoofd achterover, zingend in zijn microfoon. *My Destiny* staat erboven.

Plotseling geef ik een ruk aan de poster en hij valt met veel geraas naar beneden. De hoeken scheuren kapot. Ze zitten vol uitgedroogde klodders Velpon.

'Ik wil jouw Destiny niet zijn, stomme ouwe zak,' zeg ik, en ik geef een schop tegen de poster.

Dan pak ik mijn schooltas, sla met een klap de deur achter me dicht, draai de sleutel om en hang hem aan een touwtje om mijn nek, onder mijn schoolblouse. Ik zou er alles voor overhebben om niet te hoeven gaan, maar ik heb het mijn moeder beloofd.

Ik neem natuurlijk de lange route. Als ik de korte route dwars door de wijk zou nemen, zou iemand me vast en zeker zien en zouden ze me achterna komen. Er zijn twee bendes in de buurt, de Flatboys en de Speedo's. Het zijn stomme, kinderachtige namen, maar het zijn niet zomaar een stel kleine jongetjes die kattenkwaad uithalen. Sommigen van de grotere jongens dragen messen bij zich, echte stiletto's, geen simpele zakmesjes. Jack Myers zit bij mij in de klas en zijn oudste broer is de leider van de Flatboys. De Speedo's hebben hem laatst te pakken gekregen en toen hij ze uitschold, hebben ze hem klem gezet en met potlood een tatoeage bij zijn ogen gezet, als teken dat ze hem een volgende keer echt te grazen nemen. Dus toen hebben de Flatboys een van de Speedo's gepakt en aan zijn enkels aan de bovenste galerij gehangen. Ze hadden hem bijna laten vallen.

De Flatboys en de Speedo's hebben het meestal op elkaar gemunt. Meisjes doen ze over het algemeen niets, maar je weet het maar nooit. De bendes zouden het allebei op mij voorzien hebben, omdat ik een Maisie ben. Zo noemen ze me, omdat wij in een van de maisonettes aan de rand van de wijk wonen. Iedereen heeft een hekel aan de Maisies, omdat ze denken dat we verbeelding hebben. En ze hebben helemáál een hekel aan je als je een eigen huis hebt in plaats van een huurhuis.

Dus ik loop het hele eind om de Bilefield Estate heen. Mijn schoolschoenen zijn me te klein en mijn tenen zitten klem, maar ik wil er niets over zeggen tegen mijn moeder, want dan maakt ze zich maar zorgen.

Ik hoop dat ze zich nu beter voelt. Mijn maag krimpt samen als ik aan haar denk. Ik probeer me de zeven verschillende slaapkamers van Sunset voor te stellen, om mijn gedachten af te leiden. Ik tel ze op mijn vingers. Dan bedenk ik verschillende outfits voor haar. Het is bijna alsof ze naast me loopt. Ze heeft niet haar dure ontwerpkleding aan, ze is in haar pyjama met de supergrote fleecetrui eroverheen. Ze schaamt zich een beetje, maar ik beloof haar dat ik iedereen die haar durft te plagen tegen de grond zal slaan. Met de meeste kinderen in mijn klas lukt dat makkelijk. Nou ja, ik ben een beetje bang voor Jack Myers en Rocky Samson en sommige andere jongens die al bij de Flatboys- en Speedobendes zitten. Maar de meisjes kan ik allemaal aan. Zelfs Angel Thomas, en die is twee keer zo groot als ik en had eigenlijk *Devil* Thomas moeten heten. Ik kan heel goed vechten en ik ben hondsbrutaal als ik wil, maar meestal ben ik erg stil op school. Ik zeg zelfs niet veel tegen de leraren.

Mijn laatste school vond ik leuker, vooral de juf die ik in groep vijf had, juffrouw Pendle. Zij leende verhalenboeken aan me uit, gaf me een gouden ster voor lezen en schrijven en zei dat ik een Geweldige Fantasie had. Ik vond het niet eens erg dat de andere kinderen me plaagden dat ik het lievelingetje van de juf was. Ik wílde het lievelingetje van juffrouw Pendle zijn. Maar nu zit ik op Bilefield en ze beschouwen me nog steeds als de nieuweling. Ik heb geen echte vrienden of vriendinnen. Onze meester is meneer Roberts. Hij is erg streng, hij schreeuwt veel en hij laat ons steeds proefwerken maken. Hij ruikt naar tabak en heeft een raar baardje. Hij heeft altijd zweetplekken onder zijn armen en niemand op de hele wereld zou zijn lievelingetje willen zijn.

De laatste tijd schreeuwt hij niet zoveel, omdat we al onze proefwerken af hebben en de helft van de tijd maar een beetje aan klooien in plaats van fatsoenlijk les te krijgen. Mijn moeder is gek als ze denkt dat ik iets zal missen als ik niet naar school ga, maar ze luistert niet.

En ík luister niet als meneer Roberts begint te zeuren dat we in de hoogste klas zitten en dat we binnenkort een heel nieuw schoolleven beginnen op de middelbare school, en dat dat zo opwindend is. Ja, hoor, erg opwindend om naar het Bilefield College te gaan, waar de grote kinderen je kop in de wc-pot duwen en de mobieltjes en het geld van de brugklassers inpikken.

Dan begint hij erover dat we aan het eind van het jaar iets leuks gaan doen. Het interesseert me niks. Hij wil het *Bilefield's Got Talent* gaan noemen – heel erg grappig. Iedereen kreunt en steunt, vooral als hij zegt dat we allemaal een act moeten doen, of we willen of niet. Jack Myers zegt dat hij niet als een wijf te kijk gaat staan op een podium, maar meneer Roberts stelt voor dat hij misschien samen met een stel andere jongens een streetdance-act kan doen, en dan houdt hij verder zijn mond. Alle jongens willen streetdancen. Ze verdelen zich in de Flatboys en de Speedo's, behalve gekke Ritchie en Jeff, die jurken willen aantrekken en een maf balletdansje willen uitvoeren, en Raymond Wallis, die echt kan balletdansen en een acrobatische solo wil doen. De meeste meisjes willen ook dansen en daarbij tegelijkertijd zingen. Er zijn twee groepjes meisjes die nummers van Girls Aloud willen doen.

'Goed, goed, maar we willen wel graag een beetje variatie,' zegt meneer Roberts. 'Kan niemand van jullie iets bedenken wat een klein beetje anders is dan de rest?'

'Ja, oké, meneer Roberts, ik ga wel paaldansen,' zegt Angel Thomas.

'Nou, misschien is dat een beetje té anders,' zegt meneer Roberts. 'Dat idee leggen we even terzijde, Angel. Misschien kun je een andere exotische dans doen, maar ik denk dat paaldansen ons allebei flink in de problemen zou brengen.'

Natalie, Naveen, Saiman en Billie-Jo zitten met elkaar te fluisteren.

'Wij willen een toneelstuk doen, meneer Roberts. Mogen we ons eigen toneelstuk maken?' vraagt Natalie.

'Dat is een uitstekend idee,' zegt meneer Roberts. 'Maar het moet wel goed gebeuren. Jullie moeten het stuk uitschrijven en repeteren, en het mag niet meer dan tien minuten duren. Ik help jullie wel met oefenen, meisjes. En jongens, jullie moeten zelf de choreografie van jullie streetdance bedenken. We zullen zien of mevrouw Avery jullie op gang kan helpen met het kiezen van de juiste muziek. Ik wil dat jullie dit allemaal heel serieus nemen. We gaan optreden voor de hele school én jullie ouders, dus ik wil dat jullie allemaal een spetterende show weggeven. We gaan een stemsysteem bedenken, en de winnaar krijgt een prijs, oké? Zo, wie heeft er nog niet bedacht wat hij gaat doen?'

'Ik kan niets, meester Roberts,' zegt Hannah met een zucht. 'Ik kan niet zingen én ik kan niet dansen.'

'Misschien kun je je aansluiten bij het groepje van Natalie en met het toneelstuk meedoen.'

'Ik kan ook niet toneelspelen,' zegt Hannah.

'Mag ik een goochelact doen, meneer Roberts?' zegt Fareed. 'Mijn vader heeft me een heleboel kaarttrucs geleerd, en ik kan zelfs een konijn uit een hoed toveren. Bijna.'

'Uitstekend! Nou, Hannah, misschien kun jij dan Fareeds assistente zijn. Goochelaars hebben altijd een mooie assistente.'

'Ja, je kunt haar doormidden zagen, Fareed,' zegt Angel lachend. Ze vangt mijn blik. 'Of je kunt Destiny laten verdwijnen. Voorgoed.'

Ik trek even een gezicht en kijk dan verveeld voor me uit. Ik zal Angel nooit laten merken dat ik net als de anderen doodsbang voor haar ben.

Meneer Roberts kijkt ook naar mij. 'Ja, Destiny, hoe zit het met jou?' vraagt hij op hetzelfde gemaakt opgewekte toontje dat hij voor Hopeloze Hannah gebruikte. Hij beschouwt mij duidelijk als een triest geval. Nou, het kan me niks schelen.

'Misschien wil jij niet zingen of dansen. Wat dacht je van een voordracht?'

O, ja, geweldig, zeg. Een gedicht. De andere kinderen zouden de dag van hun leven hebben. Ze zouden me wegjoelen en met tomaten naar me gooien.

Hij begrijpt er niets van.

'Ik kan je helpen een gedicht uit te zoeken. Het hoeft helemaal niet lang te zijn. Misschien kun je het voorlezen, als je het moeilijk vindt om het uit je hoofd te leren. Je kunt erg goed voorlezen, Destiny,' zegt hij oprecht. 'Je moet alleen wat meer zelfvertrouwen hebben.'

'Ik ga wel zingen,' zeg ik, alleen maar om hem de mond te snoeren.

Hij kijkt verbaasd. Ik doe nooit mee met zijn stomme muzieklessen. Ik háát 'Kumbaya' en 'Lord of the Dance'. Ik neem niet eens de moeite om te doen alsof ik zing.

'Weet je een liedje?'

Stomme vraag. Ik ken ieder nummer van ieder Danny Kilmanalbum, van zijn allereerste liedjes met de inmiddels opgeheven rockband Opium Poppy tot zijn laatst opgenomen nummers van zes jaar geleden.

Ik knik vaag, maar het is duidelijk dat hij me niet gelooft.

'Welk liedje dan?'

Laat ik dan maar nemen wat het meest voor de hand ligt.

'Ik zing "Destiny" van Danny Kilman,' zeg ik.

Sommige kinderen grinniken onzeker. Ik denk niet dat ze ooit van Danny hebben gehoord. Maar meneer Roberts is verbaasd en enthousiast tegelijk.

'Natuurlijk! Perfecte keuze. Ik ben toevallig een grote fan van Danny Kilman.'

O, god.

'Weet je wat? Als je wilt, kan ik je begeleiden op mijn gitaar. Ik kan dat kleine melancholieke stukje doen in het midden...'

*Nee!*

'Dat stukje wilde ik weglaten,' zeg ik snel. 'Ik zing alleen het tekstgedeelte. Als het mag.'

'Ja. Ja, natuurlijk mag dat,' zegt hij, maar hij kijkt teleurgesteld. Ik voel me een beetje schuldig, maar ik wil niet dat hij mijn speciale liedje verpest, ook al heb ik besloten dat ik Danny niet meer als vader wil hebben.

Ik zeg niets tegen mijn moeder als ze thuiskomt, maar ze ziet meteen dat ik de grote poster van de muur heb getrokken. Haar adem stokt, alsof de echte Danny verkreukeld op het tapijt ligt. Ze knielt op de grond en strijkt de poster glad. Ze huivert even als ze de scheuren ziet. Ze pakt een rol plakband en plakt de poster aan de achterkant netjes op elkaar, zodat Danny geen glimmende stukken plakband over zijn gezicht krijgt. Dan pakt ze een nieuwe tube Velpon, gaat op een stoel staan en hangt hem weer op zijn plaats. Ze let er heel goed op dat de poster recht hangt en dat er geen kreukels in komen. Ze zegt geen woord tegen mij terwijl ze ermee bezig is, maar haar lippen bewegen. Ik denk dat ze tegen Danny fluistert.

Ze ziet er verschrikkelijk uit. Ze heeft geen tijd gehad om haar haar te wassen, dus het hangt nog steeds in een slappe paardenstaart op haar rug. Haar gezicht ziet grauw, en ze heeft donkere kringen onder haar ogen die eruitzien als blauwe plekken. Ik weet niet of het komt doordat haar haar zo strak naar achteren zit, maar haar ogen zien er heel eng uit, alsof ze ieder moment uit hun kassen kunnen springen. Als ze haar armen optilt, kan ik al haar ribben door haar T-shirt zien, en de punten van haar ellebogen zien eruit als scherpe messen.

Ik ga de keuken in, zet water op voor thee en kijk of er iets eetbaars zit in het winkelwagentje van de Aldi dat mijn moeder mee naar huis heeft gesleept. Ik zet twee grote aardappelen in de oven. Dan snijd ik wat brood, doe er boter op en breng het samen met een kop thee op een dienblad naar de woonkamer.

Mijn moeder is bezig de post uit te zoeken. Ik denk dat het weer rekeningen zijn. Haar handen beven.

'Hier, mam, neem een kopje thee,' zeg ik, en ik zet het dienblad op haar schoot.

'O, dat is lief van je, schat,' zegt ze. Ze neemt een slokje van haar thee, maar het brood met de boter raakt ze niet aan.

'Eét, mam.'

'Ik neem het straks wel, schat.'

'Nee, straks hebben we gebakken aardappelen met kaas... en misschien wat gebakken bonen? Maar je moet nu ook iets eten, mam. Je ziet er verschrikkelijk uit, alsof je doodhongert.'

Ze krimpt ineen.

'Sorry, mam, ik wil je niet van streek maken, maar ik maak me ongerust over je. Je hebt toch geen anorexia, hè?'

'Wat? Nee, nee, natuurlijk niet.'

'Want je bent al veel te mager. Als je zo weinig blijft eten, word je een skelet.'

'Oké, lieverdje, ik zal wel eten. Kijk!' Ze neemt een grote hap uit de boterham met boter. 'Zo... en je hebt een heerlijk kopje thee gemaakt. Kom, neem ook wat brood.'

Ze klopt naast zich op de stoel en ik kom naast haar zitten. Ik werp snel een blik op de brieven. Ja, nog meer rekeningen. Ik trek een gezicht.

'Het komt wel goed. We redden het wel,' zegt mijn moeder. 'Het is niet erg om zuinig te moeten zijn, als we hier maar kunnen wonen. Moet je je voorstellen dat we nog in die armoedige flat in de Latchford Estate zouden wonen. We hebben het helemaal niet slecht gedaan, hè, Destiny? Ons eigen huis!'

'Ja, mam,' zeg ik. Ik probeer enthousiast te doen, maar er moet zoveel aan het huis gebeuren. Ik vind de Bilefield Estate eigenlijk bijna even erg als Latchford, en ik word er gek van om voortdurend de Flatboys en de Speedo's te moeten ontlopen.

'Het enige is – ik wou dat er iemand was die voor ons kon zorgen,' zegt mijn moeder.

'We hebben niemand nodig. We zorgen voor elkaar,' zeg ik verontwaardigd.

'Ja, maar het zou zoveel rust geven als je een soort vaderfiguur om je heen had. Ik bedoel... we weten allebei wie je echte vader is...' We kijken naar de poster en mijn moeder zucht. 'Hij had je vast dolgraag willen ontmoeten, schat. Ik weet zeker dat hij trots zou zijn op zo'n prachtige nieuwe dochter.'

'Mam. Hou op. Hij liep me bij die bioscoop straal voorbij.'

'Hij begreep het niet.'

'Suzy begreep het wel. Daarom begon ze tegen ons te schreeuwen en te gillen. Mam, hou alsjeblieft op over Danny Kilman en zijn familie. Het is allemaal verkeerd gelopen!'

Mijn moeder knijpt haar ogen stijf dicht. 'Het is mijn schuld. Ik heb de boel verprutst, en ik wilde nog wel zo graag dat het geweldig zou zijn. Ik doe dat altijd. Ik schijn altijd alles te moeten verprutsen. Kijk maar naar de tijd dat Steve er was. Herinner je je zijn huis nog? Hoe mooi het was? Herinner je je het hemelbed nog?'

'Ja, en ik herinner me ook dat hij jou als een boksbal gebruikte.'

'Ik begon hem gewoon op den duur een beetje op zijn zenuwen te werken. Misschien had ik niet zoveel ruzie met hem moeten maken.'

'Wát? O, mam, hou toch op. Natúúrlijk maakte je ruzie met hem. Hij was een ontzettende schoft, dat weet je best.'

'Maar hij heeft wel een poosje voor ons gezorgd. En hij was best gek op je. Hij werd alleen kwaad als je een beetje brutaal deed.'

‘Je bent gék, mam! Hij heeft me geslagen. Hij was verschrikkelijk. Wat ís dit? Waarom vind je het niet gewoon fijn om met z’n tweetjes te zijn? Het lijkt wel alsof je per se weer een vriendje wil hebben.’

‘Nee, dat is niet zo. Ik maak me alleen zoveel zorgen. Je hebt een behoorlijke familie nodig.’ Mijn moeder speelt met een lok haar die is losgeraakt en wikkelt hem om haar vinger. ‘Wat vind je ervan om bij je oma op bezoek te gaan?’

‘Nu weet ik zeker dat je gek bent geworden!’ zeg ik.

De moeder van mijn moeder, mijn oma dus, is een afschuwelijk oud wijf dat mijn moeder op straat heeft gegooid toen ze van mij in verwachting was. Ze gedraagt zich helemaal niet als een echte oma. De vorige keer dat we naar haar toe gingen, gaf ze ons een kop thee en ging daarna gewoon met háár vriend naar de pub. Ze was totaal niet geïnteresseerd in een gesprek met mijn moeder of mij.

‘Wat zei oma ook weer over me?’ zeg ik. Ik doe alsof ik nadenk. ‘O ja, ik weet het alweer... ik was een verwaand nest, en de hemel mocht weten waarom, want ik was een onhandige klungel van een kind met scheve tanden. Ja, weet je nog wel?’

‘Dat was afschuwelijk van haar, maar nu zou ze je geweldig vinden, Destiny. Je bent mooi opgegroeid,’ zegt mijn moeder. ‘En ze is wel familie.’

‘Ik wil haar familie niet zijn. Wíj zijn familie, alleen jij en ik. En hou nou op met die onzin. Je moet me helpen met mijn huiswerk.’

'Ik wil je graag helpen, schat, maar je weet dat je niets aan me hebt met taal en rekenen en dat soort dingen.'

'Je bent een geweldige Danny-expert. Je zou kunnen afstuderen op Danny Kilman. Dus ik wil dat je me helpt met zijn liedje. Ik heb gezegd dat ik "Destiny" ga zingen bij die stomme schooluitvoering. Kan ik met jou oefenen?'

'O, schat!'

Eindelijk is het me gelukt haar af te leiden.

'Ze hebben je gevraagd voor een uitvoering!'

'We zijn allemaal gevraagd, alle kinderen uit mijn klas.'

'Maar je meester vindt vast dat je een prachtige stem hebt... en die heb je ook.'

'Het is een heel andere stem dan de andere. Mevrouw Belling van Latchford zei dat ik overweldigend klonk, alsof ik alle anderen probeerde te verdringen.'

'Nou, dat zegt alleen maar iets over die flutschool. Ze hebben geen oog voor talent, al staat het pal voor hun neus. Goed van Bilefield! En wat fantastisch om je eigen liedje te zingen! Ik ben zo trots op je. Dat zou Danny ook zijn. De appel valt niet ver van de boom, schat.'

# HOOFDSTUK 6
# Sunset

Ik moet steeds denken aan dat meisje, Destiny. Zou ze echt mijn zus kunnen zijn? Mijn moeder is er zo kwaad om, het is bijna alsof ze iets te verbergen heeft.

'Waag het niet om er iets over tegen je vader te zeggen!'

Nou, ik waag het wél. En ik zal hem ook vertellen dat mama me een klap in mijn gezicht heeft gegeven. Ik breng mijn hand naar mijn wang. De plek waar ze me heeft geslagen doet geen pijn meer, er is niets van te zien, maar ik kan de klap nog steeds voelen. Soms denk ik dat mijn moeder me haat. En soms haat ik háár.

Ik zal wachten tot het eind van de middag. Ik ben niet gek – 's morgens komt er nooit iemand bij mijn vader in de buurt, vooral niet op zondag. We hebben een erg late lunch. Sweetie en Ace kletsen er vrolijk op los, maar ik houd mijn lippen stijf op elkaar. Mijn moeder zegt ook niet veel, maar ze blijft steeds bezorgd mijn kant op kijken. Ze neemt kleine hapjes van een piepklein stukje kip, knabbel, knabbel, knabbel, met haar perfecte tanden.

Ik wacht tot ze met Claudia, Ace en Sweetie wegloopt. Mijn vader verdwijnt met de zondagkranten naar het zwembad. Hij heeft ook niet veel gezegd. Ik weet niet zeker of hij in een goede bui is of niet. Maar ik heb een slim plannetje. Destiny heeft me op het idee gebracht.

Ik loop naar het drankkastje en schenk een glas whisky en soda in zoals mijn vader het graag heeft: véél whisky met een heel klein scheutje soda, in een van de mooie kristallen glazen. Ik bind een theedoek om mijn middel, zet de whisky op een dienblad en loop er dan heel voorzichtig mee naar het zwembad.

Mijn vader zit de roddelbladen door te bladeren, op zoek naar foto's van gisteravond. Mijn moeder heeft dat natuurlijk ook al gedaan, maar er staan helemaal geen foto's van Danny Kilman in, alleen maar van de Milky Stars.

'Wat vind jij van de Milky Stars, Sunset?' vraagt mijn vader, terwijl hij zich op zijn hoofd krabt.

Hij heeft zijn haar niet gekamd en zijn haarband zit zo nonchalant om zijn hoofd dat ik zijn hoofdhuid vreemd roze door zijn donkere haren zie schijnen. Het geeft me een beetje verdrietig gevoel.

'Ik vind niet zoveel van ze,' zeg ik, en ik rimpel mijn neus.

'Ja, ik begrijp zelf ook niet goed wat er zo bijzonder aan is,' zegt mijn vader. 'Ze zijn allemaal zo braaf en saai, je kunt ze nauwelijks van elkaar onderscheiden. Jij wel? Wie vind jij het leukste?'

'Zoals ik al zei, pap, ik vind ze geen van allen echt leuk. Ik zou niet kunnen zeggen wie wie is,' lieg ik. Dat is de beste manier om hem in een goede stemming te brengen. Je herhaalt gewoon in iets andere woorden alles wat hij zegt.

'Wat hebben we hier nou?' vraagt mijn vader, met een knikje naar mijn dienblad en theedoek.

'Ik ben Sunset, uw cocktaildame. Wilt u misschien iets drinken, meneer? Mijn specialiteit is whisky-en-soda.'

'Ja, graag, malle meid,' zegt mijn vader.

Ik serveer hem zijn drankje en ga dan naast hem zitten. Ik schop mijn slippers uit en laat mijn voeten in het zwembad bungelen.

'Het is zo fijn om jou als vader te hebben, pap,' zeg ik vleiend.

Hij glimlacht en neemt een slok van zijn drankje.

'En voor Sweetie en Ace is het ook fijn,' ga ik verder. Ik plons met mijn voeten in het water. Ik zeg even niets en wacht tot hij zijn glas half leeg heeft. 'En ik wed dat Danny Junior en Topaz hartstikke blij zijn om jou als vader te hebben,' zeg ik.

Ik kijk mijn vader niet aan. Ik blijf door plonzen. We hebben het nooit over zijn eerste gezin. Lang voor mijn moeder heeft hij een andere vrouw gehad, Ashleigh. Ik heb haar nooit ontmoet, maar Danny Junior en Topaz kwamen vroeger soms bij ons logeren, voornamelijk vóór Sweetie geboren werd. Danny Junior dronk veel en Topaz at helemaal niets. Ze wekten niet de indruk dat ze iets met mij te maken wilden hebben.

Mijn vader gromt iets en gaat er verder niet op in. Hij drinkt zijn glas leeg.

'Ik zal er nog even een voor u halen, meneer. Ik sta als

cocktaildame volledig tot uw beschikking,' babbel ik, en ren dan snel terug naar de woonkamer.

O, balen, daar is mijn moeder, maar ze schrikt en ziet er net zo schuldbewust uit als ik. Ze staat haar mobiel te checken. O nee, het is niet haar mobiel, die is klein en roze. Ze staat mijn váders mobiel te checken. Hij heeft hem met een handvol kleingeld en zijn autosleutels op de grote koffietafel laten liggen. Mijn moeder klikt door al zijn sms'jes. Ze laat het mobieltje bijna uit haar handen vallen als ze me ziet.

'Hoi, mam.'

Ze kijkt me nijdig aan en neemt me dan eens goed op. 'Wat heb jij nou om je heupen zitten? Het ziet er afschuwelijk uit, je krijgt er een dikke buik in. Doe dat ding af, Sunset. Je hebt net zoveel gevoel voor stijl als een aap in de dierentuin.'

Ik maak een paar onverstaanbare geluiden en krab onder mijn oksels om haar te laten merken dat ik totaal niet gekwetst ben. Ook al ben ik dat wel.

'Het is een theedoek! Wat moet je in godsnaam met mijn theedoek?'

'Het is mijn schort, mevrouw. Ik ben uw vriendelijke cocktaildame. Ik heb net die meneer bij het zwembad een drankje gebracht, maar ik kan voor u een wodka en tonic inschenken – light, natuurlijk – of ik heb een heerlijke droge witte wijn voor u.'

'In hemelsnaam, Sunset, je bent tien. Je hoort helemaal niet met alcohol te knoeien.'

'Ik drínk het niet, ik servéér het. Mevrouw.'

'Nou, hou daar dan mee op. Het is een stom spelletje.'

'Ik moet die meneer serveren. Hij wacht op zijn drankje.'

Mijn moeder zucht. 'Nou, doe dat dan maar – en ga je dan op een zinnige manier vermaken. Ik weet niet wat er met jou aan de hand is, Sunset. Je hebt je eigen plasma-tv, een Apple, een Nintendo DS... toen ik een kind was, had ik er alles voor overgehad om dat allemaal te hebben. Maar jij doet alleen maar stomme, kinderachtige spelletjes en zit in jezelf te mompelen in je kleerkast. Volgens mij ben je niet goed snik.'

Ik trek een gezicht van iemand die niet goed snik is, schenk razendsnel een tweede whisky-en-soda in en maak me uit de voeten. Mijn vader ligt met gesloten ogen languit in zijn ligstoel. Zijn mondhoeken staan in een ik-wil-geen-gezelschap-stand, maar ik kan het nu niet opgeven. Ik tik even tegen het whiskyglas en hij doet zijn ogen open.

'Uw drankje, meneer,' zeg ik, terwijl ik hem het dienblad voorhoud.

Hij komt een beetje overeind en schudt zijn hoofd. 'Je bent een gekke meid, Sunset,' zegt hij en hij pakt het glas eraf.

'Ja, dat weet ik,' zeg ik. Ik ga bij zijn voeten zitten. Ik pak het dienblad en laat het aandachtig rondjes draaien op mijn vinger, zodat ik hem niet hoef aan te kijken. 'Pap?'

'Mmm?'

'Pap, we hadden het toch over kinderen?'

'O, ja?'

'Hoeveel kinderen heb jij?'

'Wat?'

'Hoeveel...'

'Ik ben niet in de stemming voor flauwe spelletjes, moppie.'

Hij klinkt erg kortaf, ook al noemt hij me 'moppie'. Maar ik moet nu doorzetten.

'Het is geen spelletje, pap. Hoeveel kinderen heb je?'

'Drie.'

'Ik bedoel ál je kinderen.'

'Oké, vijf dan. Dat weet je.'

'Ja, maar weet je heel zeker dat je er niet nóg een hebt?' vraag ik schor. Mijn keel is helemaal droog.

'Nog een?'

'Ja, want... ik heb een meisje ontmoet, Destiny, je weet wel, naar jouw liedje, en zij zegt dat jij haar vader bent.'

'Nou ja, heel veel meisjes zijn verliefd op me, dat weet je,' zegt mijn vader. 'Ze zal wel doen alsof ik haar vader ben, de arme ziel.'

'Nee, ze doet niet alsof, ze zegt dat het echt zo is. En haar moeder zegt het ook.'

'En wie is die moeder dan?' vraagt mijn vader. Hij neemt een flinke slok van zijn whisky.

'Ze heet Kate Williams. Ze is erg donker en mager, en ze zegt dat zij je vriendinnetje is geweest vóór mama, en dat Destiny je dochter is. Destiny is iets ouder dan ik en ze lijkt een beetje op me, maar ze ziet er hartstikke leuk uit. En weet je, pap, ze heeft net zulke gekke tanden als ik...'

'Rustig aan, Sunset, ratel niet zo. Jij ook altijd, met je gekke verhaaltjes,' zegt mijn vader. Hij drinkt in één teug zijn glas leeg en zet het met een klap op mijn dienblad.

'Maar het is geen verhaaltje, pap.'

'Genoeg nu! Schiet op, ga spelen. En niet meer van die onzin uitkramen, hoor je me?'

Ik hoor hem best. Maar ik wéét het nog steeds niet. Hij heeft geen 'ja' gezegd en geen 'nee'. Maar het is duidelijk dat hij het er niet meer over wil hebben. En mijn moeder ook niet.

Het is een vreselijke middag. We moeten 's avonds eten bij een afschuwelijke tennisser die pas in Robin Hill is komen wonen. Hij heeft een dochtertje van zeven dat met mij wil tennissen. Ik heb er helemaal geen zin in – ik ben heel slecht in de meeste balspelletjes – maar mijn moeder kijkt me boos aan en zegt dat ik niet zo'n spelbreker moet zijn. Het is een nachtmerrie. Het kind is net zo klein als Sweetie, maar ze kan verschrikkelijk goed tennissen, terwijl ik de bal nauwelijks over het net kan krijgen. Ik val en schaaf mijn knieën, en moet bijna huilen waar iedereen bij is.

Later doen de tennisser en zijn vrouw een wedstrijdje met mijn vader en moeder. Mijn vader schept altijd op dat hij zo goed kan tennissen, maar hij bakt er ook niet veel van. Na een paar potjes zegt hij dat hij zijn enkel heeft bezeerd en houdt hij ermee op. Mijn moeder heeft nooit veel getennist, maar ze is er best goed in en rent energiek over de baan. De tennisser geeft haar een paar tips. Hij gaat achter haar staan, pakt haar arm beet en leert haar hoe ze haar opslag kan verbeteren. Mijn vader kijkt met een zuur gezicht toe, en als we eindelijk naar huis gaan, klaagt hij dat mijn moeder heeft lopen flirten.

Mijn moeder begint eerst te lachen en zegt dat hij niet zo gek moet doen, maar mijn vader wordt echt kwaad op haar. Dan verliest ze plotseling haar zelfbeheersing. Ze zegt iets over stiekeme sms'jes, en dan branden ze pas echt los. Claudia werkt Sweetie en Ace snel de kamer uit en maakt ze klaar om naar bed te gaan. Ik piep ertussenuit naar Kleerkaststad en doe mijn best om niet naar de grote ruzie te luisteren. Het lijkt er niet op dat iemand nog 'welterusten' zal komen zeggen. Om een uur of tien steekt Claudia haar hoofd om de hoek van de deur.

'Lig jij nog niet in bed, Sunset?'

Ze heeft niets over me te zeggen, omdat ik al te oud ben voor een kindermeisje. Claudia is pas een paar maanden bij ons. Ze komt niet uit het buitenland, zoals de meeste anderen, en ze is erg chic. Ze praat net als mensen in een ouderwetse film. Ze ziet er ook ouderwets uit: ze draagt een zwartfluwelen diadeem om haar steile, muisgrijze haar uit haar ogen te houden. Ze draagt spierwitte blouses en ze strijkt haar spijkerbroeken. Ik heb mijn vader en moeder een keer om haar horen giechelen en haar accent horen nadoen. Nu giechelen ze niet. Ze schreeuwen zo hard dat je ze in mijn slaapkamer kunt horen. Ze schelden elkaar uit voor van alles en nog wat. Claudia ziet een beetje rood en ze durft me niet goed aan te kijken.

'Welterusten dan, Sunset,' zegt ze.

'Welterusten, Claudia.'

Ze blijft even staan. Mijn vader brult iets en dan gaat met een klap de voordeur dicht. Mijn moeder krijst hem iets na en begint dan te huilen. Ik hoor de auto hard gas geven en wegrijden.

'Ik weet zeker dat alles morgenochtend weer goed is,' zegt Claudia zacht.

'Mmm.'

Ze aarzelt. Dan loopt ze naar mijn kast en geeft me snel een klopje op mijn schouder. Ik verstijf, want ik vind het niet prettig als er iemand naar me toe komt als ik in Kleerkaststad ben. Mijn mensen verstijven ook. Ze laten nooit zien dat ze echt zijn als er vreemden naar ze kijken. En nu ik ouder word en me een beetje schaam om fantasiespelletjes te doen, worden ze vaak niet eens meer echt als de vreemden weggaan. Ik sta in mijn eentje buiten de stadsmuren met een handvol armzalige spulletjes en wat versleten speelgoed.

Claudia begrijpt het niet. 'Welterusten,' herhaalt ze treurig en loopt achterwaarts de kamer uit.

O jee, nu denkt ze dat ik haar niet aardig vind. Niemand vindt die arme Claudia echt aardig, zelfs Sweetie en Ace niet. We zouden vriendinnen moeten zijn, want mij vindt ook niemand aardig.

Ik leun achterover op mijn hurken en knijp mijn ogen stijf dicht om niet te gaan huilen. Ik hoor mijn moeder nog steeds. Misschien is het deze keer allemaal mijn schuld. Ik hoorde haar iets gillen over een meisje. Misschien vindt ze het verschrikkelijk dat mijn vader nog een dochter heeft. Misschien had ik niet over haar moeten beginnen.

Maar ik moet steeds aan Destiny denken. Ik wou dat ik haar e-mailadres wist. Ik wil haar moeder laten weten dat ik mijn belofte heb gehouden. Ik heb het mijn vader wél verteld. Ik wil Destiny mailen. Niet alleen omdat ze misschien mijn zus is. Ik wil dat ze mijn vriendin wordt.

De volgende ochtend loop ik vroeg de tuin in, in de krankzinnige hoop dat ze misschien zijn teruggekomen, maar er is niemand. Het voelt plotseling zo eenzaam om helemaal alleen in onze enorme tuin te staan.

Ik kijk in de garage. De auto van mijn vader is er nog steeds niet. Ik sla mijn armen om mezelf heen. Ik voel mijn hart bonzen. Mijn vader is weg, en het is misschien allemaal mijn schuld.

Mijn moeder komt niet naar beneden om te ontbijten, maar ik weet dat ze thuis is. Ik loop voorzichtig haar slaapkamer binnen, maar ze schreeuwt dat ik weg moet gaan. Ze ligt met haar hoofd onder het dekbed, zodat ik haar niet kan zien, maar het klinkt alsof ze nog steeds huilt.

Ik denk niet dat Sweetie en Ace weten dat mijn vader nog steeds weg is, maar ze vermoeden waarschijnlijk wel dat er iets mis is. Sweetie is extra dreinerig en wil haar yoghurt met banaan niet opeten, en ze huilt wanneer Claudia haar haar probeert te borstelen.

'Het doet pijn, het doet pijn! Ik wil dat mammie het doet, en ik wil toch die rotvlechten niet in,' jammert ze, en ze trekt een pruillip.

'Mammie voelt zich niet lekker, Sweetie. Stil nou. Je weet dat je vlechten in moet naar school,' zegt Claudia smekend. 'Ace, jouw haar moet ook geborsteld. Het staat alle kanten op.'

'Ik ben een tijger en ik laat lekker nooit mijn haar borstelen,' zegt Ace. Hij wil zijn sinaasappelsap pakken, maar hij kijkt niet wat hij doet en morst de helft over zijn witte T-shirt.

'O, Ace, nu moet ik je weer andere kleren aandoen,' zegt Claudia.

'Ik ben een tijger en ik wil lekker geen andere kleren aan. Ik draag helemaal geen kleren, ik heb mijn streepjesvacht,' verklaart Ace. Hij trekt zijn T-shirt, zijn korte broek en zelfs zijn onderbroek uit en begint in zijn blootje grommend door de kamer te rennen.

Claudia ziet eruit alsof ze ieder moment in tranen kan uitbarsten.

'Kom hier, tijger. Jij bent mijn kleine welpje en ik ben Grote Papa Tijger, en je moet doen wat ik zeg, anders geef ik je een klap met mijn enorme poot,' zeg ik. Ik vang hem op, til hem in de lucht en blaas hem op zijn blote buik, zodat hij het uitgilt van de lach.

Ik neem hem mee, veeg al het kleverige sap van zijn buik en trek hem schone kleren aan. Om hem vrolijk te houden, bedenk ik een tijgerbrulwedstrijd, en we doen wie er het hardste kan brullen.

'In hemelsnaam, zeg, hou op met die herrie, ik krijg hoofdpijn van jullie,' zegt Margaret, de huishoudster, die met een ontbijtblad de trap af komt lopen. 'Jullie maken het veel te bont, kinderen. Geen wonder dat jullie moeder met migraine in haar bed ligt. Je moest je schamen, Sunset, dat zo'n grote meid als jij domme spelletjes loopt te doen en haar broertje loopt op te jutten, terwijl jullie je klaar moeten maken om naar school te gaan.'

Dat is zo oneerlijk dat mijn ogen prikken van de tranen.

'Nou, zeg, hou je traantjes maar binnen, hoor,' zegt Margaret, en ze dringt zich langs ons heen.

Margaret kan soms erg gemeen zijn. Sweetie vindt ze het leukste. Ze maakt altijd speciale cakejes en chocoladekoekjes voor haar en laat haar de beslagkom uitlikken. Sweetie maakt daar misbruik van. Ze kruipt dicht tegen Margaret aan en zegt de meest walgelijke dingen tegen haar, zoals: 'O, Margaret, ik hou toch zoveel van je. Jij bent de liefste van de hele wereld, samen met mijn mammie.'

Ik word ermee opgezadeld om Sweetie naar de kleuters te brengen, terwijl Claudia Ace naar de peutergroep sleept. Alle kinderen beginnen meteen te zwaaien en te roepen als ze Sweetie zien, maar ze blijft staan en klampt zich vast aan mijn arm.

'Wat is er nou?' vraag ik geërgerd.

'Papa en mama hadden alwéér ruzie,' mompelt ze.

'Ja, dat weet ik.'

'Sunset... denk je dat ze gaan scheiden?'

Mijn maag knijpt samen. Ik wou dat ze het niet hardop had gezegd.

'Natuurlijk niet, Sweetie. Alle papa's en mama's hebben wel eens ruzie,' zeg ik. Ik doe mijn best om erg volwassen en zeker te klinken. 'Je moet je geen zorgen maken.'

'Maar papa is niet teruggekomen. Toen ik wakker werd, ging ik naar papa en mama's slaapkamer en hij was er niet,' jammert Sweetie.

'Hij moest ergens naartoe met zijn vrienden,' zeg ik. 'Je weet hoe papa is met zijn muziekvrienden – ze blijven altijd hartstikke lang weg.'

Ik probeer mezelf net zo hard te overtuigen als Sweetie. Ze kijkt me nog steeds fronsend aan en bijt op haar lip. Haar haar zit een beetje scheef en slordig, omdat Claudia niet zo goed is in vlechten, en ze heeft een ring van sinaasappelsap om haar mond. En toch ziet ze er nog ontzettend leuk uit.

'Kom hier,' zeg ik. Ik doe wat spuug op een papieren zakdoekje en veeg haar mond schoon.

'Hou op!' zegt ze en ze probeert zich los te wurmen, maar als ik het meeste eraf heb, leunt ze tegen me aan. 'Sunset, als papa en mama gaan scheiden...'

'Ik zei dat ze niet gaan scheiden.'

'Ja, maar áls, wat gebeurt er dan met ons? Gaan we dan bij papa wonen, of bij mama?'

'Ze willen je allebei, Sweetie,' zeg ik. 'Misschien moeten ze je in tweeën zagen.'

Het is maar een grapje, maar haar gezicht betrekt.

'Niet huilen! Ik meende het niet, ik maakte maar een grapje. O, Sweetie, wees maar niet bang, ze gaan niet scheiden, echt niet, maar als het wel zo is, dan gaan ze misschien om de beurt voor ons zorgen, of we zijn doordeweeks bij mama en in het weekend bij papa, zoiets.'

'Maar we blijven toch wel thuis wonen, bij Margaret en

John en Claudia en Ace?' vraagt Sweetie.

'Ja, natuurlijk,' zeg ik. Dan rent ze opgelucht naar haar vriendinnetjes.

Ik loop door naar mijn eigen klas. De bel is al gegaan, dus ik ben te laat, maar het kan me niet schelen. Ik denk aan mijn vader en moeder en aan thuis. Ik denk vooral aan Kleerkaststad.

John komt Sweetie en mij na school ophalen (Ace gaat tussen de middag met Claudia mee). John doet gek, zoals altijd. Hij maakt flauwe grapjes en rare varkensgeluiden, en Sweetie lacht en lacht, maar als we de oprit oprijden, wordt ze stil en stopt ze haar duim in haar mond. Maar de Jaguar van mijn vader is terug. Ik knipper eens goed met mijn ogen. Ja, hij staat er echt. Hij is terug, dus misschien is alles goed.

We gaan het huis binnen en overal in de hal en in de grote woonkamer staan bloemen. De lelies geuren zo sterk dat ik er duizelig van word. Mijn vader en moeder zitten samen hand in hand op de grote, roomwitte bank. Mijn moeder heeft een strakke witte broek aan, een witkanten bloesje met een brede abrikoosgele riem erboven en goudkleurige schoenen met hoge hakken. Mijn vader is helemaal in het zwart, maar hij heeft een abrikoosgele haarband om, en hij heeft drie grote gouden ringen aan zijn vingers. Ze kleuren mooi bij elkaar, ze glimlachen en praten zacht, om de beurt... want ze worden geïnterviewd.

De journaliste zit tegenover hen en neemt alles wat ze zeggen op met een klein recordertje, maar ze maakt ook aantekeningen in haar schrift, waarbij haar lange valse nagels in de weg zitten.

Ik houd me op de achtergrond, vooral als ik zie dat de fotograaf zijn apparatuur in een hoek opstelt, maar dit is voor Sweetie het signaal om zo schattig mogelijk uit de hoek te komen.

'Pappie! Mammie! Ik ben terug uit school!' zingt ze en ze rent naar ze toe. Ze geeft ze allebei een dikke knuffel, maar ze weet dat ze voorzichtig moet zijn. Wee haar gebeente als ze vieze vingers maakt op mijn moeders witte kleren, of mijn vader zijn haarband van zijn plaats duwt, zodat zijn kale plekjes te zien zijn. Mijn vader en moeder lachen teder naar haar en ze wurmt zich tussen hen in. Ze ziet er gek uit in haar rood met wit geruite schooljurk, met één afgezakte sok en haar rode haarlinten half los. Mijn vader lacht en trekt haar aan haar vlechten. Mijn moeder strikt hoofdschuddend maar o zo liefdevol haar linten en trekt haar sokken omhoog.

'O, wat een schatje!' zegt de journaliste. 'Dit moet Sweetie zijn. En waar is uw andere dochter?' Ze kijkt de kamer rond en haar kille blauwe ogen ontdekken mij, verscholen in een hoek.

'Ja, kom hier, Sunset, liefje,' zegt mijn moeder, en ze steekt haar armen naar me uit.

Ik moet ook meedoen aan het knuffelritueel. Ik laat me een beetje bovenop hen zakken, te groot en onhandig om me tussen hen in te nestelen.

'O, laten we een foto maken van de hele familie!' zegt de journaliste. 'Jullie hebben toch ook een zoontje?'

'Sunset, schatje, ga jij Ace eens even zoeken.'

Dus 'schatje' gaat op zoek naar Ace. Hij is niet in de speelkamer bij Claudia of in de keuken bij Margaret. Ik zoek in het kantoor en vind daar Rose-May en Knettertje. Rose-May is de manager van mijn vader. Ze heeft een lieve, bloemachtige naam en ze heeft een zachte fluisterstem. Ze ziet er zelfs zacht en bloemachtig uit: ze heeft pluizig blond haar, draagt flinterdunne topjes en heeft altijd heel veel parfum op. Maar zelf is ze helemaal niet zacht en bloemachtig. Zij is de enige die ik ken die mijn vader zegt wat hij moet doen. Ze schreeuwt nooit. Als ze kwaad is, wordt haar stem nog zachter, maar ze is dan net een roos met heel scherpe doorns. Papa gaat niet met haar in discussie, hij doet precies wat ze zegt.

Knettertje heet niet echt zo – ze heet eigenlijk gewoon Jane Smith – maar mijn vader noemde haar altijd Knettergek, en nu is Knettertje haar koosnaampje. Ze vindt het niet erg. Als ze langskomt, zegt ze zelf al door de intercom: 'Ik ben het maar, Knettertje.'

Knettertje kent mijn vader al van heel vroeger, toen zijn carrière net begon. Ze was een van zijn grootste fans en ging naar al zijn optredens. Het was haar idee om een fanclub op te richten en daar heeft zij sindsdien de leiding over. Ze is nu niet echt een fan meer, want ze is een vrouw van middelbare leeftijd en ze kent mijn vader te goed, maar ze smelt nog steeds weg als hij naar haar kijkt. Ze is erg aardig maar heel erg lelijk. Haar tanden staan nog schever dan die van mij, dus mijn moeder vindt het niet erg dat ze al jaren om mijn vader heen hangt. Hij behandelt haar net alsof ze een hondje is. Hij klopt haar af en toe op haar knokige schouder en woelt met zijn hand door haar haar. Hij noemt haar zijn 'Beste Kameraad'.

'Hallo, Sunset,' zegt Rose-May. 'Wat is er aan de hand?'

Ik kijk haar niet aan, ik kijk naar Knettertje.

Misschien heeft zij Destiny's moeder gekend.

'Ik zoek Ace,' zeg ik. 'Die journaliste wil hem zien.'

'Nee, nee, het is de bedoeling dat alleen Danny wordt geïnterviewd. Ik wilde zelfs Suzy er niet bij hebben,' fluistert Rose-May, en ze tuit haar kleine roze mondje. 'Het was de bedoeling dat het over een nieuw album zou gaan, een nieuwe tournee...'

'Gaat Danny dan een nieuw album maken? Gaat hij weer op tournee?' vraagt Knettertje gretig.

Rose-May zucht. 'We zijn de stemming aan het peilen, Knettertje. Rustig aan. Nou ja, het ziet er dus naar uit dat het hele gezin nu wordt geïnterviewd. Inclusief foto's.' Ze bekijkt me van top tot teen. 'Misschien kun je je maar beter even omkleden, Sunset... en laat Claudia je haar even doen,' murmelt ze. 'Volgens mij is ze boven, bij Ace. Ik zal ze wel wat opjagen.'

Ze loopt vastberaden weg, een wolk van haar bloemachtige parfum in haar kielzog. Ik rimpel mijn neus en nies.

'Gezondheid,' zegt Knettertje vriendelijk. Ze typt er op los op haar computer. 'Zou het niet geweldig zijn als Danny een nieuw album zou maken, Sunset? O, jeetje, wat zouden de fans blij zijn!'

'Knettertje, jij bent toch al heel lang een fan van papa, nog voor hij mama leerde kennen? Weet jij nog wie toen papa zijn vriendinnetje was?'

Knettertje lacht al haar lelijke tanden bloot. 'Je vader had heel wat vriendinnetjes, schat,' zegt ze giechelend. 'Hij was vroeger een knappe vent.'

'Herinner jij je nog dat hij omging met een heel magere, donkere vrouw, Kate Williams?'

'Je vader stelde zijn vriendinnetjes niet aan mij voor, lieverd.'

'Nee, maar ik denk dat deze vrouw bijzonder voor hem is geweest,' zeg ik. Ik denk niet dat ik Knettertje moet vertellen dat ze misschien een baby van mijn vader heeft gekregen. Dat zou haar misschien vreselijk van streek maken, net als mijn moeder. 'Ze vindt papa nog steeds helemaal geweldig,' voeg ik eraan toe.

Knettertje glimlacht en tikt op haar computerscherm, waar ze de ledengegevens van de fanclub zit bij te werken. 'Zovéél vrouwen vinden Danny helemaal geweldig,' zegt ze.

Plotseling krijg ik een idee. 'Knettertje, kun jij zien of er een Kate Williams op de ledenlijst staat?'

'Nou, dat is eigenlijk vertrouwelijk.'

'O, Knettertje, alsjeblieft, ik kén haar. Nou ja, ik ken haar dochter, en ik wil contact met haar opnemen. Ik weet hun e-mailadres niet. Wil je even voor me kijken? Snel, vóór Rose-May terug is.'

'Nou ja, goed dan,' zegt Knettertje. Ze typt de naam 'Kate Williams' op het scherm in.

'O, nee, er zijn er een helebóél!' kreun ik, als ik het resultaat zie.

'We hebben nog steeds bijna honderdduizend fans over de hele wereld,' zegt Knettertje trots. 'Kijk, een van deze Kate Williamsen woont op Malta. En hier is er een in de Verenigde Staten.'

'Die zijn het niet. En deze is het waarschijnlijk ook niet – zij is er nog maar net bij.' Ik zucht gefrustreerd. 'Maar die anderen kunnen het allemaal zijn.'

Ik denk hard aan Destiny's moeder. Ik hoor haar wanhopige stem. Ze heeft een bekend accent. 'Ze praat alsof ze ergens uit het noorden komt. Een beetje zoals in *Coronation Street*,' zeg ik.

'Dan is dít haar, waarschijnlijk. Deze vrouw woont in Wythenlathen,' zegt Knettertje. 'Dat ligt bij Manchester, lieverd. Maar er staat geen e-mailadres bij.'

Ik pak Knettertjes pen en voor ze me kan tegenhouden krabbel ik het postadres op de binnenkant van mijn pols. Dan ren ik weg om me te gaan omkleden. Ik trek de verschrikkelijke legging aan, maar de pijpen rimpelen en draaien, zodat het net is alsof ik hem achterstevoren aan heb. En als ik het fluwelen vestje aantrek, ontdek ik dat ik aardbeienijs op de voorkant heb gemorst. Ik besluit dan maar een spijkerbroek aan te trekken, met een gestreept topje erboven en een kort vestje zonder mouwtjes eroverheen. Ik doe mijn best om er iets creatiefs van te maken en hoop dat het er lekker gek uitziet, maar als ik mijn moeders blik zie als ik de woonkamer binnenloop, weet ik dat ik hopeloos heb gefaald. Wij passen als kinderen totaal niet bij elkaar. Sweetie is nog steeds in haar schooljurk en Ace heeft zijn tijgerpak en zijn rubberlaarzen aan.

De journaliste klapt in haar gemanicuurde handen en zegt dat we echte kinderen zijn. Wat zouden we ánders zijn? Poppen?

Rose-May kijkt ontstemd. Ze laat snel een paar foto's maken en zegt dan zacht: 'Het spijt me, maar de kinderen moeten nu gaan eten, toch, Suzy? Jij moet daar natuurlijk bij zijn, maar maak je geen zorgen, schat, ik blijf de rest van het interview wel bij Danny en zorg dat iedereen het naar zijn zin heeft.'

We worden dus allemaal handig de deur uit gewerkt. We zitten aan de keukentafel Margarets pizza te eten, terwijl mijn moeder op haar hoge hakken rusteloos heen en weer loopt. Ze is prachtig opgemaakt, maar als je heel goed kijkt, kun je donkere kringen onder haar ogen zien, die nog steeds erg rood zijn.

'Ik ben zo blij dat papa en jij weer vriendjes zijn, mam,' zegt Sweetie tevreden, terwijl ze met haar benen heen en weer slingert.

'Hoe bedoel je, schat? Papa en ik zijn altijd vriendjes,' zegt mijn moeder scherp.

Ik werp Sweetie een waarschuwende blik toe. Ziet ze niet dat ze alleen maar hun beste beentje voor zetten omdat de journaliste erbij is? Sweetie ziet me niet eens kijken, maar mijn moeder wel.

'Trek niet zo'n gezicht, Sunset, daar word je lelijk van. En wat heb je in 's hémelsnaam voor kleren aan? Dat korte vestje zit je veel te krap. En je hebt je schoolschoenen aan onder je spijkerbroek! Dat is toch geen gezicht! Waar zijn je laarsjes? Echt waar, ik geef een vermogen uit aan jouw kleding, en je kleedt je aan alsof je spullen bij de rommelmarkt vandaan komen.'

Ze gaat maar door, in de hoop dat ik iets terug zal zeggen, zodat ze me op mijn kop kan geven omdat ik brutaal ben, maar ik zeg geen woord. Ik zit daar alleen maar met mijn hand op mijn mouw en strijk over de inktletters op mijn arm.

Ik heb er een beetje te veel overheen gestreken. Als die stomme journaliste en de fotograaf allang weg zijn en ik eindelijk alleen in mijn kamer ben, kijk ik op mijn arm en zie dat de letters half zijn uitgeveegd. Maar ik kan nog net lezen wat er heeft gestaan. Ik schrijf het adres achter in mijn schoolagenda, zodat het van nu af aan veilig is.

Dan loop ik naar mijn kleerkast. Kleerkaststad roept me, maar deze keer kijk ik naar mijn kleren, die allemaal op een kluitje bij elkaar hangen, en loop al mijn kleerhangers na, tot ik het zwartleren jackje heb gevonden. Het is erg klein. Ik probeer het aan. Het zit veel te strak onder mijn armen en het sluit niet netjes over mijn borst. Ik heb er niets meer aan, en Sweetie krijgt nooit de kleren die mij niet meer passen. Zij krijgt altijd alles nieuw. En als het in mijn kast hangt, heeft niemand er iets aan, toch?

Toch voel ik me schuldig als ik het jack uit de kast haal en er zacht papier omheen wikkel. Het leer is zo zacht dat ik het tot een handzaam pakketje kan opvouwen. Dan zoek ik schrijfpapier. Ik heb alleen maar een blok oud briefpapier met gekke dansende teddybeertjes langs de randen. Volgens mij heb ik het ooit eens na een feestje als afscheidscadeautje gekregen. Het is nu afschuwelijk kinderachtig. Ze zal er waarschijnlijk om moeten lachen, maar het moet maar goed zijn.

Ik ga op de rand van mijn bed zitten, leg het briefpapier op een dik boek en begin te schrijven.

*Beste Destiny,*
*Ik hoop dat je het niet erg vindt dat ik je schrijf. Ik heb je adres van de fanclublijst gehaald. Het was erg leuk om jou (en je moeder) zondag te ontmoeten. Het was zo'n verrassing om te ontdekken dat je misschien mijn zusje bent!!!*

Ik kras 'misschien' door, omdat het anders net lijkt of ik haar niet geloof.

*Het spijt me heel erg dat mijn moeder zo kwaad werd.*

Ik begin te schrijven: *Ze is een vals kreng*, want dat ís ze, maar ik kras het door, omdat het zo trouweloos klinkt. Ik denk aan wat ze in de Hi! zetten als een beroemdheid tiert en tekeergaat.

*Ze maakt een emotioneel moeilijke periode door.*

Ik ben blij met die zin. Ik hoop dat ik het goed heb gespeld.

*Ik heb het mijn vader verteld, zoals ik had beloofd, maar hij werd ook een beetje boos, en hij wilde er niet echt over praten. Maar maak je geen zorgen, als hij in een goede bui is, probeer ik het nog eens.*
*Om het een beetje goed te maken, stuur ik je mijn leren jackje, omdat je zei dat je het zo mooi vond. Ik hoop dat het je past. Ik denk dat het jou veel beter zal staan dan het mij ooit gestaan heeft.*
*Liefs van Sunset.*
*Mijn emailadres is sunsetlacht@mc.com.*
*Wat is het jouwe?*

Ik stop de brief in het jack en zet dan het papier vast met plakband. Ik wil het pakje meteen netjes afmaken, dus ik neem de gok om naar beneden te sluipen.

Ik luister goed. Ik hoor geen geschreeuw of gehuil. Ik hoor muziek uit de tv-kamer komen, Danny Kilmanmuziek. Misschien zitten ze knus samen op de bank, herinneringen op te halen. Ik haal blij adem en loop op mijn tenen het kantoor binnen. Knettertje is natuurlijk allang weg, maar al haar kantoorspullen liggen daar. Ik pak haar grootste verstevigde envelop, de soort die ze gebruikt om de souvenirdozen met Danny Kilman-cd's naar zijn grootste fans te versturen.

Mijn leren jackje past er precies in. Ik plak de flap dicht

en schrijf het adres erop. Knettertje heeft een eigen frankeermachine, dus het is een makkie om het pakje verzendklaar te maken. Ze heeft al een grote stapel spullen die John morgen naar het postkantoor moet brengen. Ik graaf in de zak en stop mijn envelop er ergens midden tussenin.

Zo! Ik ben zo tevreden met mezelf dat ik besluit de keuken in te gaan om het te vieren. Margaret gaat nadat ze het eten heeft opgediend altijd terug naar haar eigen huis. Ik hoor het geluid van de vaatwasser die staat te draaien. Zo kan tenminste niemand horen dat ik de vriezer openmaak. Ik weet precies waar we het ijs bewaren.

Het water loopt me al in de mond, maar als ik de keuken inloop, zie ik dat mijn vader daar is. Hij staat met zijn rug naar me toe en zoekt iets in de vriezer. Komt hij ook een ijsje halen? Ik begin te grijnzen. Mijn vader is eigenlijk op dieet. Rose-May loopt steeds tegen hem te zeuren dat rocksterren moeten zorgen dat ze slank blijven, vooral als ze wat ouder worden. Mijn vader moet dingen eten zoals vis en kip en gestoomde groenten, maar vaak vraagt hij Margaret om een van zijn favoriete frituurgerechten klaar te maken. Toetjes mag hij helemaal niet hebben, maar nu pakt hij een Magnum uit de vriezer, en hij knabbelt eraan terwijl hij kletst door zijn mobiel.

Ik schud mijn hoofd, hoewel hij me niet kan zien. Als hij in een goede bui is, kan ik hem er misschien mee plagen. Ik zal wachten tot hij klaar is met bellen, en dan sluip ik naar hem toe en zeg 'Boe!' Misschien moet hij dan lachen.

Hij lacht nu ook, maar heel zachtjes. 'Wat ben je toch een stoute meid,' fluistert hij.

Wie heeft hij aan de telefoon? Zo lief en hees praat hij tegen niemand van ons, zelfs niet tegen Sweetie.

'Maar je moet niet bellen. En zeker niet sms'en. Suzy ging bijna door het lint toen ze dat laatste sms'je las.'

Ik slik en blijf stokstijf staan.

'Ik weet het, ik weet het, ik zou ook niets liever willen dan bij jou zijn, schatje,' murmelt mijn vader. 'Gisteravond was zo heerlijk... maar ik kan het er niet op wagen. Rose-May probeert een deal te sluiten voor het nieuwe album, nu de film volgende week in de bioscoop komt. Ja, ja, ik weet dat het veel publiciteit zou opleveren, maar ze zien me nu als een huisvader, dat hoort er nou eenmaal bij. Ja, het is waardeloos, ik weet het. We zien elkaar gauw weer, schatje, dat beloof ik je. Ik kan bijna niet wachten.'

Ik schuifel huiverend achteruit de keuken uit. Ik sta in de hal en hoor 'Always and Forever' spelen in de huiskamer. Always and Forever, voor eeuwig en altijd! Mijn vader maakt plannen om ons te dumpen, om bij ons weg te gaan.

Ik ren de huiskamer in. Mijn moeder ligt op de bank. Haar witte bloesje is gekreukt en haar haar zit in de war, maar ze glimlacht slaperig naar me. Ze heeft een glas wijn in haar hand. Het ziet ernaar uit dat ze al heel wat op heeft.

'Ik dacht dat je al in bed lag, Sunset,' zegt ze vaag. Ze steekt haar armen naar me uit, zonder eraan te denken dat ze het wijnglas nog in haar hand heeft.

'Oeps!' zegt ze, als de wijn over haar bloesje gaat. 'Onhandig! Kom hier, schat. Kom eens kijken naar die knappe vader van je. Kijk eens hoe het publiek met hem meezingt. Al die zwaaiende armen, al die meisjes die de tekst uit hun hoofd kennen.'

'Mam...'

'Ze willen hem allemaal, maar hij is van óns, Sunset. Hij is onze Danny, en we houden van hem, hè, schat? Hij blijft misschien wel eens een halve nacht weg en hij breekt soms ons hart, maar hij komt altijd terug.'

'Maar als hij nou eens niet terugkomt, mam?' zeg ik. 'Als hij er nou eens vandoor gaat met een of ander meisje?'

'Wat? Hou op, praat niet zo! Waarom moet je toch altijd alles verpesten? Vind je dat soms leuk? Ga maar naar bed, schiet op. En kijk eens wat er met je vader gebeurd is. Hij zou nog een fles wijn gaan halen.'

Ze zegt dat ik altijd alles verpest. Ik zou nu inderdaad alles kunnen verpesten. Ik kijk naar haar, zoals ze in haar gekreukte kleren boos naar me ligt te kijken. Ze lijkt net Sweetie, als die een driftbui heeft. Ze ziet er te jong uit om moeder te zijn.

Dus ik zeg het niet tegen haar. Ik sta in de hal en vraag me af of mijn vader al klaar is met bellen.

'Pap?' roep ik. 'Pap, mama vraagt naar je.'

# HOOFDSTUK 7
# Destiny

Oké, meneer Roberts heeft ons allemaal in de hal laten komen, en nu moeten we om de beurt het podium op om onze act voor het eindfeest te laten zien. En het is gek, het is gewoon de eerste keer oefenen, en behalve meneer Roberts en mevrouw Avery, de gymlerares, is er niemand bij, maar we zijn allemaal zenuwachtig. De meisjes staan te gillen en te giechelen en de jongens stompen en duwen elkaar. Zelfs Angel is nerveus. Ze loopt heen en weer en knipt met haar vingers.

'Dit is een stom idee. We staan straks vreselijk voor schut,' zegt ze.

'Ja, we hoeven dit helemaal niet te doen,' zegt Jack Myers.

'Jawel, dat moeten jullie wel, anders krijgen jullie een pak slaag met mijn reuzenstok,' zegt meneer Roberts.

'U mag ons helemaal niet slaan, meneer Roberts, anders gaat u naar de gevangenis,' zegt Jack.

'Uitstekend! Geen kinderen, geen lessen voorbereiden, geen nakijkwerk. Dat wordt een lekker rustig leventje,' zegt meneer Roberts. 'Zo, wie gaat er eerst? Weet je wat,

Jack, ga jij maar eerst met je groepje, dan kun je de rest van de tijd een beetje tot rust komen. Kom, jongens, geef me je muziek maar.'

'We hebben nog helemaal niet geoefend. Het wordt hartstikke slecht,' zegt Jack.

Hij heeft gelijk, het ís slecht. Ze springen maar een beetje over het podium. Jack staat voorop en de rest doet hem na, zonder te kijken waar ze lopen, dus ze botsen allemaal tegen elkaar op. Uiteindelijk staan ze met rode wangen een beetje schaapachtig te kijken. Als ik meneer Roberts was, zou ik zeggen: 'Ja, jullie zijn inderdaad verschrikkelijk slecht', maar hij doet zijn best om positief te blijven.

'Ik denk dat ik kan zeggen dat jullie veel ruw talent hebben, jongens, met de nadruk op ruw,' zegt hij. 'Wat vindt u ervan, mevrouw Avery?'

'Ja, jullie hebben veel mogelijkheden, jongens. Jack, kun jij een salto maken?'

'Ja, hoor,' zegt Jack. Hij spuugt in zijn handen en doet er een.

'Mooi. Daar gaan we iets omheen verzinnen. Ik kan jullie helpen om een nummer in elkaar te zetten, zodat jullie allemaal tegelijk dezelfde bewegingen maken. Misschien kunnen we er een paar verrassingselementen in verwerken.'

'Dat is niet eerlijk, juf, als u hun groepje helemaal gaat helpen en coachen,' zegt Rocky Samson, die in de Speedo-dansgroep zit.

'Mevrouw Avery is hier om iederéén te helpen, Rocky,'

zegt meneer Roberts. 'Ze is een engel, die iedere dag haar pauze opoffert om jullie verder te helpen, dus ik hoop dat jullie haar heel dankbaar zijn. En ondergetekende ook.' Hij maakt een ironisch buiginkje.

Sommigen hebben meer hulp nodig dan anderen. De meisjesdansgroep is niet zo slecht. Zij hebben al geoefend op het schoolplein en doen grotendeels dansnummers na die ze op tv hebben gezien. Raymonds dans is fantastisch, totaal niet meisjesachtig, hoewel de jongens hem toch uitlachen. Ze lachen niet om Ritchie en Jeff, hoewel die juist grappig zouden moeten zijn. Het toneelstuk van de meisjes is hopeloos. Ze kletsen maar wat, en dan is er opeens ruzie en beginnen ze zo hard en snel door elkaar heen te schreeuwen dat je niet eens kunt verstaan wat ze zeggen.

Meneer Roberts zucht. 'Meisjes, meisjes, meisjes! Niet zo schreeuwen... en langzaam praten.'

'Maar we móéten wel snel praten om alles erin te krijgen. U zei dat we maar tien minuten hebben, meneer Roberts,' zegt Natalie.

'Dan moeten we zorgen dat er minder tekst komt. We gaan het niet afraffelen,' zegt meneer Roberts, terwijl hij aantekeningen maakt. 'Ik zie dat mijn pauze ook aardig vol komt te zitten.'

Fareed is niet erg inspirerend met zijn goocheltrucs. Hij laat twee keer zijn kaarten uit zijn handen vallen, en Hannah staat er met gebogen hoofd bij, zonder iets te doen.

Meneer Roberts zucht. 'Ik denk dat we een beetje pit in de act moeten zien te krijgen, jongens,' zegt hij. 'Maar maak je geen zorgen, het komt wel goed.'

Angel staat te mokken. Zij heeft niets voorbereid. 'Als ik van u niet mag paaldansen, heeft het geen zin,' zegt ze.

'Misschien moeten wij samen aan een acrobatische dans werken, Angel,' zegt mevrouw Avery. 'Een solo-streetdance bijvoorbeeld. Heb je een lievelingsnummer... iets met een stevige beat? Ik help je wel met het maken van de dans.'

'Mij best,' zegt Angel. Ze klinkt nog steeds chagrijnig, maar je kunt zien dat ze blij is.

Nu ben ik aan de beurt. Meneer Roberts glimlacht me bemoedigend toe.

'Oké, Destiny. Wil je nog steeds dat nummer van Danny Kilman proberen?'

'Ja, dat wil ik.'

'En, heb je de achtergrondmuziek bij je?'

'Nee.'

Hij kijkt opgetogen. 'Moet ik je dan toch maar op mijn gitaar begeleiden?'

*Nee, nee, nee!*

'Als... als u het niet erg vindt, zing ik het liever alleen, meneer Roberts, zoals ik had gezegd. De gitaar... leidt me misschien af,' stamel ik.

'Uitstekend. Maar voor het echte optreden heb je misschien toch wat ondersteuning nodig. Het is een erg moeilijk nummer om a capella te zingen.'

Ik weet niet waar hij het over heeft. Ik wil niet dat hij met zijn nerveuze Kumbaya-gepingel op zijn gitaar mijn nummer verpest. Ik hoef geen ondersteuning. Ik heb

'Destiny' bijna iedere dag van mijn leven gehoord. Ik ken iedere noot en iedere nuance net zo goed als het geluid van mijn eigen ademhaling.

Meneer Roberts kijkt twijfelachtig. De jongens kijken verveeld, de meisjes staren me vijandig aan en zitten al klaar om me uit te lachen. Angel geeuwt en hangt achterover in haar stoel. Plotseling voel ik me misselijk. Straks maak ik me ongelofelijk belachelijk en verpruts ik Danny's liedje op de koop toe.

*Het liedje van je vader*, zegt mijn moeder in mijn hoofd.

Ik doe mijn ogen dicht. Ik zing het gewoon voor háár. Ik open mijn mond en begin. Zodra ik 'You are my Destiny' heb gezongen, zit ik helemaal in het nummer, op een andere planeet. Ik voel de woorden, de hoge, meeslepende klanken laten de haartjes op mijn armen overeind komen, en ik ga door tot de allerlaatste, prachtige noot. Alles komt eruit.

Dan is het stil.

Ik doe mijn ogen open. Iedereen staart me aan. Ik voel mezelf warm worden. Ik weet zeker dat ik bloos. Ik heb mezelf écht voor gek gezet. Voor alle anderen hebben ze geklapt. Zelfs voor Fareed en Hannah, en die waren hopeloos.

Waarom zitten ze er zo stil bij?

Dan begint mevrouw Avery te klappen. Ze gaat er zelfs bij staan, en de anderen doen mee. Meneer Roberts klapt ook, op een vreemde, ongecontroleerde manier, alsof hij niet zeker weet of zijn handen nog aan zijn armen vastzitten.

'Mijn hemel, Destiny,' zegt hij uiteindelijk, een beetje boos. 'Waarom heb je me dat niet verteld?'

Ik staar hem aan. Wát heb ik hem niet verteld?

'Je hebt werkelijk een fantastische stem.' Hij staart me nog steeds aan alsof hij het niet kan geloven. 'Je hebt nog nooit zo gezongen. Waarom zing je niet zo in mijn muziekles?'

Ik haal mijn schouders op.

'Nou, ik sta er versteld van, Destiny. Ik weet niet of ik jou nog tips kan geven. Zing er maar op los, zou ik zeggen.'

Ik kan bijna niet wachten om naar huis te gaan, om het aan mijn moeder te vertellen. Ik kan zingen, ik kan zingen, ik kan zingen! Nou ja, ik heb altijd al geweten dat ik kan zingen. Mijn moeder zegt dat ik de stem van mijn vader heb geërfd, maar ik klink helemaal niet zoals Danny Kilman. Misschien lijk ik op mijn moeder. We zingen altijd voor de lol samen als we afstoffen of de vloer schoonmaken.

Eigenlijk zingt mijn moeder de laatste tijd niet zoveel. Maar dit zal haar opvrolijken. Meneer Roberts laat mij als laatste optreden bij *Bilefield's Got Talent*. De bedoeling is dat we allemaal evenveel kans maken, maar het is duidelijk dat ik de beste plek heb. Er is een middagvoorstelling voor de kinderen van school, en om zeven uur is dan de voorstelling voor de familie, allebei met een jury erbij. Het is op een vrijdag. Mijn moeder moet dan vanaf zeven uur werken bij de Dog & Fox. Ik hoop maar dat ze haar dienst met iemand kan ruilen.

Ik haast me naar huis, al weet ik dat ze op zijn vroegst pas om halfzeven thuis zal zijn. Ze heeft een nieuwe klant, Maggie Johnson, die het fijn vindt als mijn moeder haar met een kopje thee en een negerzoen in bed legt en dan samen met haar naar *De zwakste schakel* gaat kijken. Mijn moeder moet ook meedoen met het programma, hoewel ze de presentatrice helemaal niet leuk vindt en nooit de antwoorden weet. Maggie weet er ook niet veel, maar ze vindt het leuk om het te proberen. Mijn moeder heeft geprobeerd me over te halen om ook naar Maggies huis te komen, omdat ze het vervelend voor me vindt dat ik alleen thuis zit, en omdat ze dacht dat het Maggie zou opvrolijken. Het werkte niet. Ik vind het verschrikkelijk bij Maggie thuis. Het is er donker, het stinkt en over alle radiatoren en stoelleuningen hangen onderbroeken en nachtponnen te drogen. En Maggie zelf is ook geen lief oud dametje met roze wangetjes, ze is een gemene oude heks. Ze keek me de hele tijd dreigend aan en fluisterde half hardop: 'Wat doet zij hier?'

Ik wou dat mijn moeder niet zo in beslag werd genomen door al die afschuwelijke, gammele klanten van haar. Ze is mijn moeder en ik wil dat ze voor *míj* zorgt. Maar wacht maar tot ik haar vertel wat meneer Roberts zei over mijn zingen! Ik ga het huis binnen en vind een briefje waarop staat dat iemand aan de deur is geweest met een pakje. Ze hebben het afgegeven bij mevrouw Briggs, naast ons.

Een pakje? We krijgen nooit pakjes. Ik grijp de sleutel en ren naar het huis van mevrouw Briggs. Ze doet er uren over om met haar looprek bij de deur te komen. Ik roep door de brievenbus: 'Maak u geen zorgen, ik ben het maar, mevrouw Briggs, Destiny!' Maar ze doet toch haar ketting op de deur en gluurt wantrouwig door de kier.

'Lopen jullie me soms weer te pesten, kinderen?' vraagt ze nijdig.

'Ik ben het, mevrouw Briggs!'

'Ah, ja, de jonge Desiree,' zegt ze. Ze kan nog steeds mijn naam niet onthouden. 'Ja, je raadt het nooit, kind. Iemand heeft je een pakje gestuurd. Ben je jarig?'

'Nou, ik ben vorige week jarig geweest.'

'Dat heb je me niet verteld! Dan had ik een kaart voor je gehaald. Hoe oud ben je nu?'

Het wordt een eindeloos verhaal, dat ik elf ben, en mevrouw Briggs 87, terwijl ik alleen maar *mijn pakje wil hebben*! Maar ten slotte laat ze me binnen en ik pak de enorme envelop op die ze in haar gang heeft staan. Ik kijk naar het handschrift. Ik herken het niet. Het pakje is niet echt zwaar. Je kunt de envelop nog indrukken, maar er zit echt wel iets in. Gelukkig heeft de postbode het niet bij de deur gelegd. Dan was het gepikt voor hij zich had omgedraaid.

Ik bedank mevrouw Briggs en ren snel terug naar huis om het in mijn eentje open te maken. Het is zo zorgvuldig dichtgeplakt dat ik mijn geduld verlies en het papier openscheur. Plotseling houd ik een jack in mijn handen, een prachtig leren jack, heerlijk zacht en soepel en met een schitterende lijn, het mooiste jack van de hele wereld. Ik staar er bevend naar. Ik kan het niet geloven. Dan besef ik opeens dat ik het eerder heb gezien. O, mijn god, het is Sunsets jack!

Ik maak aanstalten om het aan te trekken, en dan dwarrelt er een brief uit. Ik steek mijn armen in de met zijde gevoerde mouwen en trek het aan. Het past perfect, alsof het voor me is gemaakt. Dan raap ik de brief op en begin te lezen. Hij is inderdaad van Sunset. Het is een superlieve brief. Ze heeft haar best gedaan om Danny naar me te vragen, en ze hoopt dat het jack me past.

Ik loop naar de slaapkamer en bekijk mezelf in de spiegel van mijn moeder. O, het staat me zó goed! Ik lijk wel een beroemdheid! Ik neem mijn moeders haarborstel als een microfoon in mijn hand en begin te zingen. Ik kan bijna niet wachten tot mijn moeder thuis is. Nu heb ik haar twéé bijzondere dingen te vertellen.

Zodra ik de sleutel in het slot hoor, roep ik: 'Mam, mam, moet je horen!'

'Hé, schat! Ik heb Louella meegenomen voor een kopje thee.'

O, gadver, waarom doet ze dat nou? Ik trek snel het jack uit, stop het onder mijn kussen en loop met tegenzin de huiskamer binnen. Louella is al in mijn stoel gaan zitten. Ze knikt naar me.

'Hoe gaat het met jou, Destiny?'

'Heel goed, dankjewel, Louella,' zeg ik.

Ze knikt sceptisch. 'Ik hoop dat je het je moeder niet te moeilijk maakt. Ze zit altijd over je in de zorgen. Zij heeft van één kleine lastpost meer kopzorg dan ik van die vier van mij.'

'Mijn Destiny is hartstikke lief. Het is mijn eigen schuld dat ik me zorgen over haar maak,' zegt mijn moeder. 'Ik ga even water opzetten.'

Louella kijkt me verwijtend aan. 'Jíj zou die thee moeten gaan zetten voor je moeder, Destiny, daar ben je groot genoeg voor. Zij loopt zich de hele dag haar benen uit haar lijf voor die arme oudjes. Als ze thuiskomt, mag ze zelf ook wel eens verzorgd worden.'

'Ik zet soms best thee. Ik ga het nu ook wel doen,' zeg ik kwaad.

'Nee, nee, het gaat prima. Blijven jullie maar lekker kletsen,' roept mijn moeder vanuit de keuken.

Ik heb helemaal geen zin om te kletsen met Louella en ik heb niet de indruk dat zij zin heeft om te kletsen met mij.

'Je moeder tobt zich helemaal af,' zegt ze. 'Ze is vel over been. Ik zeg steeds tegen haar: "Je werkt te hard, meid. Altijd maar bezig. Je moet het rustiger aan doen, een beetje vlees kweken op die botten van je."'

Louella zelf heeft meer dan genoeg vlees op haar botten. Ze is zo dik dat ze helemaal uit mijn stoel puilt, met haar enorme, met wilde patronen bedrukte jurk om zich heen gespreid. Ze zit wijdbeens, met haar voeten stevig op de grond. Haar pantykousjes en sandalen zien er niet uit.

'Hoe gaat het op school, Destiny?' vraagt ze. 'Doe je goed je best?'

Ik haal mijn schouders op.

'Haal je geen rottigheid uit?'

Dat is het toppunt. Haar tweeling, Adam en Denton, zitten pas in groep drie en staan er in de hele onderbouw om bekend dat ze altijd rottigheid uithalen. Ze kunnen hun moeder nog zo lief aankijken en alles ontkennen en zeggen dat iedereen de pik op ze heeft, maar ze zijn echt ongelofelijk vervelend. Vorige week hebben ze zich nog samen in een Kliko verstopt. Een van de vrouwen van de kantine kreeg bijna een hartaanval toen ze er plotseling uit tevoorschijn sprongen. En de week daarvoor hebben ze alle woestijnratjes uit de klas van groep drie losgelaten in de meisjestoiletten. Haar middelste kind Jacob is pas negen, maar is nu al een van de meest gevreesde bendeleden van de Speedo's. Haar dochter Cherie van twaalf gaat om met een meisje van de middelbare school. Ik heb ze zien lopen met superstrakke truitjes en korte rokjes. Ze liepen erbij alsof ze zestien waren en vroegen gewoon om problemen.

Louella heeft daar geen idee van. Zij ziet haar kinderen alleen als ze er keurig netjes bijlopen in door Louella goedgekeurde kleren, hun schooluniform of hun zondagse goed, met witte sokjes en glanzend gepoetste schoenen.

'Ik haal helemaal geen rottigheid uit,' zeg ik.

Ik zou haar dolgraag willen vertellen dat meneer Roberts en mevrouw Avery me vandaag hebben behandeld als een wonderkind, maar ik wil niet dat zij het eerder te horen krijgt dan mijn moeder.

O, mam, kom terug. Hoelang duurt het om een kop thee te zetten? Louella kijkt nieuwsgierig de hele kamer rond. Ze schudt haar hoofd als ze de posters van Danny ziet.

'Die moeder van jou toch, met haar Danny! Ik snap niet wat ze in hem ziet. Zo'n haveloze, ouwe vent. Als ze zo gek is op die oude sterren, waarom kiest ze dan niet voor Cliff? Die gaat altijd zo keurig gekleed,' bromt Louella. 'En moet ze nou echt zoveel posters ophangen? Ze zou in de uitverkoop een stel mooie foto's kunnen kopen, die de kamer een beetje stijl geven.'

'Dit is ónze stijl,' zeg ik, ook al vind ik de posters zelf ook niet leuk meer. Hoewel ik Louella niet kan uitstaan, kan ik de verleiding niet weerstaan om haar te vragen: 'Kijk eens naar die foto's van Danny, Louella. Doet hij je aan iemand denken?' Ik steek mijn kin naar voren en houd mijn hoofd in dezelfde houding als Danny.

Ik wil dat ze op haar enorme dijen slaat en uitroept: 'O, mijn god, Destiny, dat ben jij. Jullie lijken op elkaar als twee druppels water.' Al zou ik dat ontkennen, want we vertellen het aan niemand, en al helemaal niet aan Louella. Maar er lijkt haar niets op te vallen.

'Hij ziet er net uit als al die andere behaarde ouwe rockers,' zegt ze onverschillig. 'Ik zou niet eens weten hoe hij zingt.'

'Ik kan wel een cd van hem opzetten, als je wilt,' zeg ik plagend. 'Lekker hard.'

'Néé, dankjewel! Spaar mijn arme oren,' zegt ze. 'Als je écht mooi wilt horen zingen, moet je zondag eens naar onze kerk komen om naar ons koor te luisteren. Dat zingt zo prachtig dat de rillingen over je rug lopen.'

'Wij gaan niet naar de kerk.'

'Het zou je goeddoen... en je moeder en jij zouden er veel vrienden maken. Jullie moeten eens wat meer onder de mensen komen. Het is zo triest dat je helemaal geen vrienden en familie hebt.'

'Wij hebben elkaar. We redden ons prima,' zeg ik verontwaardigd.

Ik heb zin om haar uit mijn stoel te duwen. Wat geeft haar het recht om hier zomaar binnen te komen en kritiek te leveren? Ik loop nijdig de kamer uit om mijn moeder te zoeken. Ze staat daar maar een beetje in de keuken. Het water heeft gekookt, maar ze maakt geen aanstalten om op te schenken. Ze leunt tegen het aanrecht en bijt op haar lip.

'Mam?'

Ze schrikt, zet het gas hoog en hangt snel een paar theezakjes in de glazen. Als het water weer begint te borrelen, fluistert ze: 'Was je onbeleefd tegen Louella?'

'Zij is onbeleefd tegen mij!'

'Sssst, straks hoort ze je! Ik wou dat je een beetje je best deed bij haar. Ze is echt een goed mens. Ze zou alles doen om me te helpen.'

'Dat betekent nog niet dat ik haar aardig moet vinden.'

'O, Destiny, hou op,' zegt mijn moeder. Ze ziet er zo droevig uit dat ik het niet kan verdragen.

'Ik heb je iets geweldigs te vertellen, mam. Twéé dingen,' zeg ik snel.

'Wat dan?'

'Nee, wacht even tot zíj weg is, dan kan ik het je goed vertellen.'

Mijn moeder zucht. Ik vind het verschrikkelijk om naar haar gezicht te kijken als ze scherp inademt. Het is net of haar jukbeenderen ieder moment door haar huid kunnen prikken. Ze is nu zo mager dat je precies kunt bedenken hoe haar kale schedel eruitziet.

Ik pak de broodtrommel en smeer boter op een paar sneetjes krentenbrood.

'Heb je trek, schat?' vraagt mijn moeder.

'Nee, dit is voor jóú. Je moet meer eten, mam.'

Ik neem de borden mee naar de kamer, het ene met mueslikoekjes en het andere met krentenbrood, maar mijn moeder knabbelt alleen maar wat aan een korst. Louella grist met haar dikke vingers allebei de schalen leeg en werkt alles systematisch naar binnen.

Mijn moeder doet wanhopig haar best het gesprek op gang te houden. Ze vertelt me over het voetbalfeestje dat Louella gaat organiseren voor de verjaardag van de tweeling, de bruidsmeisjesjurk die ze maakt voor Cherie, en haar plannen om Jacob op judo te doen. Ze prijst haar alsof ze kandidaat voor Moeder van het Jaar is.

Dan gooit ze het over een andere boeg en ze vertelt Louella hoe goed ik het doe op school. Ze zegt dat ik bij het eindfeest mijn eigen liedje van Danny Kilman ga zingen. Ik popel om haar te vertellen dat ze vinden dat ik een fantastische stem heb, maar ik zeg het niet waar Louella bij is. Die zou het maar bederven.

Ik zit er somber bij. Ik wil dat ze wéggaat. Ten slotte hijst ze zich moeizaam overeind uit mijn stoel, die bijna omvalt.

'Nou, tot ziens, Destiny. Lief zijn voor je moeder, hoor. En als je je eenzaam voelt, kom je maar met die vier van mij spelen, begrepen?'

Ik begrijp dat als ik naar Louella's huis zou gaan, de tweeling flauwe geintjes met me zou uithalen, Jacob alle Speedo's tegen me zou ophitsen en Cherie me plat zou drukken.

'Tot ziens, Louella,' zeg ik vastberaden, en ik duw haar bijna de deur uit. Als ze eindelijk weg is, leun ik tegen de deur en veeg met een overdreven gebaar mijn voorhoofd af. 'Pfff!'

'Destiny! Hou op! Waarom doe je zo naar? Louella is een schat van een vrouw,' zegt mijn moeder. Ze kijkt me boos aan.

'Mam, ze is afschuwelijk. Ze is gemeen en bazig en verschrikkelijk zelfingenomen. Ik snap niet wat je in haar ziet.'

'Ze is een goede vriendin. Als er ooit iets zou gebeuren, zou ze voor jou ook een goede vriendin zijn. Ze zou voor je zorgen alsof je haar eigen kind was, dat weet ik zeker,' zegt mijn moeder.

Ik staar haar aan. 'Mam? Hoe bedoel je, als er iets zou gebeuren? Ik kan voor mezelf zorgen! Ik zou nog liever mijn ogen uitsteken dan bij Louella gaan wonen. Hoe dan ook, laten we het niet meer over haar hebben. Moet je horen! Sunset heeft me geschreven... en je raadt nooit wat ze me heeft gegeven!'

Mijn moeder grijpt me vast. 'Je houdt me toch niet voor de gek, hè, schat?'

'Nee, het is in mijn kamer. Kom maar kijken! Ik wilde het je zó graag laten zien, maar toen had je Louella bij je.'

Ik trek haar mee naar de slaapkamer, haal het leren jack onder mijn kussen vandaan en trek het aan.

Mijn moeder staart me met open mond aan. 'O, schat! Het is echt Sunsets eigen jack. We hebben haar ermee in alle bladen zien staan!'

'Ik weet het. Toen ik haar zag, vertelde ik haar dat ik het zo mooi vond. Ze heeft het speciaal opgestuurd, met deze brief. Kijk maar.'

'Dit is precies waar ik altijd van heb gedroomd!' zegt mijn moeder, terwijl haar ogen langs de regels vliegen. 'O, Destiny, ze heeft geprobeerd om het aan Danny te vertellen, en ze gaat het nog eens proberen. Wat een schat.'

'Precies! En is het geen lieve brief? Die stomme Louella zat maar te zeuren dat we geen vrienden hebben. Zíj heeft geen beroemdheden die én vrienden én familie van haar zijn. Je moet haar alleen te vriend houden tot vrijdag achttien juli, want dan kan ze voor je invallen als je moet werken. En ik hoop dat je ook onder je avonddienst bij de Dog & Fox uit kunt, want dan heb je een heel belangrijke afspraak, Kate Williams.'

'O ja? Wat dan?'

'Dan ga je naar *Bilefield's Got Talent*... en raad eens wie er het hoogtepunt van de avond wordt? De nieuwe zangsensatie van meneer Roberts... ík!'

Ik grijp de haarborstel en begin met heel mijn hart en ziel *Destiny* te zingen. Mijn moeder kijkt met samengeknepen handen toe en zingt stil de woorden met me mee.

Als ik klaar ben, barst ze in tranen uit.

'Mam? Zó slecht was het toch niet?'

'Je was fantastisch. Maar dat moet ik niet tegen je zeggen, dan krijg je verbeelding.'

'Nee, nee, je moet álles tegen me zeggen. Ik wil me fijn voelen! Denk je dat ik een kans maak om te winnen?'

'Als je niet wint, wil ik wel eens weten waarom niet!' zegt mijn moeder. 'Zo, nu kan ik maar beter het eten opzetten. En ik zal ook even snel stofzuigen. Louella wees me erop dat er allemaal pluizen op het tapijt liggen.'

'Louella! Wacht, ík stofzuig wel, als het zo nodig moet.'

'Nee, ga jij nou maar je huiswerk maken. En je moet een aardig bedankbriefje sturen naar Sunset. Ik kan er niet over uit dat ze je dat jack heeft gestuurd.' Mijn moeder houdt het bewonderend omhoog. 'Wat is het een pracht, hè? Moet je je voorstellen wat je daar op eBay voor zou kunnen krijgen. Het jack van Sunset Kilman.'

'Mam, we zetten het niet op eBay, het is van míj.'

'Je kunt het maar beter niet hier in de buurt dragen, schat. Als de kinderen je ermee zien lopen, pikken ze het meteen van je af.'

'Ik ga het niet buiten dragen, ik ben niet gek. Ik draag het binnen. Nu bijvoorbeeld!'

Ik trek het aan en schrijf dan mijn brief aan Sunset.

*Lieve Sunset,*
*Heel, heel, heel erg bedankt voor het leren jack. Ik vind het PRACHTIG. Ik kan er niet over uit dat*

*je het zomaar hebt ingepakt en naar me toe hebt gestuurd. Het past me perfect.*
*Wat goed dat je zo je best hebt gedaan om je vader – onze vader! – naar mij te vragen. Ik denk dat het voor hem een moeilijk, pijnlijk onderwerp is. En voor je moeder natuurlijk ook! Het spijt me dat ze zo boos werd. Ik hoop dat ze nu weer oké is.*
*Hé, Sunset, je raadt het nooit. Onze school houdt aan het eind van het schooljaar een talentenjacht, Bilefield's Got Talent, je weet wel, net als op tv, en ik ga daar mijn eigen liedje zingen, 'Destiny'. Ik wil niet opscheppen, maar volgens mijn leraar, meneer Roberts, kan ik erg goed zingen. Dat is denk ik toch een beetje opscheppen, sorry. Hou jij van zingen?*
*Ik weet nog dat je zei dat je tekenen, handenarbeid en taal de leukste vakken vindt op school (ik ook). Naar wat voor school ga jij? Het zal vast wel een chique privéschool zijn, met heel veel beroemde leerlingen. Hoe is het om beroemd te zijn?*
*Liefs en nog heel veel keren dankjewel,*
*Destiny*
*PS Ik heb geen emailadres, want ik heb geen computer. Ik vind je briefpapier met de beertjes erg leuk. Ik heb twee beren op mijn dekbed, en je mag het tegen niemand zeggen, maar ik praatte vroeger altijd met ze.*

Ik pak mijn stiften en maak versierinkjes om mijn naam. Ik teken een zonnetje aan de ene en een wolkje met regendruppels aan de andere kant. Dan teken ik voorzichtig een regenboog boven mijn naam. Ik hoop dat ze het mooi vindt. Ik vraag me af of ze terug zal schrijven. Ik zet er nog een PS bij:

*Het zou geweldig zijn als je me terug zou schrijven.*
*Misschien kunnen we penvriendinnen worden?*

HOOFDSTUK 8

# Sunset

*Lieve Destiny,*
*Ik ben zo blij dat je het jack mooi vindt. Ik wist dat het je fantastisch zou staan.*
*Ik beloof je dat ik weer met papa zal proberen te praten, maar door allerlei redenen is hij de laatste tijd in een erg slecht humeur, en ik durf nu nog even helemaal niets tegen hem te zeggen.*
*Wat geweldig dat je aan een talentenjacht mee gaat doen. Ik heb dat nog nooit gedaan, want ik heb geen talent. Ik ben waardeloos in zingen. Ik klink net als een oude, schorre kikker.*
*Mijn school is inderdaad wel chic, denk ik. Je moet ontzettend veel geld betalen om ernaartoe te mogen. Ik zou er ontzettend veel geld voor overhebben om er níét naartoe te hoeven. Ik haat het daar. Het is een erg progressieve school. Dat betekent dat er geen regels zijn en dat je wordt aangemoedigd om jezelf te uiten. Ik wou dat ik naar een conservatieve school ging, met een heleboel regels, waar niemand iets terug mag zeggen.*

*Er zijn een paar beroemde leerlingen. Nou ja, ze zijn beroemd omdat hun vader of moeder beroemd is. Dat zijn bijvoorbeeld voetballers, of filmsterren, of rocksterren, zoals onze vader. Dus ik neem aan dat ik daardoor ook een beetje beroemd ben, zoals je zegt. Het is afschuwelijk. Ik kan nooit een gewoon meisje zijn, ik moet altijd alles samen doen met de hele familie, en mensen merken ons altijd op, komen naar ons toe om dingen tegen ons te zeggen en maken foto's met hun mobieltjes. De echte fotografen zijn nog erger. Ze schreeuwen naar je dat je moet lachen, en je moet altijd zorgen dat je nette kleren aan hebt en er leuk uitziet. Alleen zie ik er jammer genoeg allesbehalve leuk uit.*
*Soms zou ik er alles voor overhebben om geen beroemde vader te hebben.*
*Ik wil graag penvriendinnen worden. Dat lijkt me hartstikke leuk.*
*Liefs van Sunset*

Een van de redenen waarom mijn vader in zo'n verschrikkelijk slecht humeur is, is dat hij bang is niet meer beroemd te zijn. Nou, dat is hij dus wél. Er staat een artikel van twee pagina's in een van de grote kranten. Rose-May had het interview geregeld, met alles erop en eraan. Mijn vader is superenthousiast en denkt dat het erg goed is gegaan. Hij staat zaterdag zelfs vroeg op om het te lezen – en dan gaat hij compleet door het lint.

We weten niet wat er aan de hand is. Mijn vader gaat tekeer en mijn moeder begint te huilen, en er wordt steeds gebeld. En dan komt Rose-May langs om ze te kalmeren.

'Wat is er nu weer mis, Sunset?' vraagt Sweetie. Zij is ook in een slechte bui, omdat mijn moeder vanmorgen een feestjurk met haar zou gaan kopen voor haar zesde verjaardag. En nu ziet het ernaar uit dat het uitje wordt uitgesteld.

'Ik denk dat iemand iets heel erg akeligs heeft geschreven over papa,' zeg ik.

'Wat dan? Hebben ze hem uitgescholden?' vraagt Sweetie.

'Ze hebben hem "Kont" en "Poep" en "Verdorie" genoemd!' Ace somt alle lelijke woorden op die hij kan bedenken en begint hysterisch te giechelen.

'Hou je mond, gekke krielkip,' zeg ik, en ik pak hem op.

Hij tolt wild in het rond en blijft dezelfde rare woorden almaar herhalen.

Sweetie kijkt hem kil aan. 'Wat is hij toch nog een baby, hè?' zegt ze.

'Ja, een piepkleine baby, en als hij nu niet onmiddellijk rustig wordt, doen we hem een luier om en leggen we hem in een wiegje,' zeg ik.

'Ik bén geen baby. Ik ben een tijger,' zegt Ace, worstelend om los te komen. 'Ik wil mijn tijgerpak!'

Ik laat hem los en hij rent weg om Claudia net zo lang aan haar hoofd te zeuren tot ze hem zijn stomme pak aantrekt. Sweetie zucht en trekt haar wenkbrauwen op.

'Ik vind Ace vaak helemaal niet leuk,' zegt ze.

Ik vind Sweetie ook niet altijd leuk, maar ik glimlach haar vol medeleven toe. Ze luistert naar de ruzie beneden.

'Ik kan mama niet verstaan,' zegt ze. 'Kan ze niet met mij gaan winkelen en papa en Rose-May laten schreeuwen? Ik wil niet met Claudia. Zij houdt van van die stomme babyjurken, getver! Ik wil iets hart-stik-ke moois en cools.'

'Bij jou staan de meeste dingen mooi en cool,' zeg ik met een zucht. 'Maak je maar geen zorgen, Sweetie. Ik weet toevallig dat Rose-May heeft geregeld dat de Hi! foto's komt maken van je feestje, dus ze gaan vast zorgen dat je een fantastische jurk aan krijgt. Ik denk dat mama morgen met je gaat winkelen, wacht maar af.'

Sweetie zucht en begint de nagellak van haar nagels te krabben.

'Doe niet, dan wordt het lelijk.'

'Het is al lelijk. Wil jij het er goed van afhalen, Sunset, en nieuwe nagellak opdoen? En wil je er dan kleine madeliefjes op maken, net als die mevrouw die mama haar nagels doet?'

Ik doe een poging en stroop de slaapkamer van mijn moeder af, op zoek naar nagellakremover en nagellak. Ik doe mijn best om het Sweetie naar de zin te maken. Ik vind dat ik het er aardig goed van afbreng. Ik lak haar kleine stompe nageltjes zilver en zet dan op allemaal een kloddertje rood, zodat het eruitziet als een roos... nou ja, een beetje dan. Maar Sweetie is niet snel tevreden.

'Je doet het verkéérd, Sunset. Je maakt allemaal vlekken en bobbels!' jammert ze.

'Ja, natuurlijk maak ik vlekken als je zo beweegt,' zeg ik.

'Ik ga Claudia vragen om het goed te doen,' zegt Sweetie, hoewel we allebei weten dat Claudia het verschrikkelijk vindt als kleine meisjes nagellak op hebben.

Ik laat me op mijn bed vallen en wens dat ik Destiny bij me had als mijn echte zusje. Ik vraag me af of ik haar zal durven vertellen over Kleerkaststad. Ik weet zeker dat ze er verschrikkelijk om zal moeten lachen... hoewel ze wel zei dat ze mijn poppenhuis mooi vond.

Ik sta op en gluur bij Kleerkaststad naar binnen. Ik wil dolgraag bij al mijn mensen zijn. Ik stel me voor hoe ze achter de muren met elkaar zitten te kletsen... maar als ik het poppenhuis openmaak, zijn ze plotseling allemaal doodstil en veranderen ze in groezelige, gehavende stukjes speelgoed met starre kraaloogjes.

'Kom, ga weer leven. Ik wil ook meedoen,' fluister ik, maar ze verroeren zich niet.

Ik bijt op mijn lip en ga op mijn knieën voor de kast zitten. 'Ik zal je láten spelen,' zeg ik, en ik sleep kleine mevrouw Donsje uit haar zachte bed. 'Kom, het is tijd om op te staan. Ik zal je even wassen. Geef me je poot. En wacht, ik zal meteen je snorharen oppoetsen.'

Ze ligt slap in mijn hand en mijn stem klinkt vreemd en onzeker. Het heeft geen zin. Ik stop haar weer onder haar dekentje en gooi met een klap het poppenhuis dicht.

Ik kan wel huilen. Waarom kan ik er niet meer in geloven? Ik weet dat ik te oud ben, maar ik wil het niet. Ik wil klein en schattig zijn, net als Sweetie. Ik wil me vrij voelen om de hele dag fantasiespelletjes te doen. Hoewel het enige spelletje dat Sweetie leuk vindt is doen alsof ze groot is, en lachen en pruilen en met haar handen op haar heupen staan, alsof ze voortdurend over een rode loper paradeert.

Ik hoor Ace brullen in de speelkamer. Hij is tenminste blij, hij kan tijger spelen. Mijn vader staat ook nog steeds te brullen, beneden. Wat zouden ze in hemelsnaam over hem hebben geschreven?

Mijn hart begint te bonzen. Zouden Destiny en haar moeder naar de krant zijn gegaan om te vertellen dat papa haar vader is?

Ik moet het weten. Mijn vader, mijn moeder en Rose-May staan tegen elkaar te schreeuwen in de grote huiskamer. Ik weet wel beter dan daar naar binnen te gaan.

Ik steek mijn hoofd om de keukendeur. Margaret is koffie aan het zetten en schikt haar zelfgemaakte boterkoek op een schaal.

'O, Margaret, wat lekker, boterkoek,' zeg ik, met een verlangende blik naar de schaal.

'Je moeder zegt dat ik je geen tussendoortjes meer mag geven. Ze wil niet dat je dik wordt,' zegt Margaret, maar ze geeft een knipoog en stopt een groot stuk boterkoek in mijn mond.

Ik kauw tevreden en kan een paar seconden lang niets zeggen.

'Zo! Ik hoop dat zij ook eindelijk eens hun mond houden als ik mijn boterkoek kom brengen. Ze gaan als gekken tekeer. Wat een gedoe om een stom krantenartikel. Ik vond het helemaal niet iets om je zo druk over te maken.'

'Heb jij de krant, Margaret?'

'Die hád ik, ja, maar Zijne Majesteit heeft hem nota bene aan stukken gescheurd! Alsof dat helpt! En zelfs als hij alle kranten verscheurt die hij kan vinden, staat alles nog altijd op het internet, zoals iedere idioot weet. Ik had de halve krant nog niet gelezen, en John doet altijd graag de kruiswoordpuzzel. Ha! Nou, bij die herrie van de laatste tijd kun je toch niet puzzelen. Ik heb er zo langzamerhand schoon genoeg van.'

'O, Margaret, ga alsjeblieft niet weg,' smeek ik, hoewel ik weet dat de mensen die bij ons werken vroeg of laat toch altijd weggaan.

Ze schenkt me een scheef glimlachje. 'Ik heb vooral met jullie, kinderen, te doen,' zegt ze.

Daar huiver ik van. Margaret ziet het, en kijkt bezorgd.

'Hier, neem nog een stukje boterkoek, kind,' zegt ze. 'En nu wegwezen. Zorg dat je bij je vader en moeder uit de buurt blijft. Ik wou dat ik dat ook kon doen... en bij die Rose-May ook, trouwens.'

Ik loop met mijn mond vol boterkoek de keuken uit. Ik ga terug naar mijn slaapkamer en zet mijn computer aan. Ik type mijn vaders naam en de krant in... en Margaret heeft gelijk, daar staat het artikel! In de kop staat met grote letters: DE LAATSTE DINOSAURUS VAN DE ROCK-'N-ROLL. Ik zie een cartoon van mijn vader als een dinosaurus met een lange gerimpelde nek en een haarband om zijn kleine reptielachtige kop.

Ik begin het artikel te lezen, maar het is een erg moeilijk, saai verhaal, waarin eerst de muziekwereld wordt geanalyseerd en dan uitgebreid wordt ingegaan op het begin van mijn vaders carrière, toen de journalist nog een grote fan van hem was. Maar dan staat er dat hij tegenwoordig een parodie is van zichzelf, en dat hij zo onverstandig is geweest om met de filmmakers van *De Milky Stars* in zee te gaan. De journalist vraagt zich af of het ijdelheid of pure stompzinnigheid is geweest die Kilman ertoe heeft gedreven zichzelf zo belachelijk te maken. Hij heeft het over mijn vaders uiterlijk: zijn rimpels, zijn magere armen, zijn buikje, zijn belachelijke haarband die zijn kalende hoofd niet kan verbergen... enzovoort, het gaat maar door.

Dan gaat het over mijn vaders liefdesleven – zijn eerste gezin en zijn vele vriendinnetjes. Dit gedeelte lees ik aandachtig door, om te zien of Kate Williams ergens wordt genoemd, maar dat is niet zo. Heel veel andere vrouwen trouwens wel. Dan, na een heleboel alinea's, begint hij over mijn moeder. Hij noemt haar een fotomodelletje dat niet bang is haar klauwen uit te slaan naar andere gestoorde types die het wagen Danny het hof te maken.

Dus nu is aan de triomftocht van de seniele rockster een einde gekomen. Het is jaren geleden dat we die eens zo geweldige, rauwe stem hebben gehoord. Nu hangt hij de gelukkige huisvader uit met zijn kindvrouwtje en zijn drie weinig benijdenswaardige kinderen, uitgerust met de bizarre namen die het kroost van een celebrity standaard meekrijgt – Danny Kilman, de laatste dinosaurus van de rock-'n-roll.

Ik sluit de pagina snel af. Dan wip ik heen en weer op mijn stoel en doe mijn best om het te begrijpen. Waarom heeft de journalist zo'n hekel aan mijn vader? Heeft hij zich echt belachelijk gemaakt? Ik heb altijd gedacht dat iedereen mijn vader bewonderde, maar nu is alles plotseling anders. En waarom noemt hij Sweetie, Ace en mij 'weinig benijdenswaardig'?

De ruzie blijft het grootste deel van de dag doorgaan. Ik kruip af en toe even de trap af om te luisteren. Rose-May kan mijn vader gewoonlijk wel kalmeren, maar deze keer is hij kwaad op haar en hij schreeuwt dat het haar schuld is.

'Pas op, Danny,' zegt Rose-May. 'Je kunt ook te ver gaan.'

'O, ja? Je moet zélf oppassen. Ik neem zo een andere manager,' brult mijn vader.

'Hoe kom je erbij dat iemand anders je wil hebben?' schreeuwt Rose-May. Ze stormt de kamer uit en slaat de deur met een klap achter zich dicht.

Dan wordt de ruzie nog erger, want mijn vader en moeder zijn nu alleen. De hele avond gaat het geschreeuw door. Dan gaan ze tegen elkaar tekeer in de hal, omdat mijn vader weer het huis uit wil gaan.

'Waar ga je naartoe, Danny? Zeker naar háár, hè?' gilt mijn moeder.

'Hou je kop, jaloers wijf,' zegt mijn vader.

'Waarom zou ik op jou jaloers moeten zijn? Jíj bent de trieste ouwe zak die zijn beste tijd heeft gehad,' schreeuwt mijn moeder.

Er klinkt een afschuwelijk geluid van iemand die een klap krijgt. Ik weet niet of mijn vader mijn moeder heeft geslagen of andersom. Misschien wel allebei. Ik zit nu samen met Sweetie en Ace bij Claudia. Zij probeert ons een stom ouderwets spelletje te laten doen, Slangen en Ladders, maar we kunnen geen van allen onze aandacht erbij houden. We horen het geschreeuw, we horen de klap en we blijven stokstijf zitten, alsof de slangen uit het bord zijn komen kronkelen en met hun flitsende gespleten tongetjes op ons af komen.

'Je moet niet denken dat ik hier huilend op je blijf zitten wachten,' schreeuwt mijn moeder. 'Het kan me niks meer schelen. Ik ga uit. Ik ga plezier maken.'

We horen haar naar haar slaapkamer stormen en dan op hoge hakken de trap af stampen. Ze rennen allebei het huis uit en gaan er ieder in hun eigen auto vandoor.

'Het is toch verschrikkelijk!' zegt Claudia hoofdschuddend.

'Ik wil mijn mammie,' zegt Sweetie.

'Ja, die is dus weg,' zegt Claudia.

'Maar ze heeft niet gedag gezegd. Ik wil met mammie mee! Ik wil dat ze een feestjurk met me gaat kopen! Ik wil naar de winkels!' huilt Sweetie, radeloos.

Ze probeert de hal in te rennen, maar Claudia houdt haar tegen.

'Niet zo raar doen, Sweetie. De winkels zijn nu allemaal dicht,' zegt ze, worstelend om haar in bedwang te houden. 'Kom, laten we verder gaan met Slangen en Ladders. Wie is er aan de beurt?'

'Ik vind Slangen en Ladders niks aan,' zegt Ace. 'De slangen staren naar me. Ik ben een tijger en ik ga ze doodbijten.'

Hij grist het spel van de grond, zodat de pionnetjes alle kanten op vliegen, en bijt hard in een hoek van het bord. Dan begint hij te huilen, want het doet natuurlijk pijn aan zijn tanden. Claudia doet haar best om hem te kalmeren. Ik probeer hem te knuffelen, maar hij wringt zich los en zet het op een schreeuwen. Sweetie huilt om haar mammie, dus Ace schreeuwt dat pápa tijger moet komen.

'Och, lieve help,' zegt Claudia. 'Luister, ík kan er ook niets aan doen. Ik wil ook dat jullie papa en mama terugkomen. Het is toevallig wel mijn vrije avond en ik had plannen om uit te gaan. Ik heb maar zelden een zaterdagavond vrij, maar daar hebben ze natuurlijk niet aan gedacht toen ze het huis uit stormden. Ze hadden het me op zijn minst kunnen vrágen. Het is zo oneerlijk.' Ze ziet eruit alsof ze zelf ook ieder moment in tranen kan uitbarsten.

'Het geeft niet, Claudia. Ga jij maar uit. Ik pas wel op Sweetie en Ace,' zeg ik, en ik geef haar een klopje op haar schouder.

'O, Sunset, doe niet zo raar. Daar ben je veel te jong voor.'

'Ik ben niet raar.' Ik wilde alleen maar helpen, en ik kan Sweetie en Ace beter aan dan zij.

Maar ze wil per se de martelaar uithangen, dus ik laat haar lekker aanmodderen terwijl ze met veel moeite de kinderen tot bedaren brengt, in het bad stopt en ieder in hun eigen bed legt. Ik trek me gekwetst terug in mijn kamer. Ik probeer niet naar Kleerkaststad te gaan. Ik ga op het voeteneinde van mijn bed zitten en mompel: 'Waarom moeten ze toch altijd schreeuwen en huilen? Waarom doen ze dat allemaal, papa, mama, Sweetie, Ace, Claudia? Waarom kunnen ze niet allemaal hun kop houden en mij met rust laten?'

Het gemompel verandert langzaam in een ritme. Ik fluister het nog eens, en nog eens. Dan pak ik een vel van mijn beertjespapier en probeer het op te schrijven. Ik zet snel de woorden op een rijtje en zing ze zachtjes voor mezelf, tot ze de juiste melodie hebben. Ik weet niet hoe ik muziek moet schrijven, maar ik zet kleine pijltjes onder de woorden om aan te geven waar de melodie omhoog en omlaag gaat, zodat ik het kan onthouden.

*Ze huilen en schreeuwen.*
*Waarom nou, waarom?*
*Ze brullen als leeuwen*
*terwijl ik droom.*
*Ik droom van vrede,*
*waar niemand schreeuwt,*
*niemand bedriegt*
*en niemand liegt.*
*Ik ben alleen,*
*zonder gehuil,*
*zonder gegil.*
*In mijn droom is alles stil.*

Dan loop ik naar Kleerkaststad, doe de deur dicht, zodat niemand me kan horen, en zing het. Ik heb nog steeds een stem als een schorre kikker, dus het klinkt niet goed, maar in mijn hoofd hoor ik precies hoe het moet zijn. Ik sla verrukt mijn armen om mezelf heen. Claudia roept me, maar ik heb nog geen zin om haar antwoord te geven. Dan begint ze op de deur te timmeren en ze probeert de muren van de Stad open te wrikken

'Ga weg, Claudia,' zeg ik woedend.

'Nou, kom er dan uit. Ik kon je nergens vinden. Ik dacht dat je weg was. Je bent te oud om dit soort flauwe grapjes uit te halen.'

'Eerst ben ik te jong en nu ben ik weer te oud,' zeg ik, terwijl ik chagrijnig voor de dag kom.

'Wat heb je daar trouwens?' vraagt ze, en ze zwaait de deuren wijd open.

'Laat dat, dat is privé.'

'Waarom heb je je poppenhuis en al die andere rommel in je kast staan?' vraagt Claudia.

'Het is geen rommel, hoe durf je! Luister eens, het is *míjn* kast. Ik mag erin zetten wat ik zelf wil,' zeg ik.

'Ik geef het op. Jullie zijn de drie vreemdste kinderen die ik ooit heb meegemaakt. Mijn geduld is op!' zegt Claudia. 'Vooruit, naar bed, Sunset.'

'Maar het is nog lang geen bedtijd!'

'Dat kan me niet schelen. Kleed je uit, poets je tanden en ga onmiddellijk naar bed. Ik ben jullie allemaal spuugzat.'

'Neem je ontslag?'

'Ja!'

Ik weet niet of ik haar moet smeken te blijven of niet. Ik vind haar niet echt aardig, maar sommige kindermeisjes die we hebben gehad, waren nog veel erger.

'Haat je ons, Claudia?' vraag ik.

'Wat? Nee, natuurlijk haat ik jullie niet, Sunset! Kijk niet zo!'

Ik schrik en sla snel mijn hand voor mijn mond. 'Zag je mijn tanden?'

'Nee! Er is niets mis met je tanden. Of met jou. Of met Sweetie of Ace. Het is niet jullie schuld.'

'Is het de schuld van papa en mama?'

Claudia aarzelt. 'Ik hoor niet met jou over je ouders te praten.'

'Ach, doe het toch gewoon. Ik ga het ze niet vertellen. En wat maakt het uit, als je toch weggaat?'

'Nou... ze zijn hopeloos om voor te werken. Ze gedragen zich niet als normale mensen. Al dat geruzie! Ze proberen zich niet eens in te houden. Ze lijken te denken dat ze alles kunnen doen wat ze willen, alleen omdat ze zogenaamd beroemd zijn. Ze hebben woedeaanvallen, net als kleine kinderen.'

'Nou, jij bent het kindermeisje. Misschien moet je ze op de gang zetten en zonder eten naar bed sturen.'

Claudia staart me aan en barst dan in lachen uit. 'Jij bent een grappig kind, Sunset. Ik zal je missen.'

'Dus je gaat echt, echt, echt weg?'

'Het spijt me, maar ik heb het zo besloten. Nu kan ik maar beter even bij de andere twee gaan kijken. Je hoeft nog niet meteen naar bed, Sunset. Ga maar weer terug in je kast, als je wilt!' Ze geeft me een kneepje in mijn schouder en loopt naar de deur.

'Claudia?'

'Mmm?'

'Claudia, als... als papa en mama gaan scheiden...'

'O, schat, ik denk niet dat ze dat zullen doen. Ik weet dat ze verschrikkelijk ruziemaken, maar ik weet zeker dat het goed komt.'

Claudia weet niet van het meisje dat met mijn vader heeft ge-sms't.

'Ja, maar áls... Wat gebeurt er dan met ons? Gaan we dan bij papa wonen, of bij mama?'

'Dat weet ik niet precies. Ik denk bij je moeder, maar je blijft natuurlijk evengoed je vader zien.'

'Maar waar zouden we dan gaan wonen? Dit is toch papa's huis?'

'Nou... daar moet je je geen zorgen over maken, Sunset. Het komt allemaal best goed met jou. En met je vader en moeder ook. En als ze per ongeluk toch gaan scheiden, blijven ze toch je ouders. Ze houden allebei heel erg veel van je, en ik weet zeker dat ze ervoor zullen zorgen dat je goed terechtkomt,' zegt Claudia, en ze loopt de deur uit.

Ze klínkt niet erg zeker. Ik lig er de halve nacht over te tobben. Ik luister of ik mijn moeder thuis hoor komen, of mijn vader. Stel je voor dat ze allebei niet terugkomen? Ik vraag me af hoe het dan zou gaan. Sweetie, Ace en ik zouden best in ons huis kunnen blijven wonen. Ik zou de rol van moeder op me kunnen nemen. We zouden geen echte moeder nodig hebben, en ook geen kindermeisje. Als Margaret en John ook weg zouden gaan, zou ik gewoon koken. Ik weet hoe ik gebakken bonen op brood moet klaarmaken, en gebakken aardappelen, en gebakken ei met spek, en cakejes, en ik weet zeker dat ik nog heel veel andere recepten kan leren. Ik kan natuurlijk niet autorijden, maar we zouden kunnen lopen, of misschien de bus nemen. Dat zou nóg leuker zijn, ik heb altijd al graag eens met de bus gewild. En ik zou niet naar school gaan, ik háát Ridgemount House. Ik zou thuis leren, in mijn eentje, en ik zou niet naar de tandarts gaan, en ik zou niet mijn tanden recht laten zetten. Ik zou ze gewoon lekker scheef laten staan en me er niets van aantrekken...

Maar dan begin ik me schuldig te voelen. Ik wil mijn vader en moeder toch niet echt kwijt? Stel je voor dat ze niet terugkomen, omdat ik zo gemeen ben geweest? Stel je voor dat ze allebei dood zijn en dat het míjn schuld is? Ik stel me twee verschillende auto-ongelukken voor, en ik zie mijn moeder met donkerrood bloed op haar witte jurk en mijn vader levenloos op de grond, zijn haarband opzijgeschoven. Het ziet er zo echt uit dat ik begin te beven. Ik zie Sweetie, Ace en mezelf huilen bij de twee graven, met bossen witte rozen in onze handen en rozenblaadjes die op de grond dwarrelen...

Maar dan hoor ik de voordeur. Dat is de eerste die veilig terug is, en twee uur later hoor ik de deur opnieuw, en dan heb ik weer twee levende ouders. Zondag tegen lunchtijd komen ze pas voor de dag. Ik geloof niet dat ze met elkaar praten, maar ze praten wel met ons, en ze doen allebei enorm hun best om het ons naar de zin te maken. Sweetie en Ace maken daar handig gebruik van. Sweetie gaat bij mijn vader op schoot zitten en speelt met haar gebakken aardappeltjes. Ace kruipt bij mijn moeder op schoot en eist dat ze hem voert met een lepeltje.

'Wat ben jij een baby, Ace,' zegt Sweetie minachtend.

'Ik ben geen baby, ik ben een tijger, en de oppasmevrouw voert me grote stukken vlees,' zegt Ace, kauwend. 'Mam, mogen we naar de dierentuin, de echte tijgers zien?'

'Natuurlijk, schatje,' zegt mijn moeder.

Zelf eet ze bijna niets, en ze ziet erg bleek.

'O, dat is niet eerlijk, ik vind de dierentuin vies. Alle dieren ruiken naar pies,' jammert Sweetie.

'Hé, dat is een liedje, Sweetie. *Ik vind de dierentuin vies, alle dieren ruiken naar pies!*' zingt mijn vader met een gek stemmetje.

'Pap, ik heb gisteren een liedje gemaakt,' zeg ik.

'O ja, Sunset? Niet zo zeuren, Sweetie, we gaan niet naar de dierentuin.'

'Waar gaan we dan naartoe, pappie?'

'Wij gaan winkelen, want mijn lieve kleine meid heeft een feestjurk nodig.'

Sweetie geeft een gil van blijdschap en begint meteen opgewonden te vertellen wat voor jurk ze wil.

Mijn vader is totaal niet geïnteresseerd in mijn liedje, en mijn moeder al evenmin.

'Jij kunt niet met Sweetie een jurk gaan uitzoeken, Danny. Je hebt absoluut geen verstand van kinderkleding.

Ik neem Sweetie morgen wel mee.'

'Morgen moet ze naar school. Ik ga nu met haar. Je vindt het toch leuk om te winkelen, kleine schat?'

'Ik ben dol op winkelen,' zegt Sweetie, en ze klapt in haar handen.

'Ik wil niet winkelen. Ik haat winkelen!' zegt Ace.

'Nou, jij hoeft niet te winkelen, hoor, kleine tijger van me,' zegt mijn moeder, en ze geeft hem een knuffel. 'Wij gaan naar de dierentuin, en daar gaan we een heleboel tijgers zien, en de leeuwen, en de grappige kleine aapjes en de grote dikke olifant...'

Ik heb geen zin om met Ace naar de dierentuin te gaan, of met Sweetie te gaan winkelen. Ik wil thuisblijven, maar dat kan niet. Mijn vader en moeder hebben Claudia in plaats van zaterdagavond nu de zondag vrijgegeven, en Margaret is na het opdienen van de lunch naar haar eigen huis vertrokken. Er is niemand om voor me te zorgen. Ik voer aan dat ik prima voor mezelf kan zorgen, maar ze luisteren niet naar me.

'Ga maar lekker mee naar de dierentuin, Sunset. Je houdt van dieren,' zegt mijn vader.

'Nee, nu dat papa plotseling zo'n modekoning is, kun je beter met hem meegaan. Jij hebt ook een nieuwe jurk nodig voor Sweeties feestje,' zegt mijn moeder.

'Jullie willen me geen van tweeën mee hebben, hè?' zeg ik.

Ik zeg alleen maar de waarheid, maar ze zijn vreselijk op hun teentjes getrapt.

'Stel je niet zo aan, Sunset,' zegt mijn moeder.

'Ja, meid, niet zo moeilijk doen,' zegt mijn vader. 'Ik bied aan om met je te gaan winkelen en een mooie jurk voor je te kopen, dus waarom trek je zo'n raar gezicht? Jíj wilt graag mee, hè, Sweetie?'

'O, ja, ja, ja, je bent de liefste pappie van de hele wereld!' zegt ze, en ze geeft hem een zoen.

Dus moet ik met hen mee en het is een ramp. John brengt ons met de auto naar Harrods. Achter het gebouw is een plek waar we van de portier de Mercedes mogen neerzetten, en we lopen de trap op naar de meisjesafdeling. Al het winkelpersoneel daar herkent mijn vader. Ze maken veel drukte over hem en zijn verrukt van Sweetie. Ik houd me op de achtergrond terwijl zij van het ene kledingrek naar het andere rent en armenvol kleren verzamelt.

'Kom op, Sunset, jij moet ook iets uitzoeken,' zegt mijn vader.

Ik probeer mijn eigen keus te maken. Ik kies blauwe, groene en paarse kleren uit, omdat ik dat mooie kleuren vind, zonder er echt bij na te denken of de stijlen en kleuren wel bij elkaar passen.

Sweetie ziet er in alles wat ze heeft uitgezocht even schattig uit: een donkerpaarse zijden jurk; een wit vestje met ruches en roze lintjes en een bijpassende strakke roze spijkerbroek; een wit-blauw hemdjurkje; en een regenboogjurk met een wijde rok en kleine gele knoopjes met smiley-gezichtjes erop. Ze huppelt de kleedkamer in en uit om mijn vader en het winkelpersoneel haar kleren te laten zien. Ze paradeert heen en weer en draait in het rond als een klein fotomodel op de catwalk. Mijn vader klapt iedere keer in zijn handen en zegt dat ze er prachtig uitziet. Nou, dat is ook zo.

Ik sta half aangekleed in de paskamer. Ik bekijk mezelf in de spiegel en kan wel huilen.

'Kom, liefje, laat eens kijken hoe je eruitziet,' roept de winkelbediende aan de andere kant van het gordijn.

Ik weet maar al te goed hoe ik eruitzie. De blauwe jurk zit te strak, zodat mijn buik uitpuilt, het paarse topje en het korte rokje zien er bespottelijk uit omdat ik op de verkeerde plaatsen ruimte overhoud en tekortkom, en het groen maakt mijn huid ook groen, zodat het net lijkt of ik bijna moet overgeven.

De winkelbediende glimlacht een beetje onzeker. Mijn vader fronst zijn wenkbrauwen.

'Ja, ja, het is net niet helemaal...' Hij slaat zijn handen in elkaar. 'Misschien kun je beter wachten tot je moeder met je meegaat, Sunset. Zij weet vast wel iets voor je te vinden.'

Ik trek vernederd mijn eigen kleren weer aan, terwijl mijn vader alle nieuwe outfits van Sweetie koopt, omdat ze haar allemaal even schattig staan. Ik dool over de meisjesafdeling terwijl ze alles laten inpakken. Op een stelling vol pluizige roze en lila accessoires zie ik een paar kleine nethandschoentjes liggen.

Ik pak ze op. Dan ren ik terug naar de spijkerbroekenafdeling. Daar vind ik een zwarte spijkerbroek, en een zwart T-shirt.

'Pap! O, pap, mag ik deze alsjeblieft hebben?' smeek ik.

'O, Sunset! Luister, we willen net weggaan. Waarom heb je ze niet eerder gepast? Wat zíjn het trouwens? Is zwart niet een beetje saai voor een feestje?'

Ik haal diep adem. Ik bedenk een walgelijke leugen. 'Ik wil er net zo uitzien als jij, pap. Je weet wel, die foto op het *Midnight*-album. Daar zie je er zo gaaf uit.'

Alle verkoopsters roepen vertederd 'Aaaa!' Mijn vader kijkt stomverbaasd, maar ook verheugd.

'Doe niet zo gek, Sunset,' zegt hij, maar hij slaat zijn arm om me heen en trekt me even tegen zich aan. 'Dus je wilt er net zo uitzien als je ouwe vader, hè? Oké, ga ze dan maar gauw passen, schat.'

Ik ren al weg. Godzijdank is de spijkerbroek groot genoeg en het T-shirt is niet zo'n strak model, dus het zit netjes over mijn buik. Ik wurm mijn vingers in de handschoentjes en probeer mijn haar in een paardenstaart te doen. Alsof ik eruit zou willen zien als mijn vader! Ik zie eruit als Destiny, echt waar. We lijken op elkaar, als zussen.

De winkelbediende stuurt me naar mijn vader, om hem te laten zien hoe de zwarte kleren me staan. Mijn vader staart me aan en reageert een beetje onzeker.

'Ja, je hebt gelijk, het staat je wel. Maar heb je al niet precies zoiets thuis? Ik heb je die kleine nethandschoentjes toch al eens eerder zien dragen?'

Dat was ik niet, pap. Dat was Destiny. Je andere dochter. Maar dat kan ik niet zeggen waar half Harrods bij staat.

Sweetie bekijkt me afkeurend. 'Dat is geen feestjurk, Sunset. Je moet iets moois aantrekken voor mijn feestje.'

'Jíj bent mooi op je feestje, Sweetie,' zeg ik. Deze keer vind ik het niet erg.

Ik wacht tot John ons naar huis heeft gereden en Sweetie is weggerend om haar nieuwe kleren nog een keer aan te trekken. Mijn moeder en Ace zijn nog in de dierentuin. Mijn vader pakt zijn mobiel.

'Pap?' Ik pak hem om zijn nek en geef hem een knuffel. 'Pap, heel erg bedankt dat je die prachtige nieuwe kleren voor me hebt gekocht,' zeg ik.

Mijn vader woelt door mijn haar. 'Graag gedaan, schat. Ze staan je mooi.'

'Je hebt wél iemand gezien met een zwarte spijkerbroek en kleine zwarte handschoentjes.'

'Ja, mezelf, op de cover van *Midnight*, zoals je zei. Ik vraag me af of ik die gothic look weer zou kunnen oppakken. Denk je dat ik dat nog kan hebben?'

'Ja, natuurlijk, pap... maar ik bedoelde jou niet. Er was dat meisje bij de première van *De Milky Stars*, weet je nog wel?'

Mijn vader fronst onmiddellijk zijn wenkbrauwen als ik de Milky Stars ter sprake breng. 'Die stomme snotjongens! Ze huppelen een beetje rond op YouTube en denken meteen dat ze sterren zijn. Ik dacht dat ik ze een dienst bewees door ze een handje te helpen, maar ze waren er al die tijd op uit om mij af te troeven.'

'Pap, dat meisje... ze had dezelfde kleren aan als ik. Een zwarte spijkerbroek en een T-shirt en kleine handschoentjes. Ze lijkt op me, maar ze is knapper...'

'Rose-May heeft me mooi om de tuin geleid, maar ik

zal haar laten zien dat ik me niet voor schut laat zetten.'

'Pap, luister, dat meisje in het zwart, met de handschoentjes... dat meisje is je dochter, dat weet ik zeker, en ze is hartstikke aardig, en als je ze zou willen ontmoeten, haar en haar moeder, dan weet ik zeker dat ze daar ontzettend blij mee zouden zijn. Zeg alsjeblíéft dat je ze wilt ontmoeten.'

'Hou je nou eens óp met die onzin!' Mijn vader pakt me vast, met zijn handen om mijn wangen, zodat ik hem wel moet aankijken. '*Ik heb geen geheime kinderen!*'

'Maar zij zegt...'

'Het kan me geen zak schelen wat zij zegt. Er lopen honderden gestoorde fans rond, en ze beweren allemaal dat ik de vader ben van hun vervloekte kinderen. Het is gewoon een truc, Sunset, om mijn geld in te pikken. Dus hou op met dat zielige geklets over een zus. Je hebt maar één zus en dat is Sweetie. En ik zou god op mijn blote knieën danken als je meer op haar zou lijken.'

HOOFDSTUK 9

# Destiny

*Lieve Sunset,*

*Iedereen is helemaal opgewonden, want* MORGEN *is de talentenjacht! Ik doe net of ik me er totaal niet druk om maak, maar eigenlijk ben ik ook best een beetje zenuwachtig. We doen het 's middags voor de hele school, en het zou verschrikkelijk zijn als ze me niet goed vinden en me wegjouwen voor ik mijn nummer kan uitzingen. Er is ook een jury van schoolkinderen uit verschillende klassen, en ik weet niet zeker of zij op mij gaan stemmen, want ik zit niet in een bende en de meeste jongens van mijn school mogen me niet. Niet dat de meisjes me wel aardig vinden. De jury moet commentaar geven op ons optreden. Je kunt je precies voorstellen hoe grappig ze het zullen vinden om ons belachelijk te maken. Ik moet gewoon zo goed zingen dat ze me wel een hoge score móéten geven, ook al hebben ze de pest aan me. Ik maak me een beetje zorgen over de Jacko's en de Superspeedo's. Dat zijn twee concurrerende streetdance acts en die zien er nu best goed uit. Ze hebben trouwens héél veel hulp gehad van mevrouw Avery,*

*onze gymlerares, dus dat is niet erg eerlijk. Zij heeft de hele choreografie voor ze gedaan. Nou ja, meneer Roberts wilde mij ook wel helpen met allerlei stomme tips. Ik moest op een bepaalde manier gaan staan en met mijn heupen wiegen als ik het refrein zong... echt ontzettend suf. Ik luister er niet naar. Ik zing het gewoon op mijn manier.*
*Maar de schoolvoorstelling is niet het ergste. Ik zit vooral in over de avondvoorstelling voor de volwassenen. Daar zit een jury van leraren bij. Mijn moeder komt ook, en zij is zo opgewonden, ze is veel zenuwachtiger dan ik. We hebben allemaal twee kaartjes gekregen, waarschijnlijk een voor de moeders en een voor de vaders. Stel je voor dat onze vader zou komen!*
*Liefs van Destiny*

Ik stop de brief in een envelop, schrijf het adres erop en plak hem dicht. En dan maak ik hem weer helemaal open, omdat ik in zit over die laatste zin. Ik bedoelde het als een grapje, maar stel je voor dat Sunset het serieus neemt! Stel je voor dat ze denkt dat ik wil dat ze Danny overhaalt te komen! Wíl ik dat? O, het zou ongelofelijk zijn om hem daar in het publiek te zien zitten. Meneer Roberts zou het niet meer hébben. 'Bent u... Dánny Kílman?' zou hij zeggen, en Danny zou zijn haar naar achteren schudden, zijn schouders ophalen en zeggen: 'Ja, ik kom naar mijn dochter luisteren.' Eerlijk gezegd weet ik niet of ik een noot zou kunnen uitbrengen, met Danny in het publiek. En denk eens aan de andere kinderen! Na de show zou ik naar hem toegaan en zeggen: 'Oké, pap, ik wil je even aan mijn vrienden voorstellen.' En dan zou hij Jack Myers en Angel en alle anderen gedag zeggen, en ze zouden ter plekke flauwvallen.

Alsof dat allemaal ooit zou gebeuren! Hij toonde geen enkele belangstelling voor mijn moeder en mij. Hij negeerde ons gewoon, er kon geen lachje af. Van wat ik lees is hij geen al te lieve vader voor Sunset. En haar moeder is afschuwelijk. Misschien heeft Sunset het toch niet zo erg getroffen. Maar ik vind haar wel heel erg aardig. Ik kras die zin over onze vader door en krabbel ervoor in de plaats: *Ik wou dat je kon komen, Sunset, om me te horen zingen. Jammer dat we zo ver uit elkaar wonen.*

En nu is het de dag van het optreden. Ik weet het al vóór ik 's morgens mijn ogen opendoe. Mijn hart begint te bonzen. Ik zeg tegen mezelf dat ik wel gek lijk om me zo druk te maken over zo'n stomme schooluitvoering. Alsof ik ook maar iets geef om deze school of de mensen die erop zitten. Maar ik geef om mijn moeder en om mezelf, en dit is ons nummer, en ik moet er iets bijzonders van maken. Mijn keel is droog en ik voel angstig of ik keelpijn heb. Straks word ik verkouden en kan ik niet zingen! Ik sta op, loop naar de badkamer en poets mijn tanden. Ik gorgel even en probeer mijn stem uit terwijl ik snel een douche neem. Het gaat prima – ik ben misschien een heel klein beetje hees, maar dat is niet erg.

Ik trek gewoon mijn stomme bordeauxrode schooluniform aan, maar mijn zwarte kleren en mijn prachtige leren jack wikkel ik zorgvuldig in een zachte handdoek en stop ze dan in een waszak om ze mee te nemen naar school. Mijn moeder is vroeg terug van haar schoonmaakwerk en treft me nog voor ik wegga.

'Hé, lieverd, hoe gaat het?' vraagt ze, terwijl ze binnen komt stormen. 'Helemaal klaar voor je grote dag?'

Dan krijgt ze mijn uitpuilende waszak in de gaten. 'Wat is dat?'

'Nou, ik kan niet gaan zingen in mijn schooluniform, mam.'

'Ja, dat weet ik wel, maar...' Ze maakt de zak open. 'O, Destiny, niet je jáck! Dat kun je niet naar school meenemen.'

'Ik let er goed op, mam. Geloof me, ik verlies het geen moment uit het oog. Maar ik heb dat jack echt nodig. Ik moet erin zingen.'

'Maar als een van de kinderen er met zijn smerige vingers aankomt...'

'Dat moeten ze eens proberen! Ik doe het vanmiddag aan – en vanavond zie jij me erin.'

'Ik kan niet wachten, schat! Ik ben zo trots op je. Zingen voor een volle zaal, net als je vader! Ik ben zo blij dat je Danny's talent hebt.'

'Ik wil niet op papa lijken, ik wil op jóú lijken,' zeg ik, en ik geef haar een knuffel.

Ze voelt zo mager – en ze gloeit helemaal.

'Mam, wat ben je warm! Je hebt toch geen koorts?'

'Wat? Nee, natuurlijk niet. Ik ben alleen een beetje opgewonden, meer niet,' zegt mijn moeder.

Ik kijk haar bezorgd aan. Ze heeft donkere kringen onder haar ogen. Volgens mij slaapt ze niet goed. Haar ogen zijn zo groot, alsof ze ieder moment uit hun kassen kunnen rollen. Ze heeft nu voortdurend een bezorgde blik in haar ogen. Ik wou dat ik kon voorkomen dat ze zich steeds zo'n zorgen maakte.

'Als ik echt op Danny lijk, word ik een grote rockster... en weet je wat ik dan ga doen?' zeg ik, terwijl ik haar in mijn armen neem.

'Zeg het maar, schat. Ga je dan een groot landhuis kopen, net als Danny?'

'Jep, en weet je wie daar bij me komt wonen?'

'Wie dan, lieverd?'

'Jíj, gekkie! Je krijgt een leven als een koningin. Je krijgt je eigen kamers, en zo'n hemelbed dat je zo mooi vindt, véél mooier dan dat wat Steve voor je had gekocht, met mooie fluwelen gordijnen en echte zijden lakens. En je kunt iedere ochtend uitslapen omdat je nóóit meer hoeft te werken... geen schoonmaakwerk meer, geen oude mensen meer, geen dronkenlappen in de pub. Je kunt lekker lui de hele dag genieten.'

'O, schat, dat zou heerlijk zijn,' zegt mijn moeder. 'Maar nu moet ik mijn oude mensjes aankleden en eten en drinken gaan geven... en jij moet naar school. Succes vanmiddag, Destiny. Geef ze van katoen! En pas alsjeblieft goed op dat jack!'

Dat is moeilijker dan ik had gedacht. Ik sjouw de waszak de hele weg naar school, de lange route, natuurlijk – en omdat ik niet zo snel ben als anders, kom ik een paar minuten na de bel aan. Het is niet echt erg. De leraren zijn meestal allang blij als je komt opdagen. Maar ik heb de pech dat meneer Juniper bij de deur staat om de laatkomers op te schrijven.

Meneer Juniper is een lange slungel, die vers van de opleiding komt. Misschien was het een opleiding voor het in toom houden van jonge criminelen, want hij is zo verschrikkelijk streng. Hij schreeuwt tegen iedereen en hij windt zich zo op dat er schuim op zijn mond komt en dat je een stapje achteruit moet doen om niet ondergespuugd te worden. Hij deelt voortdurend straffen uit en probeert je altijd te laten nablijven. Je weet gewoon dat hij het prachtig zou vinden als leraren je weer met een Spaans rietje zouden mogen slaan, zoals ze vroeger deden.

'Jij daar! Hoe heet jij?' schreeuwt hij. Hij begint nu al te schuimbekken.

'Destiny.'

'Destiny?' Hij trekt een idioot gezicht. 'Je wilt me toch niet vertellen dat dat je náám is?'

'Jawel. Is dat een probleem?' zeg ik. Hoe durft hij zo uit de hoogte te doen, alleen maar omdat ik een ongewone naam heb?

'Sla niet zo'n toon tegen mij aan! Destiny wat?'

'Destiny Williams.'

'Nou, Destiny Williams, je staat nu in mijn boek met laatkomers. Dat kost je een strafpunt.'

Dat strafpunt kan me geen bal schelen, maar ik krijg toch de pest in.

'Ik ben maar een minuut te laat, meneer Juniper!'

Hij kijkt op zijn horloge. 'Vijf minuten en dertig seconden,' zegt hij.

'Nou, de helft van die tijd ben ik al op school en sta ik met u te praten.'

'Niet zo brutaal, hè? Als je niet oppast, laat ik je nablijven. En nu naar je klas. Opschieten.'

Ik loop snel door, mijn zware last met me meeslepend.

'Wat heb je daar in die belachelijke tas zitten?' schreeuwt hij me na. 'Dat is geen fatsoenlijke schooltas.'

'Dat zijn mijn kleren voor de uitvoering van vanmiddag.'

'Nou, die kun je niet de hele dag meesjouwen. Pak die tas maar uit en hang die kleren in de garderobe.'

Ik staar hem aan. 'Bent u niet goed snik?' flap ik eruit.

Daarop houdt hij me nog vijf minuten aan de praat. Hij geeft me een standje voor mijn brutaliteit en zegt dat ik vanmiddag een halfuur moet komen nablijven in zijn klas. Terwijl hij weet dat ik na de uitvoering snel naar huis moet om voor de avondvoorstelling nog iets te eten. Maar het is zinloos om met hem in discussie te gaan. Ik laat hem leuteren, tot er een andere stakker nog later binnenkomt dan ik en hij op hem begint te vitten.

Ik doe alsof ik mijn tas op een haakje in de garderobe ga hangen, maar zodra hij me zijn rug toekeert, ren ik met mijn spullen de gang in. Alsof ik mijn leren jack daar ga achterlaten! Het zou binnen vijf seconden worden gepikt. En ik ga na school ook mooi niet in dat stomme lokaal van hem zitten. Hij vergeet het waarschijnlijk toch... en anders maar niet.

Het lukt me om redelijk ongemerkt met mijn tas de klas

in te glippen. Meneer Roberts is flink op dreef en geeft iedereen tips voor de uitvoering van vanmiddag. Maar dan begint hij door het gangpad heen en weer te lopen... en struikelt over mijn tas. Hij tuurt naar beneden.

'Heb je wasgoed bij je, Destiny?'

'O, ha ha. Dat zijn mijn kleren voor de uitvoering, meneer Roberts,' zeg ik.

'Nou, leg die dan in de kast bij de gymzaal,' zegt meneer Roberts.

'Dat kan ik niet doen, meneer Roberts,' zeg ik.

'Kun je het niet, of wil je het niet?' vraagt hij.

'Allebei niet,' zeg ik.

Meneer Roberts legt zijn armen over elkaar en kijkt op me neer. De hele klas wordt griezelig stil. Meneer Roberts zit duidelijk flink in de stress vanwege de talentenjacht... en nu windt hij zich door mij nog extra op.

Hij schraapt nadrukkelijk zijn keel. 'We zijn hier allebei in de klas, Destiny. Ik heb een eenvoudige vraag voor je. Ben ik een van je klasgenoten? In dat geval kun je zelf bepalen of je doet wat ik zeg, al naargelang je inschikkelijke karakter of je gezond verstand je ingeeft. Bén ik een klasgenoot van je, Destiny?'

'Nee, meneer Roberts.'

'Wat ben ik dan?'

Er schieten verschillende antwoorden in mijn gedachten, maar ik ben niet helemaal gek.

'U bent de leraar, meneer Roberts.'

'Precies! Dus daarom zeg ík wat je moet doen en jij gehoorzaamt. Is dat juist?'

Ik aarzel. 'Meestal wel, meneer.'

'Nee, nee, Destiny. Je gehoorzaamt altíjd. Dus breng die hinderlijke waszak naar de kast bij de gymzaal en *laat hem daar.*'

Ik verroer me niet.

'Snel een beetje!'

Ik weet niet wat ik moet doen. Meneer Roberts is niet zo'n bemoeiziek mannetje als meneer Juniper. Meestal kun je redelijk met hem praten en dingen uitleggen.

'Meneer Roberts, dat kan ik niet doen. Het is te waardevol.'

'Waar zijn die kleren dan precies van gemaakt, Destiny? Van gouddraad?'

'Het is... mijn spijkerbroek en zo,' zeg ik. Ik wil het niet zeggen waar iedereen bij is.

Sommige kinderen beginnen onderdrukt te grinniken.

'O, een waardevolle spijkerbroek,' zegt meneer Roberts. 'Handgenaaid, met Swarovskikristallen erop, misschien?'

Nu lacht iedereen me uit.

'Laten we die kostbaarheden dan maar eens bekijken,' zegt meneer Roberts, en voor ik hem kan tegenhouden, doet hij een greep in mijn tas.

Hij haalt de oude handdoek voor de dag. De klas klapt dubbel. Meneer Roberts schudt de handdoek uit als een stierenvechter, hij maakt er echt een show van. En dan valt het leren jack eruit. Hij raapt het stomverbaasd van de grond. Iederéén is stomverbaasd.

'Wauw! Moet je Destiny's jack zien!'

'Dat leer... het ziet er superzacht uit.'
'Moet je kijken naar die ritsjes.'
'Waar heeft ze dat vandaan?'
'Het is vast hónderden ponden waard.'
'Ik wed dat haar moeder het heeft gepikt!'
'Mijn moeder heeft het niet gepikt, dus hou je lelijke kop, Angel,' gil ik. 'Ik heb het cadeau gekregen.'
'Ja, hoor, dat geloven we direct!'
'Je kletst uit je nek, Destiny. Cadeau gekregen!'
'Ja, cadeau gekregen. Hou je kop!' schreeuw ik.
'Even rustig, Destiny,' zegt meneer Roberts. Hij vouwt mijn jack weer op en probeert het terug te stoppen in de handdoek, maar hij doet het helemaal verkeerd, zodat de mouwen er niet bij passen.
'Laat mij het maar doen,' zeg ik. 'Het is mijn cadeau. Een vriendin heeft het aan me gegeven.'
'Die niet zo idioot, Destiny,' zegt Angel. 'Jij hébt helemaal geen vriendinnen.'
'Jij weet helemaal niets van me af! Ik heb toevallig een heel bijzondere vriendin, maar ik ga jou niets over haar vertellen, want het gaat je geen bal aan.'
'Hé, hé, stop eens met dat gekibbel. We dwalen af,' zegt meneer Roberts. 'Ga eens even allemaal zitten.'
Hij buigt zich over me heen. 'Het is een prachtig jack, Destiny,' zegt hij heel zachtjes. 'Ik begrijp waarom je er zo voorzichtig mee bent. Een verstandig meisje zou zo'n kostbaar jack nooit meenemen naar school, maar ik kan me voorstellen dat je het graag aan wilt naar de talentenjacht. Een verstandige leraar zou je ermee naar huis stu-

ren. En een erg strenge leraar zou je voor straf niet laten meedoen aan de talentenjacht, omdat je niet doet wat je wordt gezegd. Maar ik ben niet altijd verstandig en ik heb het kennelijk niet in me om streng te zijn. Máár... ik kan niet over die tas blijven struikelen, en nu de anderen het jack hebben gezien, zullen ze het allemaal willen aanpassen, en voor je het weet is het kapot. Dus wat denk je ervan om het naar het kantoortje van de secretaresse te brengen? Mevrouw Hazel doet haar deur altijd op slot als ze weggaat. Ik weet zeker dat ze het tot na de lunch voor je wil bewaren. Is dat een goed idee?' Hij steekt zijn hand uit en ik schud hem dankbaar.

'U bent een heel erg aardige leraar, meneer Roberts,' zeg ik.

Ik breng het jack in de waszak naar mevrouw Hazel en vertel haar dat meneer Roberts heeft gezegd dat ik het bij haar moet achterlaten. Zij bewaart al het geld en de medicijnen achter slot en grendel. Haar kantoor is net Fort Knox.

Ze kijkt niet erg blij. 'Zeg maar tegen meneer Roberts dat mijn kantoor geen opslagplaats is, Destiny. Ik hoef er echt niet nog meer zakken en tassen bij te hebben.'

Maar ik weet dat mijn jack nu veilig is.

Het lukt me toch niet me op mijn schoolwerk te concentreren, en de lunch is een ramp. Ik weet vijf gebakken bonen en één aardappel naar binnen te werken, en ik weet zeker dat ik moet overgeven als ik meer neem. De meeste jongens proppen gewoon hun eten naar binnen, maar buiten op het speelplein, waar de jongensgroepen hun salto's oefenen, kotst Rocky zichzelf als een gore fontein helemaal onder. Meneer Roberts stuurt hem weg om zich te laten schoonspuiten en kijkt ons hoofdschuddend aan.

'Ontspannen jullie je toch een beetje, jongens. Tot de bel wordt er niet meer geoefend. Daarna gaan jullie bij mevrouw Avery rustig je spullen halen en je omkleden. We zien elkaar straks achter het toneel in de hal. Er is geen enkele reden om je zo druk te maken. Jullie gaan het allemaal fantastisch doen.'

De anderen gaan in kleine groepjes uit elkaar. Ik loop in mijn eentje rondjes om het schoolplein. Ik stel me voor dat Sunset naast me loopt. We lopen arm in arm en ze zegt tegen me dat ik 'Destiny' geweldig ga zingen. 'Beter dan papa!' zegt ze, en we moeten allebei lachen.

Dan gaat de bel en... o, god, het is zover! Ik ren naar mevrouw Hazel om mijn spullen op te halen en verkleed me in de meisjestoiletten. De spiegel boven de wasbakken hangt te hoog om me helemaal te bekijken, maar als ik spring, kan ik mezelf tot mijn middel zien. Het jack ziet er prachtig uit. Ik heb het gevoel dat ik Sunsets armen om me heen heb en dat ze me een knuffel geeft.

Ik ren naar de hal. Dan dwing ik me te stoppen en diep adem te halen voor ik naar de anderen loop. Ze mogen niet zien dat ik zenuwachtig ben. Ik moet er cool uitzien!

Het is een chaos achter het toneel. Overal rennen kinderen rond, jongens doen achterwaartse salto's, meisjes oefenen hun danspasjes, Fareed laat al zijn kaarten op de grond vallen, mevrouw Avery is nog even snel iemands rokje aan het repareren, en meneer Roberts loopt rond met een rood gezicht en grote zweetplekken onder zijn armen.

Heel veel kinderen stoten elkaar aan als ze me zien.

'Moet je Destiny zien!'

'Wat een mooi jack!'

'Wauw, wat ziet ze er anders uit!'

Angel trekt aan mijn jack. 'Waarom heb je die stomme handschoentjes aan? En waarom ben je helemaal in het zwart? Je ziet eruit alsof je naar een begrafenis gaat.'

'Als je niet heel gauw je vette vingers van mijn jack af haalt, wordt het jouw begrafenis,' zeg ik, en ik draai me met een ruk van haar af.

Jack Myers staat nog steeds naar me te staren. Gaat hij ook iets stoms zeggen? Hij komt dicht bij me staan, met zijn handen in de kontzakken van zijn spijkerbroek. 'Je ziet er fantastisch uit, Destiny,' zegt hij.

Ik kijk hem met knipperende ogen aan en vraag me af of hij me in de maling neemt.

'Ik vind je ook een geweldige zangeres,' zegt hij.

Ik staar hem aan. 'Dankjewel, Jack,' zeg ik.

We staan elkaar nog steeds aan te kijken. We weten niets meer te zeggen. Uiteindelijk knikt hij en loopt naar de rest van zijn groepje.

'Je kunt die grijns wel van je gezicht halen,' zegt Angel. 'Dat zegt hij alleen maar. Hij weet toch wel dat hij zelf wint. Hij is de populairste jongen van de hele school. Iedereen stemt op hem.' Ze zwijgt even. 'Of op mij.'

Ik haal mijn schouders op. 'Alsof mij dat wat kan schelen,' zeg ik. 'Het is toch maar een stomme schooluitvoering.'

Ja, dat is zo. Maar het kan me wél schelen, het kan me ontzettend veel schelen. Jack is dan misschien populair – misschien vind ik hem zelf ook wel een beetje leuk – maar ik vind toch niet dat hij en zijn groepje erg goed kunnen dansen.

De hal loopt langzaam vol met kinderen. Als ik uit de coulissen gluur, zie ik de jury op een bank vlak voor het podium zitten. Op voorstel van meneer Roberts hebben ze zich allemaal opgedoft. De twee jongens zijn in witte T-shirts en de meisjes hebben nette jurken van hun oudere zussen aangetrokken. Een van hen heeft zelfs een blonde pruik opgezet.

Meneer Roberts loopt gejaagd het podium op. Hij heeft een vreemd glimmend jasje van goudbrokaat aan, waar je in ieder geval zijn vochtige overhemd niet in kunt zien.

'Hallo allemaal. Welkom bij *Bilefield's Got Talent!*' buldert hij in de microfoon. Hij stelt de jongens en meisjes van de jury voor. Ik hoor aan het gejuich dat de jongens allebei van de Flatboys-bende zijn... grote fout.

'Dan nu ons eerste optreden – de Jacko's!' zegt meneer Roberts.

Jack en zijn vrienden komen met veel lef het podium op. Jack spuugt in zijn handen om duidelijk te maken dat het hem menens is en de anderen doen hem als één man na. Iedereen moet lachen, zelfs de Speedo's. Dan zet mevrouw Avery hun muziek hard aan, en ze beginnen met hun dans. Je kunt zien dat ze een beetje hebben geoefend.

Ze hebben extra onderdelen toegevoegd, zoals een schijngevecht, maar ze hebben er niet hard genoeg aan gewerkt. Jack struikelt een paar keer en een van zijn groepsleden valt op zijn kont als hij een achterwaartse salto probeert te maken. Ze zijn allemaal net iets uit de maat met de muziek en ze sluiten niet netjes af. Ze kijken elkaar aan en proberen te stoppen wanneer Jack stopt. Het gaat als een nachtkaars uit en omdat in het begin niemand weet dat het afgelopen is, wordt er niet geklapt. Er valt een ongemakkelijke stilte, maar dan klinkt er plotseling luid gejuich en applaus, vermengd met boegeroep en gefluit van de Speedo-jongens.

Dan mag de jury zijn woordje doen. De twee jongens en het meisje met de blonde pruik vinden dat de Jacko's fantastisch hebben gedanst. Het kleinste meisje kijkt verward en mompelt dat ze ze niet zo erg goed vond. Zij woont niet in de Bilefield Estate, dus ze heeft niets met de bendes te maken. Zij geeft de Jacko's een vijf. Ze kijkt bezorgd als het publiek begint te fluiten. De andere juryleden geven ze alle drie een tien. Dat is belachelijk – voor een tien moet een optreden perfect zijn – maar de ene helft van het publiek juicht instemmend, terwijl de andere helft scheldt en joelt.

Meneer Roberts heeft moeite om iedereen stil te krijgen voor hij het volgende groepje aankondigt, de Girls Very Soft. Zoals hun naam al aangeeft, zingen ze in het begin erg zachtjes, maar dan gaan ze geleidelijk harder en harder, tot ze aan het eind van het liedje de longen uit hun lijf schreeuwen. Ik weet niet wie het heeft bedacht, maar het werkt goed. Ze dansen ook goed, hoewel de pasjes wel erg eenvoudig zijn. Nu begint de andere helft van het publiek luid te juichen. Iemand fluistert dat Simone het vriendinnetje van een van de Speedo's is. Het kleine meisje van de jury vindt hun optreden geweldig en geeft ze een acht, maar Blonde Pruik en de jongens zeggen dat ze het tuttige rotzooi vinden en geven ze een twee.

Fareed en Hannah zijn hopeloos. De arme Fareed laat steeds zijn kaarten uit zijn handen glippen en Hannah rent zenuwachtig rond om ze op te rapen en laat ze dan opnieuw vallen. Iemand schreeuwt: 'Weg!' en dan begint bijna iedereen te joelen: 'Weg, weg, weg!' terwijl meneer Roberts van tevoren nog nadrukkelijk had gezegd dat iedereen zijn optreden mocht afmaken. Ik begrijp trouwens niet waarom Fareed en Hannah inderdaad niet weggaan, want ze zijn intussen helemaal warm en bezweet, en Fareed verprutst al zijn trucs. Meneer Roberts heeft zeker tegen hem gezegd dat hij moet blijven glimlachen naar zijn publiek, want hij staat voortdurend als een gek te grijnzen. Als er weer een truc volledig in de soep loopt, staat de grijns nog steeds op zijn gezicht gebeiteld. Iemand schiet in de lach, anderen lachen mee en weer iemand anders begint te klappen. Als Fareeds speelgoedkonijn dan ook nog zomaar uit zijn hoge hoed valt, klapt iedereen dubbel en begint de hele zaal te juichen.

Fareed hoort niet bij de Flatboys of de Speedo's, dus de stemming is bizar. Een van de jongens geeft hem een nul, maar de andere jongen geeft hem een negen, omdat hij nog steeds niet kan ophouden met lachen. De twee meisjes geven hem een vijf, dus zijn eindscore komt vreemd genoeg hoger uit dan die van Girls Very Soft.

De meisjesdansgroep noemt zichzelf de Dancing Queens. Ze hebben allemaal knalroze T-shirts aan, met kleine, zwarte korte broekjes en van die nep-tiara's met lampjes in hun haar. Alle jongens, zowel de Flatboys als de Speedo's, beginnen te fluiten. Hun dans is niet echt bijzonder, ze herhalen gewoon steeds dezelfde pasjes. Maar ze krijgen een groot applaus van de Speedo's, omdat de broer van een van de meisjes in hun bende zit. De Flatboys in de jury geven ze dus meteen heel gemeen een drie. Blonde Pruik is deze keer eerlijker en geeft ze een zes, omdat ze zichtbaar onder de indruk is van hun kleren, en het kleine meisje geeft ze een tien.

Het toneelstuk van de meisjes duurt zo eindeloos dat iedereen onrustig wordt, vooral als de helft zijn tekst kwijt is en ze voortdurend staan te fluisteren en elkaar staan aan te stoten. Iemand begint 'Weg, weg, weg!' te roepen, en algauw stemt de rest van het publiek daarmee in. Twee van de meisjes rennen huilend het toneel af, maar twee gaan tot het bittere einde door. Ik geloof dat één meisje een zusje is van een van de Flatboys, maar ze krijgen toch een verschrikkelijk lage score, omdat het stuk zo saai is.

Dan is Angel aan de beurt, en zij is beslist niet saai. Ze draagt een piepklein topje en een erg strakke, glimmende witte legging. Ze loopt grijnzend het podium op en draait uitdagend met haar heupen op de ongelofelijk sexy muziek. Ik zie meneer Roberts verstrakken en handenwringend toekijken. Hij vraagt zich overduidelijk af wat Angel nog meer in petto heeft. Ze doet een paar eenvoudige radslagen, maakt een bruggetje, loopt op handen en voeten over het podium en draait een paar rondjes op haar kont. Angel heeft een erg dikke kont, dus dat is een makkie voor haar. Het is helemaal geen briljante acrobatische act, maar als ze klaar is, breekt er een stormachtig applaus los.

Angel is niemands zusje, maar ze gaat om met de Flatboys. Ze krijgt twee tienen van de jongens en een negen van Blonde Pruik. Zelfs het kleine meisje geeft haar een acht. Angel staat aan kop, en dat weet ze. Ze steekt haar vuist in de lucht en kijkt erg verheugd. Als ze van het podium af komt, geeft ze me even een stomp tegen mijn borst. Ze zegt geen woord, maar het is duidelijk wat ze bedoelt: probeer daar maar eens bovenuit te komen!

Na haar komt Raymond, en hij is echt geweldig. Hij maakt enorme sprongen over het podium en doet de prachtigste pirouettes, maar omdat hij een maillot aan heeft, schreeuwen de jongens stomme opmerkingen naar hem en hij krijgt een waardeloze score. Het is verschrikkelijk oneerlijk. Na Raymond komen Jeff en Ritchie met een malle komische balletact. Ze sjokken maar wat rond en zwaaien vreemd met hun armen, maar ze krijgen hogere cijfers dan die arme Raymond.

Iedereen krijgt er nu genoeg van en begint te kletsen, dus meneer Roberts moet zijn stem verheffen om de Superspeedo's aan te kondigen. Ze hebben allemaal een rood Supermanteken op hun T-shirt geklodderd, maar ze dragen godzijdank geen rode onderbroek over hun broek. Ze zien er evengoed een beetje raar uit, maar hun dans is best goed. Ze maken allemaal min of meer gelijktijdig een achterwaartse salto, en het is duidelijk dat ze veel meer hebben geoefend dan de Jacko's. Ze maken allerlei sprongen en snoekduiken, en aan het eind staan ze met gespreide armen op een rijtje te grijnzen naar het publiek. Ik zou ze een acht of een negen geven – hun optreden is na dat van die arme Raymond duidelijk het beste – maar die afschuwelijke Flatboys geven ze allebei een één. Blonde Pruik aarzelt even en geeft ze een vijf en het jongere meisje geeft ze een tien, maar ze staan niet eens in de top 3. Het is zó oneerlijk. Ze kijken allemaal zwaar teleurgesteld en ik kan het ze niet kwalijk nemen. Maar ik heb geen tijd om er verder over na te denken, want nu kondigt meneer Roberts míj aan.

'Graag een applaus voor onze laatste deelneemster aan *Bilefield's Got Talent*, Destiny Williams, die ons in verrukking gaat brengen met een nummer met haar eigen naam: 'Destiny', beroemd gemaakt door Danny Kilman. Hier komt Destiny!'

O, god. Ik loop het podium op, en iedereen staart me aan. Sommigen klappen flauwtjes, en allemaal kijken ze naar mijn zwarte kleren. Ik krijg het gloeiend heet in mijn prachtige leren jack. Ik ben bang dat de mouwen nat worden van mijn zweet. Ik zie ze allemaal fluisteren en giechelen. Ik doe mijn best om ze uit mijn hoofd te bannen. Ik doe mijn mond open en begin te zingen.

*'You are my Destiny...'*

De woorden en de muziek nemen het van me over. Ik ben alleen maar een stem, die opstijgt in de hal. Als ik klaar ben, valt er een stilte, alsof ze allemaal stomverbaasd zijn. Dan klinkt er applaus. Sommige kinderen klappen luid en juichen zelfs, maar anderen doen niets. Ze weten niet wat ze met me aan moeten. Ik ben het nieuwe meisje. Ze weten niet of ik bij de Flatboys hoor of bij de Speedo's. En als ik bij geen van beiden hoor, hoe moeten ze me dan beoordelen?

De twee Flatboys overleggen met elkaar... en geven me allebei een twee. Blonde Pruik geeft me een drie. Het kleine meisje kijkt verbijsterd en geeft me een negen, maar dat is natuurlijk niet genoeg. Ik kom nog niet eens gelijk met Fareed. Ik eindig op de op één na laatste plaats, net boven de meisjes met het toneelstuk.

HOOFDSTUK 10

# Sunset

'Mag ik nu alsjeblieft mijn cadeautjes openmaken?' smeekt Sweetie.

'Nog niet, schat. Je moet wachten tot je feestje begint, als de mensen van het blad komen,' zegt mijn moeder.

'O, alsjeblieft, zeg, laat dat kind een paar pakjes openmaken. Wat geeft dat nou?' zegt mijn vader. Hij is erg vroeg opgestaan, speciaal voor Sweeties verjaardag.

'Rose-May vermoordt ons. Ze heeft alle cadeautjes speciaal laten inpakken, met het oog op het thema van het feestje.'

'Wat ís het thema van mijn feestje dan, mama?' vraagt Sweetie. Ze springt op en neer en ziet er schattig uit in haar geborduurde witte bloesje en haar roze spijkerbroek.

'Laten we het erop houden dat het iets speciaal voor jou is, schat,' zegt mijn moeder. 'Zo, en nu wordt het even druk, druk, druk, want we moeten de grote huiskamer ombouwen. De partyplanners kunnen ieder moment hier zijn. Jullie moeten hier tot ruim na de lunch uit de buurt blijven, kinderen. Danny, zou jij ze niet ergens mee naartoe kunnen nemen? Kingtown misschien?'

'O, já, dat zou de leukste verjaardagsverrassing van de hele wereld zijn!' zegt Sweetie, terwijl ze op en neer wipt op mijn vaders schoot.

'Ik zou dat ook heel graag doen, Sweetie-pietie, dat weet je, het zou echt superleuk zijn om daarheen te gaan, maar ik moet vanmorgen even snel heen en weer naar Londen...'

'O, Danny, op Sweeties verjáárdag!' zegt mijn moeder.

'Ja, ja, en daar ga ik ook geen moment van missen, maak je geen zorgen. Maar ik moet even met een paar jongens praten... er wordt gesproken over een benefietconcert en ze willen dat ik meedoe.'

'Welke jongens?' vraagt mijn moeder wantrouwig.

Mijn vader tikt met zijn vinger tegen zijn neus. 'Wat gaat jou dat aan, hmm? Ga jij nou maar feestjes geven, dan ga ik door met het werk waar we de rekeningen van betalen, oké?'

Hij verdwijnt en mijn moeder blijft met gebalde vuisten achter.

'Juist. Nou, ík kan niet met jullie meegaan, schatjes – ik moet alles regelen met de partyplanners en daarna moet ik rennen om mijn haar en mijn nagels te laten doen. Ik heb dus mijn auto nodig, en het ziet ernaar uit dat papa zíjn auto meeneemt. Dus Claudia, misschien moet je aan John vragen of hij jou en de kinderen ergens naartoe kan brengen?'

Het blijkt dat John al weg is om boodschappen te doen en pas na de lunch terugkomt.

'Wat vervelend nou,' zegt mijn moeder, zuchtend.

'Nou, dan moet je de kinderen maar op hun kamer zien te vermaken, Claudia.'

'Dat is geen leuke verjaardagsverrassing,' zegt Sweetie sip.

'Nou, ik kan er niets aan doen, lieverd. Ik rekende een beetje op je vader, maar dat was natuurlijk een grote vergissing,' begint mijn moeder. 'Hij is zo egoïstisch dat het hem niets kan schelen wie hij teleurstelt. Zelfs jou niet, Sweetie.'

Sweetie stopt haar duim in haar mond.

'Niet op je duim zuigen, dat is slecht voor je tanden!' snauwt mijn moeder.

'Ik kan de kinderen evengoed wel meenemen,' zegt Claudia snel. 'We nemen gewoon de bus naar Kingtown.'

'De bus!' gilt Sweetie. Ze rukt haar duim uit haar mond. 'O, de bus!' Ze rent opgewonden in het rond, alsof Claudia haar een rit in een sprookjesrijtuig heeft aangeboden.

'De bus, de bus, we gaan met de bus!' gilt Ace, blij rondhuppelend.

'Zorg in godsnaam wel dat die kinderen zich niet te druk maken,' zegt mijn moeder. 'Houd ze zo kalm en rustig mogelijk, vooral Sweetie. Ze moet vanmiddag echt op haar best zijn. Ze krijgt een enorme fotosessie voor haar kiezen. Huilbuien en driftaanvallen kunnen we niet gebruiken.'

'Ik zal ervoor zorgen dat Sweetie geniet van haar verjaardag,' zegt Claudia kil.

'Dat rotwijf!' moppert ze in zichzelf als ze met Sweetie, Ace en mij het hek uitloopt.

'Mama maakt zich altijd verschrikkelijk zenuwachtig als ze van een tijdschrift komen om foto's te maken,' zeg ik.

'Hoe haalt ze het in haar hoofd om de verjaardag van haar eigen dochter in een commercieel circus te veranderen?' zegt Claudia.

'Circus!' herhaalt Ace. 'Waar zijn de circusberen? Ik ben een tijger en ik wil met de beren spelen, maar ze hebben misschien grote klauwen.'

'Als jij naar ze brult, rennen ze meteen weg,' zeg ik.

Ace brult tegen iedere heg en boom langs de weg. Sweetie huppelt met gespitste tenen naast hem.

'Het is belachelijk,' moppert Claudia tegen mij. 'Stel je voor, ze laat dat arme kind wachten tot de fotograaf er is voor ze haar cadeautjes mag uitpakken! En wist je dat Margaret twee verjaardagstaarten heeft moeten bakken, voor het geval het niet lukt om haar in één keer goed op de foto te krijgen terwijl ze haar kaarsjes uitblaast en de taart aansnijdt?'

'Ik vind het leuk om twee verjaardagstaarten te krijgen,' roept Sweetie.

'En dan komen er blijkbaar ook nog een heleboel kinderen die Sweetie helemaal niet kent. Niet haar vriendinnetjes van school, maar kinderen van beroemdheden. Ik durf te wedden dat Sweetie de helft nog nooit heeft ontmoet.'

'Ik weet het. Ik heb dat toen ik klein was ook een keer gehad toen ik jarig was, en het was afschuwelijk. Ik wist niet wat ik tegen iedereen moest zeggen, en ik moest allerlei afschuwelijke spelletjes doen. Er was een clown die gekke kunsten uithaalde, en ik was bang voor hem. Ik ben zo blij dat mijn moeder mij niet meer dwingt om verjaardagsfeestjes te houden.'

'Jij bent raar, Sunset,' zegt Sweetie. 'Ik vind verjaardagsfeestjes leuk. Ik wil een héleboel spelletjes doen. Mama zegt dat het verjaardagsmeisje altijd wint. Ik doe mijn paarse jurk aan en mama zegt dat ik echte roosjes in mijn haar krijg.' Ze huppelt om ons heen, met haar haar als een gouden wolk achter haar aan.

'Krijg jij ook bloemen in je haar, Sunset?' vraagt Claudia.

'Paardenbloemen en distels misschien?' zeg ik lachend. 'Ik denk het niet!'

Ik vind de woorden leuk klinken, als een boeket bloemen voor een heksenkind. Terwijl we de heuvel op lopen naar de drukke weg waar de bus stopt, bedenk ik een klein liedje.

*Geef mij een boeket*
*van paardenbloem en distel.*
*Klis en amarant,*
*zure bes en mispel,*
*rozenbottel, wilde appel,*
*dat is mijn fruit.*
*Salamanderoog,*
*eendenbek en slangenhuid.*
*Zoeken in het bos*
*naar tak van een gewei*
*en, niet te vergeten,*
*een konijnenpoot erbij.*

*Alles heel goed malen,*
*voor het in mijn drankje gaat.*
*Ja, ik ben een heksenkind,*
*maar ik wens echt niemand kwaad.*

Het duurt even voor het klopt, en ik heb geen pen en papier bij me, dus ik blijf het zachtjes voor mezelf herhalen terwijl we op de bus staan te wachten. De muziek komt er gemakkelijk bij. Het is een vreemde, mysterieuze melodie, met hier en daar een lange, trillende uithaal.

Ik ben bijna even opgewonden over de busrit als Sweetie en Ace. Ik ben nog maar twee keer eerder met de bus geweest, en hoewel ik al tien ben, wil ik toch graag voorin zitten en doen alsof ik de bus bestuur. Ik zit naast Claudia en neurie zachtjes mijn nieuwe liedje.

Sweetie en Ace zitten op de andere voorbank. Hun knokkels zien wit van het vasthouden aan de reling en ze springen op en neer, hoewel Claudia ze steeds aanmaant om netjes te blijven zitten. Ze beweegt zachtjes haar hoofd mee met mijn liedje.

'Is dat een liedje van je vader?' vraagt ze.

'Nee, van mij,' zeg ik trots.

'Zing het eens,' zegt Claudia.

'Dat kan ik niet. Ik kan niet zingen.'

'Vooruit, probeer eens.'

Dus ik fluister het zo'n beetje. Claudia luistert aandachtig.

'Heb je dat helemaal zelf bedacht?'

'Nou ja, zo'n beetje,' zeg ik, blozend. 'Volgens mij heb

ik "salamanderoog" van Shakespeare gepikt, en op school hebben we eens een gedicht gelezen waar ik een klein beetje van heb afgekeken.'

'Het is erg goed,' zegt Claudia snel. 'Misschien moet je het eens voor je vader zingen.'

'Daar is hij niet in geïnteresseerd,' zeg ik.

'Sunset, hij is je váder. Hij zal trots op je zijn,' zegt Claudia, maar ze klinkt niet echt overtuigd.

'Is jouw vader trots op je, Claudia?' vraag ik.

Claudia glimlacht. 'O, ja, mijn vader is toch zo'n malle ouwe flapdrol. Ik ben nooit de slimste geweest op school, maar toen ik ongeveer zo oud was als jij heb ik eens een prijs gekregen voor zorgzaamheid, en toen ik naar voren liep om hem op te halen, hoorde ik iemand toeterend zijn neus snuiten. Dat was die gekke oude vader van me, die zat te snotteren. Stel je voor!'

Ik doe mijn best om het me voor te stellen.

'En je moeder? Is zij ook trots op je?'

Ik hoop dat ik niet verschrikkelijk tactloos ben. Ik kan me niet indenken dat Claudia's moeder trots op haar zal zijn. Ze is helemaal niet knap om te zien en ze heeft de gewoonte om haar neus op te trekken als haar bril afzakt. Ik verwacht niet anders dan dat ze Claudia voortdurend aanspoort om haar haar fatsoenlijk te laten knippen, meer make-up op haar glimmende gezicht te doen en over te stappen op contactlenzen.

'O, mijn moeder is een lieverdje,' zegt Claudia, nog steeds glimlachend. 'Ze zegt altijd dat ze trots op me is, hoewel Joost mag weten waarom, want ik sla nog wel eens een flater. Ze noemt mij haar "favoriete dochter", maar dat zegt ze ook tegen mijn zussen. Ze is zo'n schat.'

Ik denk aan mijn laatste prijzendag op school. Ik had de eerste prijs voor taal. Mijn vader kwam niet. Hij zei dat hij van dat soort dingen de zenuwen kreeg. Mijn moeder kwam wel, en ze zei: 'Goed gedaan', maar daarna bleef ze maar mopperen over de manier waarop ik naar voren was gelopen. 'Stamp, stamp, stamp, als een olifant,' zei ze. 'Misschien moeten we je weer naar ballet sturen.'

Ik probeer mijn spiegelbeeld te zien in het raam van de bus. Ik heb mijn nieuwe zwarte T-shirt en spijkerbroek aan, en mijn nethandschoentjes. Toen ik ze vanmorgen aantrok, vond ik dat ik er wel een beetje cool uitzag, maar nu ben ik daar niet meer zo zeker van.

Als we in Kingtown aankomen, wil Sweetie meteen naar de winkels. We laten haar gaan, want ze is jarig. Er is zo'n zaak in het grote winkelcentrum waar je je eigen beer kunt laten maken. Sweetie is niet erg geïnteresseerd – ze gaat liever naar de winkel met glitters en make-up – maar de vrouw van de berenwinkel staat bij de ingang en komt naar buiten stormen.

'Zijn dit de kinderen van Danny Kilman?' vraagt ze vol ontzag aan Claudia. Blijkbaar is ze een trouwe lezeres van de *Hi!* 'O, hemeltje! Zouden ze een gratis beer willen?'

'Dat is erg aardig aangeboden, maar nee, bedankt,' zegt Claudia beleefd.

'O, alsjeblíeft, Claudia, ik wil zó graag een beer,' smeekt Sweetie. Ze zet al haar charmes in – dat is zo langzamerhand haar tweede natuur geworden.

'Ik wil een tijger! Ik ben een grote, sterke tijger en ik wil een speelgoedtijger!' zegt Ace.

'Ace, hou op. Je mag niet vragen,' zeg ik, maar ik wil ook graag zo'n beer, hoewel ik weet dat ik er veel te oud voor ben.

We kijken Claudia allemaal smekend aan. Eerst kijkt ze nog bezorgd, maar dan geeft ze toe. We zijn een hele tijd bezig om onze beren en hun kleertjes uit te kiezen. Sweetie aarzelt nog. Ze slaakt opgewonden kreten als ze ziet wat er allemaal is, en de vrouw van de winkel loopt vertederd achter haar aan. Uiteindelijk kiest ze een roze beer met vuurrode wangen en een knalroze balletjurkje. Ace blijft in de tijgersfeer en kiest voor zijn nieuwe gestreepte vriend een blauwe pyjama en een badjas uit. Ik kan niet kiezen. Alle beertjes zien er zo lief en zacht en hulpeloos uit. Ik pak ze een voor een op en staar ze heel aandachtig aan, om te peilen wat voor karakter ze hebben.

'O, alsjeblieft, Sunset, doe me een lol!' zegt Claudia.

Ik word zenuwachtig en kies uiteindelijk maar voor een panda. Maar als ze opgevuld is, weet ik niet of ik haar nog wel zo leuk vind. Haar hoofd zit een beetje scheef, zodat het net is alsof ze me spottend aankijkt, en haar lijf is te groot en te zacht. Ik wil graag dat ze een zwarte spijkerbroek en een zwart T-shirt aankrijgt, maar die hebben ze niet. Ik moet het doen met een wit bloesje en een blauwe spijkerbroek.

'Waarom heb je een jongetjespanda gekozen, Sunset?' vraagt Sweetie.

'Het is een méísje,' sis ik. Maar ze ziet er niet meer als een meisje uit.

'Zo,' zegt Claudia. 'Zeg nu maar netjes "dankjewel", kinderen.'

Maar we zijn nog niet klaar. We moeten bij het bord voor de winkel gaan staan en lachend onze beren voor ons houden terwijl de vrouw van de winkel haar camera voor de dag haalt. Claudia zit in de zenuwen. Ze weet niet zeker of ze hier wel toestemming voor mag geven, maar ze kan ons moeilijk dwingen de beren terug te geven nu ze helemaal naar onze zin zijn gemaakt.

'Even lachen, kinderen. Net als jullie beertjes,' zegt de vrouw.

'Mijn Rosie lacht niet,' zegt Sweetie. 'Ze heeft honger, zegt ze.'

'Mijn Tijgerbeer zegt niks. Hij brult alleen maar,' zegt Ace.

'En wat zegt jouw panda, liefje?' vraagt de vrouw vriendelijk aan mij, om me er ook bij te betrekken.

Ik haal mijn schouders op, afschuwelijk in verlegenheid gebracht, omdat ik te oud ben voor dit spelletje. Mijn panda kijkt me met haar kraalogen minachtend aan en weigert ook maar een woord te zeggen.

We poseren voor de rest van de foto's, en dan sleept Sweetie me mee naar de winkel met glitterspullen. Ze hoopt dat de vrouw van die winkel ons ook zal laten uitkiezen wat we leuk vinden, maar áls ze ons al herkent, laat ze daar niets van merken. Sweetie holt van de ene stelling naar de andere en kijkt verrukt naar de oorbellen, de paarse nagellak, de lippenstift met parelmoerglans, de boa's met lichtgevende roze veertjes, de mini-portemonneetjes, de schattige sleutelhangers en de glinsterende tiara's. Ze is in de Sweetie-hemel.

'Verheug je niet te veel, Sweetie, ik heb mijn portemonnee niet bij me,' jokt Claudia.

'Geeft niet, Claudia, ík heb geld bij me,' zegt Sweetie. Ze graaft in de zakken van haar jurk en steekt twee briefjes van twintig pond omhoog! 'Papa heeft me wat zakgeld gegeven om op mijn verjaardag iets te kunnen kopen.'

'O, mijn hemel,' zegt Claudia ontzet. 'Je bent zes jaar, Sweetie, en hij geeft je véértig pond om prulletjes van te kopen?'

'Waar is míjn zakgeld?' jammert Ace. Hij gaat op de grond zitten en probeert zijn tijger uit de verpakking te trekken.

'Niet doen, Ace, laat dat in hemelsnaam zitten. Sta op, je zit iedereen in de weg.'

'Jij bent niet jarig, Ace, ík ben jarig, en papa zegt dat verjaardagsmeisjes een heleboel cadeautjes krijgen,' zegt Sweetie. Ze zet een tiara op haar hoofd en slingert een boa om haar nek.

Claudia trekt een gezicht, maar ze spreekt het niet tegen. Terwijl Sweetie door de winkel stuift, kijkt ze mij aan. 'Dat van die portemonnee was niet helemaal waar, Sunset,' fluistert ze. 'Wil jij voor jezelf ook iets kleins uitzoeken?'

'Ik houd niet zo van dat glimmende spul,' zeg ik. 'Maar toch bedankt, Claudia.'

'Ik zal je wat vertellen. Als Sweetie klaar is gaan we naar de kiosk, en dan koop ik een speciaal boekje voor je waar je je liedjes in kunt opschrijven,' zegt Claudia. 'Zou je dat leuk vinden?'

'O, ja, heel erg leuk!' zeg ik.

'Dat is niet eerlijk!' klaagt Ace bitter. 'Sweetie krijgt allemaal leuke meidendingen en Sunset krijgt schrijfblokken en ik krijg niks.'

'Kom op nou, zeg, je hebt net een prachtige speelgoedtijger gekregen.'

'Hij is móé!' zegt Ace, en hij rukt de tijger uit de kartonnen doos. 'Hij is in zijn py-ja-ma en hij moet gaaaaapen en hij wil slápen. Welterusten!' Pal voor de ingang, waar iedereen over hem heen moet stappen, gaat hij languit op de grond liggen, met zijn tijgerbeer tegen zijn borst geklemd. Precies op dat moment wil Sweetie een kettinkje met nepdiamanten pakken en trekt de hele sieradenstelling over zich heen.

'O, waarom ben ik ooit kindermeisje geworden?' zegt Claudia, bijna in tranen.

Terwijl zij de stelling overeind probeert te zetten, haal ik Ace voor de ingang vandaan en schenk voor hem en zijn Tijgerbeer zogenaamd een glaasje tijgersap in als ontbijt.

Ten slotte verlaten we de winkel, Sweetie van top tot teen behangen met al haar nieuwe mooie spulletjes. Ace wil nu echt sap, dus we gaan naar een cafeetje waar we allemaal een gezond glaasje sap nemen, met een stel heerlijke ongezonde donuts erbij. We moeten naar de damestoiletten op de bovenste verdieping om alle suiker van Ace zijn mond (en van de pootjes van zijn tijgerbeer) te vegen. Daar is een speelgoedwinkel vlakbij, dus daar moeten we ook nog een hele tijd doorbrengen. Ik begin me zorgen te maken dat Claudia mijn boekje is vergeten, maar nadat we een klein speelgoedbusje voor Ace en een minipopje voor Sweetie hebben gekocht, geeft Claudia mij een knikje.

'Zo, Sunset. Nu gaan we naar de kiosk.'

Ik vind het heerlijk om rond te lopen tussen de vrolijk gekleurde schrijfspulletjes. Het liefst zou ik urenlang de tijd nemen om over de kaften te strelen, voorzichtig door de smetteloos witte bladzijden te bladeren en op mijn gemak mijn keus te maken, maar Ace en Sweetie vervelen zich nu en ik moet supersnel mijn keus maken. Ik kies een klein, blauw, fluwelig boekje met ongelinieerd papier, zodat ik er tekeningetjes in kan maken om mijn liedjes te illustreren. Als Claudia het voor me koopt, ben ik te verlegen om haar een zoen te geven, maar ik knijp haar hard in haar hand om te laten merken hoe blij ik ben.

'Zo dan!' zegt ze opgewekt.

'Gaan we nu naar huis voor mijn feestje?' vraagt Sweetie.

Claudia kijkt op haar horloge. 'Nee, lieverd, nu nog niet,' zegt ze. 'Zullen we even fijn langs de rivier wandelen?'

'Ja, Tijgerjong en ik willen zwemmen!' zegt Ace.

Claudia beseft dat dit helemaal geen goed idee is en bedenkt snel iets anders. 'Nee, ik weet al wat,' zegt ze.

'Laten we een speeltuin gaan zoeken.'

Dat is voor ons allemaal een verrassing. Ik weet natuurlijk wat een speeltuin is – in prentenboeken zitten kinderen op de schommel – maar ik wist niet dat ze nog steeds bestonden. Sweetie en Ace raken helemaal opgewonden.

'Een speeltuin, een speeltuin!' zegt Sweetie. 'Ik wil naar het Sprookjespaleis!'

'Nee, ik wil in Space Mountain. Daar ben ik best groot genoeg voor,' zegt Ace.

'Nee, nee, het is niet zoiets als Disneyland,' zeg ik snel.

Het lijkt in de verste verte niet op Disneyland. Wanneer Claudia eindelijk een speeltuin voor ons vindt, is het een klein, grauw, troosteloos terreintje met een paar autobanden waar je op kunt schommelen, een saai klein glijbaantje en een piepklein draaimolentje. Een groepje kinderen van mijn leeftijd met trainingspakken en truien met capuchons zitten een beetje te zitten op de draaimolen en hangen op hun buik over de autobanden. Ze kijken naar ons, vooral naar Sweetie met haar tiara en haar boa met veren.

'Er is hier helemaal geen sprookjespaleis!' zegt Sweetie pruilend. 'Het is hier helemaal niet mooi.'

De kinderen proesten het uit.

'Tijgerjong en ik willen op de schommel, maar zíj zitten erop,' zegt Ace. 'Weet je wat, we gaan naar ze brullen, dan gaan ze wel weg, goed?' Hij geeft een heel verlegen brulletje, dat meer klinkt als het piepen van een muis.

Ze beginnen nog harder te lachen. 'Wat zijn dat voor sukkels?' zegt er een.

'Misschien kunnen we beter een andere speeltuin gaan zoeken,' zegt Claudia. Ze probeert Sweetie en Ace bij hun hand te pakken, maar Ace rukt zich los.

'Ik wil op de schómmel,' zegt hij wanhopig.

'Goed, even dan, misschien,' zegt Claudia. 'Let jij even op Sweetie, Sunset.'

'Sweetie! Sunset! Wat een achterlijke namen!'

Sweetie komt dicht tegen me aan staan. Ze is totaal verbijsterd. Ze is zo gewend dat iedereen altijd overdreven aardig tegen haar doet. Ze heeft nog nooit met gewone kinderen gespeeld. Wij alle drie niet. Ik ben ook bang. Ik ben vooral als de dood dat ze zullen zien dat ik een kartonnen doos met een stomme panda in mijn handen heb. Ik ga dood als ze me uitlachen.

'Nou nou,' zegt Claudia. Ze marcheert naar de kinderen toe. 'Kom, mag dit kleine jongetje even op de schommel?'

'Nou nou, nou nou,' apen ze spottend haar bekakte accent na.

Ik zou voor haar moeten opkomen, maar dan beginnen ze tegen mij. Bovendien moet ik op Sweetie letten.

'Kom, laat mij op de schommel!' zegt Ace moedig. 'Ik ben een tijger en ik kan je bijten.'

'Jij bent geen tijger, je bent een dinges,' zegt een van de kinderen.

Hij zegt niet echt dinges, hij gebruikt een heel erg lelijk woord.

'Niet zo vloeken! En doe niet zo gemeen, hij is nog maar klein,' zegt Claudia.

'Ben jij hun moeder, kakwijf?' zegt een ander kind.

'Ik ben hun kindermeisje,' zegt Claudia, en ze beginnen allemaal te joelen.

'Een kindermeisje! Een kindermeisje voor een stelletje sukkels,' zegt er een.

'Nu wil ik op de schommel,' zegt Ace. Hij denkt diep na. 'Alsjeblieft.' Hij probeert de ketting te pakken, maar ze maken zijn handen los en geven hem een zet. Het is maar een klein zetje, maar Ace is nog maar een heel klein jongetje. Hij belandt op zijn billen.

Zijn mond gaat wijd open van verbazing. Hij ziet eruit als een verbijsterd vogeltje. Ik kan het niet langer aanzien.

'Blijf staan!' zeg ik tegen Sweetie en ik duw mijn panda in haar armen, naast haar beer Rosie.

Ik ren naar Ace, die het op een schreeuwen heeft gezet. Claudia probeert hem op te pakken en mee te nemen, maar hij verzet zich.

'Ik wil op de schómmel!' brult hij.

Ik sta hulpeloos te aarzelen.

'Kijk, daar heb je nog zo'n sukkel. Wie denkt ze wel dat ze is, met die stomme zwarte handschoentjes?'

Ik wéét wie ik denk dat ik ben, in mijn nieuwe zwarte outfit. Ik heb dezelfde kleren aan als mijn zus Destiny. Dus waarom kan ik me ook niet zo gedragen als zij?

'Rot op, jullie, en laat hem ook eens even op die schommel. Schiet op,' zeg ik fel.

'Hoe denk je ons eraf te krijgen?' zegt een meisje.

'Dat gaat me echt wel lukken,' zeg ik, en ik pak haar schommel beet. 'Ga eraf of ik sla je eraf!'

'Oké, oké,' zegt ze, en ze springt van de band af!

Ik ben zo verbaasd dat ik even stokstijf blijf staan. Ik had nooit gedacht dat ze het zou doen. Ik had gedacht dat ze terug zou schreeuwen, of zou gaan vechten.

'Hier heb je die stomme schommel al,' zegt ze, en ze duwt hem naar me toe.

Ik krijg hem hard tegen mijn ribben, maar ik geef geen krimp. Ik pak de band vast. 'Hier, Ace,' zeg ik triomfantelijk. 'Ga maar schommelen.'

Nog nasnikkend dribbelt hij naar voren. Ik til hem op de band.

'Zo. Hou je goed vast,' zeg ik, en ik geef hem een zetje.

Hij gilt triomfantelijk, terwijl ik hem trots heen en weer duw. Claudia en Sweetie kijken stomverbaasd toe. De capuchonkinderen kijken ook. Een van de andere meisjes laat zich van haar schommel glijden.

'Hier, je kleine zusje mag ook wel even,' zegt ze.

'Wil jij ook schommelen, Sweetie?' roep ik, maar ze schudt haar hoofd en klampt zich aan Claudia vast.

'Waarom hebben jullie van die gekke namen?' vraagt het meisje.

'Omdat we gekke ouders hebben,' zeg ik. 'We kunnen er niks aan doen.'

'Ik heb een vriendin die Marley-Joy heet. Dat is bijna net zo erg,' zegt ze.

'Ik heb een vriendin die Destiny heet,' zeg ik, 'maar dat vind ik wel een leuke naam.'

We kletsen alsof wíj bijna vriendinnen zijn. Ik geef Ace nog negen of tien duwtjes en dan rem ik hem af.

'Kom, dan gaan we nu op de glijbaan,' zeg ik, terwijl ik hem van de band til. 'Bedankt dat hij even mocht schommelen.'

Ze knikken naar me en ik loop samen met Ace terug naar Claudia. Ik voel me heerlijk groot.

'We laten Ace nog even van de glijbaan gaan,' zeg ik. 'Wil jij dat ook, Sweetie? Wees maar niet bang, ik blijf bij jullie.'

Ik laat ze allebei van de glijbaan gaan. Ace suist vrolijk naar beneden, maar Sweetie is veel angstiger. Ze is bang dat de glijbaan niet helemaal schoon is en dat ze vlekken zal krijgen op haar nieuwe roze broek. Ik zucht ongeduldig. Het meisje met wie ik heb gepraat zucht ook en trekt haar wenkbrauwen naar me op. Als we weggaan, zwaai ik naar haar, en zij zwaait terug.

'Nou,' zegt Claudia. 'Wie had dat van jou gedacht, Sunset!'

Ja, wie had dat gedacht! Ik begrijp nu waarom Ace zijn tijgerpak altijd aan wil. Ik wil mijn Destiny-kleren ook voorgoed aanhouden.

Ik hoop dat Claudia aan mijn moeder vertelt hoe ik al die kinderen in het speeltuintje heb aangepakt, maar mijn moeder heeft het veel te druk om naar ons te luisteren. Het huis gonst van de mensen die de grote huiskamer in en uit rennen.

'Mag ik nu naar mijn feestje?' smeekt Sweetie, maar ze moet nog steeds wachten.

'Nog even niet, liefje, we moeten je eerst klaarmaken! Wat is dat voor een ordinaire tiara, Sweetie? En wat moet je met die andere prullen? Mijn hemel, wat zien jullie er slordig uit! Maar goed, dat maken we allemaal wel in orde, en de stylist neemt je haar onder handen. Kom op, als een haas naar boven.'

'O, alsjeblieft, mammie, mag ik héél even kijken? Ik wil mijn cadeautjes zien.'

'Nee, schat, je moet je eerst omkleden voor de mensen van het tijdschrift. Je wil toch je mooie feestjurk aan? Kom snel mee allemaal, ik heb in mijn kamer alles klaarliggen, maar jullie moeten eerst goed schoongemaakt. Claudia, kom helpen. Wat zijn dit voor dozen? Heb jij die beren voor ze gekocht? Hebben ze al niet genoeg spullen?'

'Ze hebben ze cadeau gekregen van de mensen van de winkel. Ze werden herkend.'

'Nou, ik hoop dat je de kinderen niet hebt laten fotograferen, anders gebruiken ze de foto's om reclame te maken voor hun beren. Voor dat soort commerciële dingen moet Rose-May eerst tekenen.'

Claudia slikt.

'We zijn ook in een speeltuin geweest, mam,' zeg ik snel.

'Ja, er waren nare kinderen die me uitlachten,' zegt Sweetie.

'Ze wilden me niet op de schommel laten, mama, maar toen heeft Sunset ervoor gezorgd dat ik wel mocht,' zegt Ace.

'Ja, Sunset was erg moedig,' zegt Claudia.

'Waarom heb je ze in hemelsnaam meegenomen naar een speeltuin?' snauwt mijn moeder, terwijl ze Sweeties bloesje over haar hoofd rukt. 'Dat is vragen om moeilijkheden. Kom, schiet op, Sweetie. Och, jee, kijk nou toch, je haar zit helemaal in de war. Nou ja, geeft niet, die stylist is goed. Hij geeft je in een wip een hele bos prinsessenkrullen.'

Mijn moeder begint Ace zijn knoopjes los te maken. 'Nou, schiet op, Sunset! Kleed je uit.'

'Maar dat is niet nodig, mam. Ik ben niet vies. Kijk maar, ik ben al helemaal klaar.'

'Waarom doe je toch altijd zo moeilijk, Sunset?' sist ze. 'Trek onmiddellijk die goedkope spijkerbroek uit. En dat T-shirt, en die belachelijke handschoentjes.'

Ik bal mijn vuisten. 'Nee. Dit zijn mijn lievelingskleren,' zeg ik.

'Je kunt ze niet aan op Sweeties feestje.'

'Maar ik vind ze leuk. Ik voel me er fijn in. En het maakt toch niet uit wat ík aan heb. Het is Sweeties feestje, niet dat van mij.'

'Je komt op de meeste foto's te staan. Die ga je niet bederven met die afschuwelijke zwarte kleren van je. Ik heb een nieuwe jurk voor je gekocht. En ook een voor jou, Sweetie, lieveling.'

'Maar papa heeft de paarse jurk al voor me gekocht,' zegt Sweetie beduusd.

'Ja, dat weet ik wel, en die staat je ook prachtig, maar ik wil dat mijn kleine verjaardagsmeisje er superfantastisch uitziet. Dus wacht maar tot je de jurk ziet die mama voor je heeft gekocht, engeltje.'

'Wat heb je voor mij, mama?' vraagt Ace.

'O, voor jou heb ik ook een mooi feestjurkje gekocht, kereltje van me,' zegt mama. Ze knijpt hem zachtjes in zijn neus. 'Een lief, roze jurkje.'

Ace speelt het grapje mee en begint te gillen en te rillen van afschuw.

Voor mij is het geen grapje. Ik kan niet uit over de jurk die mijn moeder voor me heeft gekocht. Het is een roze met witte jurk met pofmouwen en heel veel sierstrookjes, en hij hangt tot op mijn enkels. Mij staat hij extra lelijk, met de lange, opbollende rok en het bovenstukje dat akelig strak om mijn borst zit.

'Zo! Daar krijg je een beetje figuur in,' zegt mijn moeder.

'Die kan ik niet aan, mam! Ik zie eruit als een herderinnetje. Claudia, zeg jij eens tegen mama dat hij me afschuwelijk staat.'

Claudia is druk bezig om Ace een of ander belachelijk pagepakje aan te trekken, maar ze steekt haar hoofd om zijn maaiende armen en schoppende benen heen om naar me te kijken. 'O, Sunset!' zegt ze vol medeleven. 'Echt hoor, Suzy, Sunset zal zich veel lekkerder voelen in haar zwarte spijkerbroek. Je weet hoe meisjes zijn op die leeftijd.'

'Het gaat er niet om dat Sunset zich lekker voelt, Claudia. Het is Sweeties feestje. De *Hi!* komt, plus 25 kinderen, en een entertainer, en de mensen van de catering. Het wordt een artikel van acht pagina's en alles moet er perfect uitzien, dus ik zou het heel fijn vinden als Sunset en jij nu je mond houden en opschieten.'

'25 kinderen?' vraagt Claudia zwakjes. 'Het is toch niet de bedoeling dat ik die ga bezighouden?'

'O, ze hebben hun moeders en hun kindermeisjes bij zich,' zegt mijn moeder, terwijl ze Sweeties jurk over haar hoofd trekt. Dan doet ze een stap achteruit en slaat haar handen in elkaar. 'O, Sweetie, je bent een plaatje!'

Sweetie ziet er echt heel mooi uit. Haar jurk is ook lang, van witte zijde, met piepkleine geborduurde roze roosjes op het lijfje, en langs de onderkant is een strookje lichtroze petticoatstof te zien.

'O, mammie, ik zie er echt uit als een prinses!' zegt Sweetie, als ze zichzelf in de spiegel bekijkt.

'Ja, zeker, mijn kleine schat. Zo, hier heb ik je nieuwe zilveren sandaaltjes, zie je wel? Trek ze maar aan. Dan gaan we nu je haar in orde laten maken.'

'Mag ik mijn tiara ook in?'

'Dat denk ik niet, engeltje. Ik heb hier je boeketje met echte roze rozenknopjes. Daar doen we er een paar van in je haar, dat zal prachtig staan,' zegt mijn moeder.

Ik moet ook mijn haar laten stylen door die elegante jongeman in zijn zwarte T-shirt en spijkerbroek. Het is zo oneerlijk. Waarom mag hij dat wel aan en ik niet? Hij zorgt dat mijn haar er bijna mooi uitziet. Hij haalt alle pluis eruit en schikt het in losse golven om mijn hoofd, maar ik zie hem met opgetrokken wenkbrauwen kijken naar mijn jurk met de strookjes en ik gloei van schaamte. Hij doet zelfs Ace' haar. Hij maakt het lekker donzig, en zorgt dat het net als de pluisjes van een jong eendje overeind staat. Vooral met Sweetie doet hij het erg goed. Hij noemt haar de Verjaardagsprinses, maakt een buiging voor haar en kamt dan haar lange, goudblonde krullen uit. Hij zet hier en daar wat kleine roosjes in haar haar en slaakt dan een kreetje van verrukking.

'O, Verjaardagsprinses, je ziet er werkelijk snoezig uit, met je bloemetjes, en wat ruik je lekker,' zegt hij, en hij maakt grappige zoengeluidjes tegen haar.

'O, Sweetie!' zegt mijn moeder. Er staan tranen van trots in haar ogen. Ze knippert snel, om haar mascara niet te laten uitlopen. 'Zo, schat, nu moet je heel stil blijven zitten en zorgen dat je net zo mooi blijft als je nu bent, tot Hi! de camera's heeft neergezet en al je vriendinnetjes er zijn.'

'Die "vriendinnetjes",' fluistert Claudia tegen mij, 'zijn dat kinderen van echte beroemdheden? Allemaal kleine Madonna's en Beckhampjes?'

'Nee! Niet écht beroemd. Het zijn de kinderen van andere artiesten van papa's platenmaatschappij, of kinderen die Rose-May heeft gevonden bij een modellenbureau,' zeg ik zuur. 'Net als op dat verschrikkelijke feestje dat ik heb gehad toen ik klein was.'

Het was zo vreselijk dat ik wegrende en me verstopte in Kleerkaststad – maar Sweetie is uit ander hout gesneden. Zij glimlacht lief naar alle afschuwelijke Hi!-mensen en ontvangt iedere kleine gast bij de voordeur met een blijde omhelzing. Mijn moeder staat erop dat ik iedere gast bij de hand neem en naar de grote huiskamer breng.

Terwijl wij in Kingtown waren, heeft de kamer een totale gedaanteverwisseling ondergaan. Hij is in Sweetieland veranderd. Alle stoelen en banken zijn omhuld met wit fluweel en liggen vol grote, felgekleurde kussens in de vorm van enorme snoepjes. Kleine lampjes in alle kleuren van de regenboog hangen langs de witte muren en de nieuwe witte gordijnen naar beneden. De grond ligt bezaaid met grote, witte vloerkleden. Overal staan rode, gele, groene, paarse en oranje potten vol snoep. In een hoek borrelt een chocoladefontein en in een andere hoek stroomt een limonadewaterval. Er is een zilveren cadeautjesboom, versierd met echte snoepjes en nog meer kleine lichtjes, en er ligt een enorme berg zilverkleurige pakjes met verschillend gekleurde linten eromheen: Sweeties verjaardagscadeautjes. De entertainer is gekleed in een zwart met wit gestreept pak en noemt zichzelf meneer Lariekoek. Hij heeft twee assistent-'elfjes' in twee kleuren geel: juffrouw Lolly en juffrouw Zuurtje.

'O, mijn god, ik kan het niet gelóven!' fluistert Claudia tegen me. 'Dit is zo walgelijk overdreven, je wordt er gewoon misselijk van!'

'Als de gasten alle snoepjes opeten, worden ze ook misselijk,' zeg ik. 'Die witte kleden lijken me niet zo'n goed idee!'

Mijn vader en moeder zitten samen op een van de banken. Zij zijn ook helemaal opgedoft. Mijn vader draagt een wijd witsatijnen overhemd, een zwartleren broek en zwart met zilveren laarzen. Ze zitten hand in hand naar elkaar te glimlachen, vooral als de camera flitst. Ace doet plotseling heel verlegen. Hij zit op mijn vaders knie en mompelt iets over tijgers. Sweetie is volkomen op haar gemak. Zij huppelt heen en weer op haar zilveren sandaaltjes en zwiert met haar jurk om haar roze petticoat te laten zien. Alle meisjes die zojuist zijn binnengekomen, staren haar jaloers aan.

Er zijn twee kleine meisjes die ik vaag herken, Emerald en Diamond, de dochters van een van de Dollycat Singers. Ook Jessie en Lucie-Anne zijn er, de tweeling van een soapster die pas een cd heeft opgenomen. Mijn moeder en Rose-May hebben samen een heel stel kleine meisjes bij elkaar gezocht die er precies goed uitzien: ze zijn allemaal klein en blond en ze hebben allemaal schattige jurkjes aan, maar niemand is zo klein en knap en superschattig als de Verjaardagsprinses. Ze zijn net een troep kleine bruidsmeisjes, en Sweetie is overduidelijk de bruid.

Ze zijn er nu bijna allemaal, dus de fotograaf maakt een aantal groepsfoto's. Dan wordt er een afschuwelijk familieportret gemaakt op de lange sofa. Sweetie zit kaarsrecht tussen mijn vader en moeder in, met een serene glimlach op haar gezicht, en Ace scharrelt rond bij hun voeten. Ik schuif op naar het verste hoekje van de sofa. Ik verwring mijn mond tot een starre glimlach en pers mijn lippen stijf op elkaar, zodat mijn tanden niet te zien zijn.

'Ga maar even dicht bij je papa en mama zitten, schat,' zegt de fotograaf, maar ik luister niet naar hem. Mijn moeder zegt er niets van. Misschien denkt ze dat ze me zo gemakkelijker van de foto af kan knippen.

Meneer Lariekoek speelt op een accordeon en zingt

lieve kinderliedjes, en juffrouw Lolly en juffrouw Zuurtje doen een spelletje met de kinderen. Sweetie let niet op. Zij popelt om haar cadeautjes open te maken.

De fotograaf maakt tientallen foto's van haar terwijl ze op haar knieën bij de cadeautjesboom zit, een voor een de pakjes in haar handen neemt en extra aandacht besteedt aan de grootste cadeaus in hun glitterpapier, versierd met meterslange linten. Het ene pak is net zo groot als Sweetie zelf, het andere nog iets groter.

Mijn moeder besluit dat we niet langer kunnen wachten op de laatste gast, en Sweetie begint koortsachtig uit te pakken. Er zijn poppen en beren en prentenboeken en sieraden van de kleine meisjes. Margaret en John geven haar een bakset om taarten te bakken, met een klein schortje erbij. Knettertje geeft haar een grote doos chocolaatjes. Rose-May geeft haar een zilveren bedelarmband. Claudia geeft haar een grote doos met krijtjes en een tekenboek. Sweetie kijkt niet erg geïnteresseerd, dus ik hoop dat ik ze kan inpikken. Naar mijn cadeautje kijkt ze ook nauwelijks om. Het is een groot sprookjesboek met heel veel gekleurde plaatjes van paleizen en prinsessen met goudblonde haren. Ace geeft haar een speelgoedtractor en begint er zelf mee te spelen.

Dan maakt Sweetie mama's cadeautje open. Het is een prachtige, levensgrote pop, met echt, blond haar dat griezelig veel lijkt op Sweeties eigen haar. De pop heeft precies zo'n feestjurk aan als Sweetie zelf.

'Kijk, schat! Ze is speciaal gemaakt om je tweelingzusje te zijn! Is ze niet prachtig? Je kunt haar haren kammen en haar andere kleertjes aandoen. Kijk eens hoeveel verschillende kleren ze heeft! Ik heb haar besteld bij een mevrouw in Amerika. Ze maakt die poppen meestal voor grote mensen, maar ik wist gewoon hoe mooi je haar zou vinden en hoe goed je voor haar zou zorgen. Dat is toch zo, Sweetie?'

'O, ja, mammie, ze is de mooiste pop van de hele wereld!' zegt Sweetie.

Ze poseert prachtig met haar pop. Ze geeft haar een zoen op haar voorhoofd, streelt haar over haar haren en houdt hun beide jurkjes omhoog terwijl de camera's flitsen en klikken. Ze laat zelfs de andere meisjes om de beurt de pop vasthouden en met haar heen en weer lopen.

Dan is mijn moeder aan de beurt om op de foto te gaan. Daar zitten ze, drie goudblonde, glimlachende schoonheden, alsof ze poseren voor een prijsvraag in een stripboek: Wie van de drie is de pop?

Ik glimlach ook, maar ik moet onwillekeurig terugdenken aan míjn zesde verjaardag. Waarom kreeg ík geen prachtige, levengrote tweelingpop? Nou, dat is duidelijk. Stel je eens een klungel van een pop voor met pluishaar en scheve tanden. Wie zou er nou zoiets willen hebben?

Nu Sweetie op het punt staat het laatste en grootste pak te openen, komt mijn vader erbij. Het pak is voor Sweetie veel te zwaar om op te tillen. Mijn vader moet haar helpen met het losmaken van het cadeaupapier. Er komt een roze randje voor de dag, en dan een stel kleine glazen potjes op een plank. Het is een winkeltje, Sweeties eigen snoepwinkeltje. Het staat met mooi versierde letters op het aanhangbord. Het is zo groot dat Sweetie achter de toonbank kan kruipen en op een klein roze krukje kan gaan zitten. Op de toonbank staat een kleine ouderwetse weegschaal, waar ze alle snoepjes op kan afwegen, en er is een kassa, waar ze haar geld in kan bewaren. Het geld is namaak, maar al het snoep in de potjes is echt: zuurtjes in alle kleuren van de regenboog, pepermuntjes, chocoladetoffees, winegums, tumtummetjes...

'O, pappie, wat een mooi cadeau!' roept Sweetie, in haar handen klappend. 'Je moet in mijn winkeltje komen, dan ben je mijn eerste klant!'

Mijn vader kijkt verrukt, maar hij werpt een blik naar Rose-May om te checken of het wel goed is voor zijn imago om op de foto te gaan terwijl hij op zijn knieën snoepjes koopt van zijn kleine meid. Rose-May knikt goedkeurend, dus mijn vader speelt zijn rol terwijl de camera's weer beginnen te flitsen. Dan moet Sweetie alle andere kleine meisjes bedienen. Ze doet het heel charmant, als een echte verjaardagsprinses.

Ik hoor mijn vader en moeder fluisteren.

'Dat had je me wel eens mogen zeggen!'

'Dat héb ik gedaan, ik heb gezegd dat ik een winkeltje voor haar ging kopen.'

'Ja, maar je hebt niet gezegd dat het een snoepwinkel was, met echte snoepjes. Als we niet oppassen, wordt ze nog misselijk. Of ze bederft haar perfecte kleine tandjes.'

'In godsnaam, Suzy, het was jouw idee om een feestje te geven met snoep als thema, nota bene. Kijk eens om je heen, overal is snoep.'

'Ja, maar dat is voor de sier. De kinderen gaan echt niet alles opschrokken.'

'Ach, zeur toch niet zo. Laat Sweetie genieten van haar cadeautje. Waarom maak je er zo'n probleem van? Alleen maar omdat ze het winkeltje leuker vindt dan die grote pop?'

'Ze is gek met die pop. Die pop wordt een erfstuk, later.'

De fotograaf wil nu een familiefoto maken voor het winkeltje.

'Kom op, Danny en Suzy,' zegt Rose-May, en ze kijkt hoofdschuddend hun kant op, alsof ze met een paar ondeugende kleuters te maken heeft. Dan glimlacht ze overdreven opgewekt, om ze het goede voorbeeld te geven: laten we een Vrolijk Gezicht opzetten voor de verjaardagsfoto.

Mijn vader en moeder glimlachen en haasten zich gehoorzaam naar Sweetie bij haar winkeltje. Ace is daar ook. Hij graaft in de snoeppotten en neemt van alle snoepjes een hapje en een likje.

De fotograaf wenkt mij om ook bij de Gelukkige Familie te komen staan, maar ik word gered door de bel. De laatste kleine gast is eindelijk gearriveerd. Ik ren de hal door om de deur open te doen en laat haar binnen.

Dan sta ik als versteend. Mijn mond valt open en ik vergeet mijn tanden te verbergen. Het is een heel klein meisje met staartjes. Ze is jonger dan Sweetie, een jaar of drie, vier, niet erg knap om te zien, en ze kijkt me een beetje angstig aan. Ze heeft een smoezelig dekentje in haar hand waar haar gezicht half achter verdwijnt. De jonge vrouw die haar heeft meegenomen, trekt ongeduldig aan het dekentje.

'Kom op, Pandora, tijd om je dekentje weg te doen. We zijn bij het feestje.'

'Nee, nee, tante Liz, ik wil mijn dekentje houden,' protesteert Pandora.

Ik ken die tante. Ze is blond en supermager in haar strakke spijkerbroek en haar piepkleine topje. Ze heeft een kort meisjeskapsel en donker opgemaakte ogen met dikke wimpers en een erg grote mond vol felrode lippenstift. Het is Grote Mond, het meisje uit de film met de Milky Stars, die als een soort Boze Fee komt opdagen bij het feestje van Doornroosje.

Ze glimlacht naar me met die angstaanjagende lippen en stapt naar voren.

'Hallo. Jij bent zeker Sunset, Danny's oudste dochter? Je vader heeft ons op het feestje uitgenodigd. Dit is mijn kleine nichtje, Pandora. Sorry dat we zo laat zijn... we waren dat vervloekte dekentje van haar kwijtgeraakt...'

Ze stapt op haar dunne naaldhakken naar binnen en sleurt Pandora achter zich aan. Ik ben niet snel genoeg om ze tegen te houden. Ik sta dom te aarzelen, terwijl ik ze terug naar buiten had moeten duwen en de deur in hun gezicht had moeten dichtslaan. Want ik weet wat er nu gaat gebeuren, ik wéét het gewoon. Ik loop hulpeloos achter ze aan de hal door en kijk toe terwijl ze naar het feestje toe lopen. Liz Grote Mond sleept Pandora aan haar hand mee de kamer in, en ik blijf met ingehouden adem bij de deur staan kijken.

Ik zie mijn vader opkijken en even knikken, ik zie Claudia geruststellend haar hand uitsteken naar Pandora, ik zie de fotograaf er enthousiast op los flitsen, ik zie mijn moeder glimlachend naast Sweetie op de grond knielen, en ik denk heel even dat alles goed komt. Pandora zal worden opgenomen tussen de andere kleine meisjes, en Grote Mond zal zich mengen onder de moeders en kindermeisjes die aan de andere kant van de kamer champagne staan te drinken. Maar dan schiet het hoofd van mijn moeder omhoog. Ze staart naar ze. Ze staat op en haar gezicht wordt angstaanjagend rood.

'Suzy,' zegt Rose-May snel, met een blik naar de fotograaf en de journalist van de *Hi!*.

Ik geloof niet dat mijn moeder haar hoort. 'Wie heeft jou uitgenodigd?' sist ze.

Grote Mond blijft onbeweeglijk staan en kijkt naar mijn vader.

'Eruit!' schreeuwt mijn moeder, en iedereen schrikt. Sommige van de kleine meisjes beginnen te huilen. 'Erúít, en neem dat lelijke kleine mormel mee!'

Pandora huilt ook. Ze snikt in haar dekentje en ik loop achter ze aan terwijl ze de hal door worden geduwd.

'Stil maar, Pandora, jij kunt er niets aan doen!' zeg ik tegen haar.

Ik zie de dozen met onze nieuwe beren op de trap staan en grijp mijn panda. 'Hier, neem deze maar mee naar huis, als cadeautje,' zeg ik.

Ik duw hem in haar armen terwijl zij wordt meegesleurd, het tuinpad af.

# HOOFDSTUK 11
# Destiny

'Waar is mijn kleine zangeres?' roept mijn moeder, als ze de voordeur openmaakt.

Ik geef geen antwoord.

'Destiny?' Ze komt de woonkamer in en blijft dan staan. 'Destiny, wat is er?'

'Niks, er is niks,' mompel ik.

'Nou, kom op, malle meid, blijf daar niet zo in elkaar zitten. Geef me eens een knuffel! Ben je niet blij dat ik al zo vroeg thuis ben? Louella was een engel, ze zei dat zij mijn laatste twee oude dametjes zou overnemen.'

Ik kom schoorvoetend overeind en laat onwillig toe dat ze haar armen om me heen slaat. Ik wil niet dat ze me omhelst. Ik ben bang dat ik dan ga huilen. Ik zie aan haar dat ze dolgraag wil weten hoe de wedstrijd vanmiddag is gegaan, maar dat ze er niet naar wil vragen, omdat ze ziet dat er iets mis is.

'Zeg het maar, lieverd,' zegt ze zacht. Plotseling schiet haar hoofd omhoog. 'O god, er is toch niets met je leren jack? Het is toch niet gepikt?'

'Het ligt daar, over de stoelleuning.'

‘Wat is er dan aan de hand?’

‘Er is níéts aan de hand.’

‘Ben je een beetje zenuwachtig over de wedstrijd van vanavond? Maak je geen zorgen, schat. Zodra je het podium oploopt en begint te zingen, voel je je fantastisch.’

‘Nee.’

‘Nou, ik zal me in ieder geval wel fantastisch voelen, als ik naar je kijk.’

‘Nee, want ik ga vanavond niet zingen.’

‘Wat?’

‘O, mam, kijk niet zo. Ik ga niet zingen. Het stelt niks voor, dus laten we ophouden over die stomme uitvoering en thee gaan drinken.’

‘Wie zegt er dat je niet gaat zingen?’

‘Ik.’

‘Heb je vanmiddag gezongen?’

‘Jep.’

‘En?’

‘En niks.’

‘O, lieverd, was je je tekst kwijt?’

Ik kijk haar aan.

‘Ik kan hier niet tegen, Destiny! Vertel nou maar gewoon wat er is gebeurd! Deed je stem raar? Klapte je dicht? Zeg op, schat!’

Ik zet twee mokken en twee bordjes op tafel. Mijn moeder heeft een witkartonnen doos op het aanrecht gezet. Ik kijk erin. Er zit een roze slagroomgebakje in met een aardbei erbovenop. Het komt uit de chique Franse banketwinkel dicht bij de markt. We hebben vaak in de etalage gekeken en gespeeld dat we de lekkerste gingen uitkiezen. Ik wik en weeg, maar uiteindelijk kies ik bijna altijd het gebakje met de aardbei.

Ik staar ernaar. De aardbei en het gebakje vervagen langzaam. Ik begin te huilen, terwijl ik mezelf nog zo had bezworen dat ik dat niet zou doen.

'Ik heb niet gewonnen, mam,' fluister ik.

'Nou, dat geeft toch niet, schat. Alsof dat zo belangrijk is,' zegt mijn moeder dapper. 'Wie heeft er dan gewonnen?'

'Dat kind, Angel.'

'Wat een leuke naam, Angel.'

'Het is anders helemaal geen leuk kind.'

'Maar kan ze goed zingen?'

'Ze zong niet, ze deed een dansje.'

'En, ben jij tweede geworden?'

'Nee. Ik kwam helemaal nergens. En het is niet eerlijk,' huil ik, als een baby. 'Ik heb goed gezongen, mam, dat weet ik gewoon, maar niemand gaf me goede cijfers, omdat ik nieuw ben en omdat ik niet bij de juiste bende hoor en omdat ze me niet mogen.' Ik huil met grote, akelige uithalen. Mijn neus begint te lopen en ik bedek beschaamd mijn gezicht.

'O, lieverd, wat naar voor je. Dat is afschuwelijk! En belachelijk. Dus jij denkt dat ze jou expres weinig punten hebben gegeven? Kon meneer Roberts daar dan niets van zeggen? Wat een slapjanus is dat, dat hij zo'n stelletje kinderen niet in de hand kan houden! En wat zijn dat een gemene rotkinderen, dat ze je expres zo slecht hebben beoordeeld.' Mijn moeder windt zich verschrikkelijk op.

Ze schenkt thee in, maar zet de mokken veel te hard op tafel.

'Nou ja, ik weet niet zeker of dat de reden is waarom ze me geen goede cijfers hebben gegeven. Misschien heb ik gewoon slecht gezongen.'

'Dat is onzin, jij zingt prachtig.'

'Ja, maar jij bent mijn moeder. Natuurlijk vind jij dat.'

'Als de mensen je vanavond horen, vinden ze dat allemaal.'

'Niemand gaat me horen, want ik doe niet mee. Het heeft geen zin. Het gebeurt gewoon weer. En dat is afschuwelijk. Ze stootten elkaar allemaal aan en ze zaten te lachen en Angel zei afschuwelijke dingen en...'

'En daarom ga jij vanavond met opgeheven hoofd naar die avonduitvoering. Je gaat daar zingen of je leven ervan afhangt. Het kan me geen bal schelen of ze je op de eerste of de laatste plaats zetten. Je hebt dan in ieder geval je speciale liedje gezongen. Ik wil dat je het voor mij zingt, Destiny. Het betekent zoveel voor me. Alsjeblieft.' Mijn moeder kijkt me met haar grote, starende ogen aan en ze knijpt me zo hard in mijn handen dat ik me onmogelijk kan lostrekken.

'Alsjeblieft,' zegt ze weer. 'Ik vraag niet veel van je, schat. We weten allebei dat ik je meestal laat doen waar je zin in hebt. Maar deze ene keer smeek ik het je.'

'O, mam, hou op. Ik doe het wel.'

'Goed zo!' zegt mijn moeder triomfantelijk. Ze dept de tranen van mijn gezicht en veegt mijn neus af, alsof ik weer een kleuter ben.

'Mám!'

'Zo, nu gaan we zitten met een kop thee en jij gaat je taartje opeten. En waag het niet te zeggen dat je geen trek hebt, want het heeft me een fortuin gekost.'

'Alleen als jij ook de helft neemt.'

'Ik neem wel een klein stukje. Daarna moet ik me snel douchen en omkleden. Denk je dat mijn mooie blauwe topje goed is, of zou het te laag zijn uitgesneden voor school?'

'Mam, het maakt niet uit. Het is een waardeloze schooluitvoering en mijn optreden wordt ook waardeloos en het wordt voor ons allebei een kwelling. Ik zou dat blauwe topje lekker thuislaten. Ik zou een vuilniszak over mijn hoofd trekken, zodat niemand kan zien dat je familie bent van dat kind dat zo lelijk zingt.'

Mijn moeder trekt haar blauwe topje aan – maar het is inderdaad te laag uitgesneden. Vroeger droeg ze het met een speciale push-upbeha, en dan zag het er heel sexy uit, maar nu lijkt ze weinig figuur meer over te hebben. Haar sleutelbeenderen steken uit en je kunt het begin van haar ribben zien. Ze heeft haar beste spijkerbroek aangetrokken, met een riem eromheen, maar de broek is haar veel te wijd geworden. Hij slobbert bijna om haar heen.

'Mam, hoeveel ben je nou precies afgevallen?'

'Een paar pond.'

'Klets niet. Het zal eerder tien kilo zijn.'

'Natuurlijk niet. Staar niet zo naar me, ik voel me net een monster. Ik ben altijd al mager geweest, dat hoort bij me,' zegt mijn moeder.

'Niet zó mager. Mam, ik denk dat je naar een dokter moet gaan.'

'Waarom, in hemelsnaam? Ik ben hartstikke fit, ik blaak van de energie, ik heb drie baantjes. Er is helemaal niets met me aan de hand.' Mijn moeder zegt het te snel, en de woorden komen er hortend uit. Ze is zelf ook bang.

'Mam, laten we iets afspreken,' zeg ik en ik pak haar bij haar magere schouders. 'Ik ga mezelf vanavond weer voor schut zetten om te zingen voor die stomme wedstrijd en jij gaat naar de dokter.'

'Maar ik zeg toch dat er niets aan de hand is. En zelfs als er wel wat is, wat kan de dokter er dan aan doen?'

'Hij kan je pillen geven, of een speciale behandeling, of hij kan je naar het ziekenhuis sturen om je te opereren,' zeg ik. Mijn stem begint te trillen.

'Ja, nou, ik ga niet naar het ziekenhuis, dank je feestelijk. Hoe zouden we dat moeten doen?' zegt mijn moeder.

Plotseling begrijp ik het. Ik snap waarom ze opeens zo graag wilde dat ik Danny zou ontmoeten, waarom ze zulke dikke vrienden is geworden met Louella. Ze maakt zich zorgen om wat er met mij zal gebeuren als ze echt ziek is. Als... als...

'Morgen ga je naar de dokter, beloofd? En wat het ook is, wij redden het wel, wij zorgen dat je beter wordt... Hoor je me, mam?' zeg ik. 'Dat spreken we af, oké? Anders komt er geen uitvoering. Jij hebt verreweg de beste deal, want ik moet twee uur achter het podium rondhangen terwijl de anderen optreden, en daarna krijg ik nog de publieke vernedering van de jury die me de grond in boort. Jij hoeft alleen maar even naar de kliniek te gaan om tien minuten met iemand te praten. Goed, hand erop?'

Ik steek mijn hand uit en mijn moeder schudt hem. Dan geven we elkaar een dikke knuffel, omdat we allebei zo bang zijn. Ik maak me nu niet eens meer zorgen over het optreden. Ik denk alleen maar aan mijn moeder. Het is alsof ik al maanden heb gevoeld dat er iets mis was. Ik werd 's nachts wakker en maakte me zorgen. Toen ik klein was had ik vaak enge dromen. Ik was bang dat er een man in mijn kast zat. Soms dacht ik dat ik hem kon horen ademen, maar in de ochtend vergat ik hem weer en pakte ik mijn jas en mijn schoenen uit de kast, zonder erbij na te denken. Deze ziekte van mijn moeder is net als die man in de kast. Ik heb hem wekenlang uit mijn gedachten gebannen, maar nu heb ik de deur opengemaakt, en daar staat hij, met een afschuwelijke grijns op zijn gezicht en een groot mes in zijn hand, dat hij op mijn moeder gericht houdt.

Ik pak haar arm vast als we naar school lopen. Zij neemt de snelste route door de buurt en ik weet niet wat ik moet doen. Zij weet niet hoe de Flatboys en de Speedo's kunnen zijn. Als ik het haar vertel, zal ze zich alleen maar nog meer zorgen over me maken. We zijn in ieder geval samen, en als er ook maar één jongen mijn moeder iets durft aan te doen, vermoord ik hem, dat zweer ik.

Speedo's staan te hangen in een portiek, Flatboys spugen van een hoog balkon naar beneden, maar niemand besteedt enige aandacht aan ons. Iedereen heeft het veel te druk. Moeders, een paar vaders en een heleboel oma's met ritsen kleine broertjes en zusjes zijn op weg naar school.

Mijn moeder stoot me aan. 'Je publiek, schat!'

'Niet doen!'

Ik zie Angel lopen met een grote groep familieleden en vrienden – tantes, neven, nichten, van alles – blijkbaar heeft ze extra kaartjes geregeld.

'Dat dikke meisje zwaaide naar je. Is ze een vriendin van je?' vraagt mijn moeder.

'Nee, meer mijn aartsvijand. Dat is Angel.'

'O, die,' zegt mijn moeder en ze snuift solidair.

Ik zie Jack Myers met een groepje Jacko's uit zijn flat komen. Ze lopen snel voor hun moeders uit, maar Jack stopt als hij mij ziet.

'Hoi, Destiny,' zegt hij.

Ik mompel 'Hoi' terug.

'Zenuwachtig?'

'Nee.'

'Ik ook niet.'

We zwijgen. Mijn moeder kijkt met grote ogen van mij naar Jack en weer terug.

Jack schraapt zijn keel. 'Het was niet eerlijk, vanmiddag,' zegt hij. 'Jij had moeten winnen.'

'Angel was goed.'

'Ja, maar jij was stukken beter,' zegt Jack. 'Hoe dan ook, succes vanavond.' Hij knikt en rent dan door naar zijn vrienden.

'Wens hem ook geluk!' sist mijn moeder.

'Succes, Jack!' schreeuw ik.

Hij draait zich grijnzend om en steekt zijn arm op.

'Wie was dat?' vraagt mijn moeder. 'Nog een aartsvijand?'

'Nou, dat dacht ik eerst wel. Maar hij is best aardig, hè? Hij doet een streetdance act. Misschien wint hij wel vanavond... hij is waanzinnig populair.'

'Wacht maar af,' zegt mijn moeder.

Het is zo vreemd om met haar de school in te gaan. Er hangt een groot spandoek boven de hoofdingang: BILEFIELD'S GOT TALENT – VANAVOND DE GROTE FINALE!

Mevrouw Avery staat in de hal om programma's uit te delen en de mensen te wijzen waar ze kunnen gaan zitten. Ik staar haar stomverbaasd aan. Ik ben gewend haar te zien in een T-shirt en een trainingsbroek, maar vanavond draagt ze een strakke, rode jurk met glittertjes en een paar heel hoge hakken eronder. Ze ziet er fantastisch uit, totaal niet als een lerares.

'Hallo, Destiny,' zegt ze.

'Wat ziet u er anders uit, mevrouw Avery!'

'Ik zit vanavond in de jury. Meneer Roberts wilde dat we ons allemaal opdoften,' zegt ze, en ze trekt een gezicht.

'O, jee, heeft hij dat jasje weer aan?' vraag ik.

'Destiny, niet zo brutaal!' zegt mijn moeder.

Mevrouw Avery giechelt. 'Je hebt gelijk, het jasje met goudbrokaat. Maar goed, je kunt maar beter snel doorlopen. Succes!'

Plotseling wil ik niet bij mijn moeder vandaan. Ze knijpt me in mijn hand en zegt geluidloos 'ik hou van je'.

Ik zeg het geluidloos terug en loop dan de hal uit naar buiten en via de achteringang weer naar binnen. Het is er natuurlijk hartstikke druk, maar niemand is salto's of danspasjes aan het oefenen. Meneer Roberts heeft iedereen in kleermakerszit op de grond gezet. Hij zit zelf ook zo en ziet eruit als een Boeddha.

'Kom erbij zitten, Destiny. We bannen onze zenuwen uit door yoga te doen, of iets wat daarop lijkt. Als je niet gewend bent om in de lotuspositie te zitten, kruis je je benen van achteren naar voren. Ga zitten met een mooie rechte rug, je handen ontspannen, en adem i-i-in, en dan heel rustig en langzaam ui-ui-uit. Doe je ogen dicht en stel je een prettige, rustige omgeving voor – misschien het strand of een grasveld, of misschien je eigen bed, en...'

'Mogen we weer ademhalen, meneer Roberts?' hijgt Hannah.

'Ja, Hannah, de kunst is om te blijven ademen, zelfs als ik je daar niet aan herinner. Zo, kinderen, jullie zijn nu heerlijk rustig, en ik wil dat jullie vanavond genieten van de wedstrijd. Vanmiddag liep alles een beetje verkeerd. Ik denk dat dat mijn schuld was. Ik had geen evenwichtige jury uitgezocht en de juryleden lieten zich duidelijk meer leiden door hun loyaliteit aan bepaalde groepen dan door hun artistieke oordeel...'

'Wat bedoelt u nou, meneer Roberts?' vraagt een van de Superspeedo's.

'Goed, laat ik het anders zeggen. Jullie zijn benadeeld. De jury van vanmiddag stemde niet eerlijk. Ik weet zeker dat we allemaal verbaasd waren over sommige uitslagen.'

'Wilt u zeggen dat ik niet had moeten winnen?' vraagt Angel. Ze steekt haar kin in de lucht.

'Nee, beste Angel, ik vind het geweldig dat je hebt gewonnen, en je hebt je prijs helemaal verdiend.'

Ze heeft een zilveren speldje gekregen, waar met piepkleine letters WINNAAR! in is gegraveerd. Ze draagt het nu op haar topje. Ze zit er voortdurend met een grijns naar te wijzen.

'Hebt u nog zo'n speldje voor de winnaar van vanavond?' vraagt Jack.

'Ik denk dat ik er toevallig nog een bij me heb,' zegt meneer Roberts. 'Ik wou dat ik er voor jullie allemaal een had, want ik vind jullie allemaal winnaars. Jullie hebben allemaal goed je best gedaan en onder zeer moeilijke omstandigheden naar beste kunnen gepresteerd, dus jullie mogen jezelf een schouderklopje geven. Niet te wild in deze kleine ruimte... ik bedoelde het figuurlijk. Ik wil dat jullie jezelf vanavond recht doen als jullie het podium opgaan. Laten we hopen dat de jury van vanavond onbevreesd en met gezond verstand zal stemmen.'

'Wie zitten er in de jury, meneer Roberts?'

'Zijn het onze ouders?'

'Ja, zet mijn moeder erin, dan krijg ik alle punten!'

'Om voor de hand liggende redenen zitten er geen ouders in. De jury bestaat uit volkomen onpartijdige, speciaal geselecteerde leraren.'

'Dat is niet eerlijk! Alle leraren hebben een hekel aan me, dus dan geven ze me allemaal lage cijfers!'

'Het oordeel van de jury is deze keer uitsluitend gebaseerd op prestatie, hard werk en talent, anders krijg ik een van mijn beroemde woede-uitbarstingen,' zegt meneer Roberts. 'En nu weer rustig, allemaal. Adem i-i-in en ui-ui-uit.'

Ik kan het niet. Ik sta strak van de spanning. Zal de nieuwe jury echt eerlijk oordelen? Als dat zo is, moet Raymond winnen, of de Superspeedo's... of ík.

Mevrouw Avery zit in de jury. Zij is grappig en eerlijk, en ze was net erg aardig tegen me.

'Ik weet dat mevrouw Avery in de jury zit, maar welke leraren zitten er nog meer in, meneer Roberts?' vraag ik.

'Meneer Juniper.'

O, nee, nee, nee. Als hij me ziet, geeft hij me onmiddellijk nul punten. Ik ben per ongeluk-expres vergeten om na te blijven. Ik had gehoopt dat hij het zou vergeten, maar nu moet ik pal voor zijn neus staan zingen.

'En mevrouw Evans.'

Sommige jongens beginnen opgewonden te fluiten. Mevrouw Evans is erg jong en knap en meisjesachtig. Zij zal stemmen voor Girls Very Soft of voor de Dancing Queens. Ik ben helemaal niet haar stijl.

'En het laatste lid van onze uitstekende jury is mevrouw Riley.'

Iedereen roept: 'Aaaa!' Mevrouw Riley is de populairste lerares van de hele school. Zij geeft les in de onderbouw. Ze is dik en hartelijk en heeft een heel zachte stem. Iedereen aanbidt haar – zelfs de afschuwelijke tweeling van Louella vindt haar aardig. Ze kan vooral erg goed omgaan met stoute jongetjes, dus zij zal waarschijnlijk de Jacko's en de Superspeedo's wel geweldig vinden. Ik heb nooit les van haar gehad, dus ik beteken niets voor haar.

Ik ga wéér verliezen. Misschien kom ik deze keer helemaal onderaan te staan. Ik denk niet dat ik het kan. Ik kan net zo goed meteen weggaan en me de moeite besparen. Hoewel de anderen me dan zullen uitlachen en zeggen dat ik niet durf. Nee, ik zeg gewoon dat ik geen zin meer heb. Ik ga wel gapen, net alsof ik me verveel en betere dingen te doen heb. Ik doe gewoon alsof ik me te goed voel om mee te doen.

Ik sta op en begin nonchalant weg te lopen.

'Waar ga je naartoe, Destiny?' vraagt meneer Roberts.

'Ik ga... even naar de wc, meneer Roberts,' zeg ik. 'Ik ben zo terug.'

Hij laat me gaan, en weg ben ik, heel gemakkelijk. Ik loop de deur uit en de gang door. Ik kan zo de school uit lopen. Ik hoef niet meer terug te komen. Over een paar dagen is het vakantie. Ik ben zo vrij als een vogel. Ja, ik kan een paar prachtige leren vleugels uit mijn jack tevoorschijn toveren en wegvliegen...

Er lopen nog steeds ouders de hal in. Ze praten met elkaar, en lachen en zwaaien. Ik kijk door de deur – ik kan er niets aan doen – en zie mijn moeder helemaal vooraan zitten, in haar eentje. Ze staart omhoog naar het podium, alsof ik er al op sta. Ze heeft haar handen in elkaar geklemd, bijna alsof ze zit te bidden.

Wie houd ik voor de gek? Ik moet zingen voor mijn moeder. Het doet er niet toe of ze me een goede score geven. Ze mogen stenen en rotte tomaten naar me gooien en me van het podium jouwen, maar ik zal mijn longen uit mijn lijf zingen voor mijn moeder.

Ik ga naar de wc en haast me terug. Meneer Roberts geeft me een knikje. Ik ga gehoorzaam in kleermakerszit zitten en doe mee met zijn maffe ademhalingsoefeningen, i-i-in en ui-ui-uit. En dan is het zover.

'Veel succes, allemaal,' zegt meneer Roberts. Ik zie de zweetdruppels op zijn voorhoofd en besef dat hij ook heel zenuwachtig is.

Dan rent hij het podium op, en er breekt een enorm applaus los. We moeten eigenlijk muisstil blijven zitten om op onze beurt te wachten, maar we verdringen ons allemaal in de coulissen om te zien wat er gebeurt.

'Hallo, hallo, hallo. Goedenavond, dames en heren. Welkom bij *Bilefield's Got Talent*,' schreeuwt meneer Roberts in de microfoon, terwijl hij druk heen en weer loopt over het podium. 'Ik ben meneer Roberts, ik geef les in de bovenbouw, en mijn hemel, wat hebben ze allemaal een geweldig talent. Er staat u een gedenkwaardige avond te wachten. Onze waanzinnig begaafde leerlingen gaan optreden, en onze ongelofelijk goede jury van speciaal uitgekozen leerkrachten zal commentaar geven en dienovereenkomstig punten geven. Ik stel u voor aan onze juryleden: mevrouw Avery, meneer Juniper, mevrouw Evans en mevrouw Riley. Dank u wel. Goed, dan kan de show nu beginnen. Graag uw applaus en een hartelijk welkom voor... de Jacko's.'

Jack haalt diep adem en rent met zijn groep het podium op. Mevrouw Avery kan de muziek niet doen, omdat zij in de jury zit. Mevrouw Linley doet het nu, maar zij is minder ervaren. Ze zet de muziek al aan voordat iedereen op zijn plaats staat. Jack is zo scherp dat hij meteen begint. Hij spuugt in zijn handen en stampt met zijn voeten, maar de andere jongens lopen twee tellen achter en kunnen hem niet bijhouden. Maar eigenlijk is het zo beter. Jack doet een salto achterover, zij kijken en doen hem na. Jack doet een handstand, dito. Er zit meer snelheid en ritme in dan toen ze het allemaal tegelijk probeerden te doen. Het gevecht is ook grappiger. Jack doet alsof hij een stomp uitdeelt, en daarna stoten de anderen hun armen naar voren en beginnen een nieuw gevecht. Aan het eind, wanneer de dans voorheen langzaam uitdoofde, struikelt Jack. Doet hij het expres? Hij valt plat op zijn gezicht – en ook de anderen vallen als dominostenen om. Er breekt een enorm applaus los, en de jury doet mee.

'Deze jongens hebben zich enorm verbeterd,' zegt mevrouw Avery. 'Ze hebben duidelijk heel hard geoefend op hun act. Ik vond hun optreden van vanavond briljant.'

'Als jullie evenveel energie aan jullie schoolwerk zouden besteden als aan deze dans, zouden jullie allemaal de beste leerlingen van de klas zijn. Goed gedaan, jongens,' zegt meneer Juniper.

'Wauw!' zegt mevrouw Evans. 'Jullie waren fantastisch, jongens!'

'Een geweldige prestatie, Jacko's. Jack, je maakte me altijd aan het lachen toen je nog bij me in de klas zat, al was je nog zo ondeugend – en ik moet nu nog steeds om je lachen. Goed gedaan, allemaal,' zegt mevrouw Riley.

'Uw cijfers alstublieft, dames en heer,' zegt meneer Roberts.

Mevrouw Avery geeft ze een tien, meneer Juniper een acht, en mevrouw Evans en mevrouw Riley allebei een negen. Nou, dat is het dan. De Jacko's hebben 36 punten. Maar één punt minder dan Angel vanmiddag. Ik denk dat zij vanavond gaan winnen, en hoewel dat pijn doet, ben ik echt blij voor Jack. Ik grijns naar hem als hij, nog steeds verschrikkelijk buiten adem, het podium af komt.

'Goed gedaan!' fluister ik.

'Ik dacht dat ik het grandioos verprutste,' fluistert hij terug. 'Het was helemaal niet mijn bedoeling om te vallen. Het deed nog behoorlijk zeer ook! Maar het werkte wel, hè?'

'Natuurlijk, dat weet je best,' zeg ik. 'Ik denk dat jullie gaan winnen.'

'Onzin. Jij wint,' zegt Jack.

'Jullie kletsen allebei uit je nek. Ik ga weer winnen,' zegt Angel.

'Ssst!' zegt mevrouw Linley, en ze zet de muziek voor Girls Very Soft aan. Ze zijn erg goed, maar een beetje saai. We kennen allemaal hun stap-schuifeldansje en doen het achter de coulissen mee, hoewel mevrouw Linley dreigend naar ons kijkt en gebaart dat we moeten gaan zitten. De juryleden geven allemaal positief commentaar en de meisjes eindigen met 28 punten, helemaal geen slechte score.

Dan zijn Fareed en Hannah aan de beurt. Ze hebben de helft van de trucs nog steeds niet onder de knie. Het publiek lacht niet te veel, om aardig te zijn, dus hun act pakt niet zo goed uit. Maar dan, helemaal aan het eind, komt het speelgoedkonijn klem te zitten in Fareeds hoed. Fareed bijt op zijn lip en geeft hoopvol een paar meppen op de hoed om het eruit te krijgen.

'Kijk, hij moet er echt in zitten, Fareed,' sist Hannah. Ze grabbelt in de hoed en rukt het konijn eruit. Het publiek barst in lachen uit als ze het arme speelgoedbeest met hangende oren in de lucht houdt. Ze krijgen een groot applaus, maar geen hoge score.

De Dancing Queens zijn goed, of ze zien er in ieder geval goed uit in hun roze T-shirts, hun zwarte korte broekjes en met hun schitterende tiara's. Een van de moeders heeft hen opgemaakt met zilveren oogschaduw en roze lippenstift en heeft roze strepen in hun haar gespoten. Meneer Juniper wordt zelf roze als hij naar ze kijkt en geeft ze een negen. Mevrouw Evans vindt ze ook leuk, maar mevrouw Avery is minder enthousiast en mevrouw Riley zegt dat ze er heel lief uitzien, maar dat ze zou willen dat hun act wat minder... volwassen was. Wacht maar tot ze Angel ziet!

Dan doen Natalie en haar vriendinnen het toneelstuk. Meneer Roberts heeft het na schooltijd met hen doorgenomen en heeft hen geholpen de helft van de tekst te schrappen. Maar het is nog steeds erg langdradig, en vreemd, en schreeuwerig. Als ze eindelijk klaar zijn, begint iemand in het publiek luid te juichen. Waarschijnlijk is het Natalies vader. De jury geeft hen geen cijfer, hoewel mevrouw Riley zegt dat je kunt zien dat ze erg goed hun best hebben gedaan en dat ze het moedig hebben geprobeerd.

'En nu, dames en heren, komt Angel Thomas, de winnares van vanmiddag. Geef haar een groot applaus,' brult meneer Roberts.

Angel werkt zich met haar ellebogen langs ons heen. Haar dikke achterwerk wiebelt heen en weer. Als ze op het podium staat, wordt er enthousiast geapplaudisseerd. Ze grijnst, steekt haar armen in de lucht en spoort het publiek aan om door te gaan met klappen. Misschien gaat ze wéér winnen.

Ze doet haar radslagen, voert haar krabbenact op en draait zo geestdriftig rond op haar achterwerk dat het een wonder is dat ze na afloop geen groot gat in haar legging heeft. Deze keer eindigt ze anders, met een nogal wiebelige split, maar die levert haar extra applaus op.

'Goed gedaan, Angel, dat is een ongelofelijke uitvoering,' zegt mevrouw Avery. 'Geen wonder dat je vanmiddag hebt gewonnen.'

Angel glimt tevreden, maar mevrouw Avery geeft haar maar zeven punten, net als meneer Juniper. Mevrouw Evans geeft haar een acht en mevrouw Riley een zes, dus ze heeft deze keer niet gewonnen. Als ze het podium afkomt, duwt ze ons allemaal woedend opzij.

Jack staat dus nog steeds op de eerste plaats, maar nu komt de dans van Raymond, en hij is fantastisch. Hij wervelt over het podium en springt met opgeheven hoofd en gestrekte armen door de lucht, zijn hele lichaam in een perfecte lijn. Niemand fluit of schreeuwt deze keer stomme dingen naar hem. Iedereen kijkt sprakeloos toe en als hij klaar is beginnen ze allemaal dolenthousiast te applaudisseren. Mevrouw Avery staat met een brede glimlach op om voor hem te klappen.

'Goed gedáán, Raymond. We hebben zo'n geluk dat we zo'n fantastische danser op onze school hebben. Het zou me niets verbazen als we over een paar jaar in de rij staan om je bij een echt dansgezelschap te zien optreden,' zegt ze, en ze geeft hem een tien.

Meneer Juniper geeft hem een negen, net als mevrouw Evans en mevrouw Riley.

Nou, dat is het dan. Raymond heeft gewonnen, met 37 punten. Hij verdient het in ieder geval om eerste te worden. Ik klap voor hem als hij de coulissen in komt rennen. Jack geeft hem een klap op zijn rug, maar Angel kijkt kwaad.

'Het is niet eerlijk als Raymond wint,' jammert ze. 'Hij zit al jaren op die nichterige danslessen van hem. Natuurlijk kent hij meer danspasjes dan wij allemaal.'

'Hou toch je kop, Angel,' zegt Jack. 'Hij is beter dan wij, punt, uit. En we weten nog niet eens of hij hééft gewonnen.'

'Er is alleen nog maar rotzooi over,' sist Angel. 'Die twee stomme jongens met hun gespring, dan de Speedo's met hun dansje en Destiny met haar kattengejank. Die gaan toch zeker niet winnen?'

'Luister maar niet naar haar,' mompelt Jack, maar ik denk dat ze gelijk heeft.

Jeff en Ritchie zijn inderdaad geen competitie, hoewel ze er erg grappig uitzien. Iemand heeft hun tutu's geleend, en ze hebben wel lef om met die witte, opstaande gaasrokjes het podium op te gaan. Ze hebben nog steeds geen behoorlijk dansje verzonnen. Ze springen maar een beetje rond en wankelen op de tenen van hun sportschoenen. Het is even grappig, maar het verveelt snel, en de leraren laten dat blijken in hun beoordeling.

'Nu komt er nog een verbazingwekkende dansact. Dames en heren, met trots presenteer ik u de zeer getalenteerde Superspeedo's,' zegt meneer Roberts.

Mijn maag knijpt samen. *Hierna ben ik, hierna ben ik, hierna ben ik.* Mijn keel zit dicht en ik weet niet of ik iets kan zeggen, laat staan zingen. Ik kijk toe terwijl de Superspeedo's met zwier hun dans afwerken. Jack staat naast me. Hij friemelt zenuwachtig met zijn handen en kijkt gespannen toe. Hij lijkt het niet erg te vinden om door Raymond verslagen te worden, maar ik weet zeker dat hij er vreselijk van zal balen als de Superspeedo's een hogere score halen dan de Jacko's. Aan het eind klinkt er een luid applaus, en mevrouw Avery gaat er uitgebreid op in dat ze zo hard hebben gewerkt en dat ze hebben bewezen dat je met veel oefening de beste resultaten bereikt. Jack kreunt, vooral als zij ook hen een tien geeft. Meneer Juniper geeft ze een acht en mevrouw Evans en mevrouw Riley geven ze allebei een negen. Dat is dus 36 punten, precies dezelfde score als de Jacko's.

Jack haalt opgelucht adem en grijnst.

'De laatste die gaat optreden in *Bilefield's Got Talent* is een kleine dame met een verbazend grote stem. Graag een hartelijk welkom voor... Destiny Williams,' schreeuwt meneer Roberts.

Jack knijpt me in mijn hand. 'Succes!'

Ik struikel de coulissen uit, het podium op. Het is precies hetzelfde podium als vanmiddag, dus waarom lijkt het dan zoveel groter? Er staat een schijnwerper op me gericht, die me half verblindt, zodat ik het publiek niet kan zien. Ik kan zelfs mijn moeder niet vooraan zien zitten. Zij gaat op in de donkere massa, maar ik weet dat ze daar zit, en ik mag haar niet teleurstellen. Ik haal de microfoon uit de standaard en wacht tot het publiek stil wordt.

'Ik zing dit voor mijn moeder,' zeg ik in de microfoon. Het geluid is zo sterk dat ik schrik van mijn eigen stem. 'Het is haar lievelingsnummer. Dus dit is voor jou, mam.'

Hier en daar hoor ik mensen 'Aaaa' roepen, anderen kreunen en weer anderen beginnen nerveus te giechelen. Mevrouw Avery, meneer Juniper, mevrouw Evans en mevrouw Riley zitten voor me en kijken me verwachtingsvol aan. Meneer Roberts staat aan de zijkant van het podium en kijkt nu een beetje bezorgd.

'Neem je tijd, Destiny,' fluistert hij.

Ik heb mijn tijd genomen. Ik doe mijn mond open en begin te zingen.

'You are my Destiny...'

Mijn versterkte stem vult de grote zaal. Hij voelt zo groot en krachtig dat ik me voorstel dat hij zich verspreidt, de gangen in kolkt, door de ramen naar buiten breekt en in een vloedgolf over de straten stroomt, tot de hele stad ondergedompeld is in het geluid. Misschien dat heel ver weg, in Robin Hill, Sunset en mijn vader hand in hand zitten te luisteren.

Ik zing ieder woord met het gevoel dat het voor mij een diep persoonlijke boodschap is, niet zomaar een liefdesliedje. Ik voel het in ieder stukje van mijn lichaam. Het doet pijn, en na de laatste noot ben ik helemaal leeg, uitgeput, bijna in tranen. Er valt een lange stilte. Ik doe een paar stappen naar de coulissen, om me te verstoppen – maar dan begint het applaus. Wat een applaus! Ik word duizelig van het lawaai. Alle vier de leraren zijn gaan staan om te klappen. Meneer Roberts klapt ook! En daar, in het publiek, is mijn moeder. Ik kan haar zien nu de zaal wat beter is verlicht. Ze staat te juichen – o god, wat gênant – maar er staan nog veel meer mensen. Het is goed, ze laten zien hoe goed ze me vinden, dus waarom stromen er dan tranen over mijn gezicht?

Mevrouw Avery moet zelf ook haar tranen wegvegen. 'O, Destiny, dat was geweldig. Ik heb al eerder het geluk gehad je te horen zingen, en ik wist dat je een prachtige stem hebt, maar dit was gewoon ongelofelijk!' zegt ze.

Dan is meneer Juniper aan de beurt. Die heeft natuurlijk nog steeds een hekel aan me.

'Ik vind je stem ontzagwekkend, Destiny. Ik sta bijna sprakeloos. Maar ik heb nog precies genoeg adem om je eraan te herinneren dat je nog zou nablijven. Dus maandag na school hebben wij een afspraak!' Hij probeert streng te kijken, maar hij lacht. Iedereen lacht.

'Je hebt een schitterende stem, Destiny. Ik zou uren naar je kunnen luisteren,' dweept mevrouw Evans.

'Het is bijna niet te geloven dat zo'n klein meisje zo'n groot, krachtig geluid kan voortbrengen! Je hebt ons een optreden gegeven om nooit te vergeten, Destiny,' zegt mevrouw Riley.

'Prachtig commentaar, Destiny,' zegt meneer Roberts. 'Het is duidelijk dat je een hoge score gaat krijgen, maar je moet Raymonds uitstekende 37 punten zien te overtreffen. Jury, mag ik uw punten, alstublieft.'

Ze steken hun kaartjes omhoog. *Tien, tien, tien, tien!* Ik kan het niet geloven! Ze hebben me allemaal een tien gegeven, zelfs meneer Juniper. Ik heb dus veertig punten, de maximale score, en ik heb gewónnen! Arme Raymond... Maar o, wat ben ik blij. Ik heb de wedstrijd gewonnen, ik heb gewonnen voor mijn moeder!

Ik wil het publiek in rennen om haar te omhelzen, maar ik moet op het podium blijven staan terwijl meneer Roberts me een winnaarsspeldje geeft – deze keer een gouden.

'Een gouden ster voor een gouden steroptreden!' zegt hij en hij schudt krachtig mijn hand.

Zijn eigen hand is nat van het zweet, maar wat geeft het? Hij is een fantastische leraar, het zijn allemaal fantastische leraren, zelfs meneer Juniper. Meneer Roberts roept iedereen op het podium. We gaan in een lange rij staan en maken een laatste buiging. Jack komt uit de coulissen rennen en geeft me waar iedereen bij staat een stevige omhelzing!

Dan is de wedstrijd voorbij, maar het is nog niet helemaal afgelopen. Er zijn hapjes en drankjes – sap en thee en toastjes met wat kaas erop – en we mogen nu naar onze ouders toe gaan.

Mijn moeder heeft al een kop thee in haar handen als ik bij haar kom, en we pakken elkaar zo stevig vast dat we de thee bijna over haar mooie blauwe topje morsen.

'O, Destiny, je zong het zo prachtig!' zegt ze.

Heel veel ouders komen naar ons toe om ons allebei te feliciteren, zelfs Angels moeder, hoewel Angel zelf me vuil aankijkt en zegt dat zilver supercool is en goud ordinaire blingbling.

Mevrouw Lewis, de IT-coördinator, komt aanlopen met haar grote camera. 'Ik heb de uitvoering opgenomen voor het schoolarchief. Als u wilt, kan ik gemakkelijk een dvd van de show voor u branden, mevrouw Williams,' zegt ze.

'Ja, graag, dat zou geweldig zijn!' zegt mijn moeder.

Ik trek mijn wenkbrauwen op. 'We hebben geen dvd-speler, mam!'

'Ja, maar ik kan er altijd een lenen, toch?' zegt ze. 'Ik wil iedere seconde opnieuw beleven.'

Ik heb geen dvd nodig om me aan mijn optreden te herinneren. Ik zal iedere seconde mijn leven lang onthouden. Het speelt de hele avond door mijn hoofd, en als mijn moeder allang slaapt, beleef ik alles nog eens opnieuw. Het is schitterend dat ik heb gewonnen. Het is ongelofelijk dat alle vier de leraren me een tien hebben gegeven, zelfs meneer Juniper, die nooit tienen geeft. Het is geweldig dat ik Angel heb verslagen en dat Jack me een knuffel gaf. Het is fantastisch dat meneer Roberts toen ik naar huis ging zei dat hij heel erg trots op me was. Maar het mooiste was om daar op het podium te staan, mijn stem de lucht in te laten zweven en iedere noot te raken.

Ik lig klaarwakker in mijn bed. Ik wil nog niet gaan slapen, ik wil ervan genieten. Maar blijkbaar val ik op een gegeven moment toch in slaap, want ik schrik wakker van het zonlicht. Mijn moeder staat bij mijn bed met een dienblad met mijn ontbijt erop.

'Hé, slaapkop,' zegt ze. 'Ik dacht, ik zal je maar eens wakker maken. Het is al over elven!'

'O, jee! Jij bent vast al uren wakker, mam,' zeg ik slaperig.

'Ik heb alleen een beetje opgeruimd. Je kent me, ik ben heel slecht in uitslapen, zelfs op mijn vrije dag. Ik zat te denken, Destiny... Zullen we een dagje uit gaan om het te vieren? We zouden Manchester in kunnen gaan, een beetje rondneuzen in de winkels. Of we zouden in het reuzenrad kunnen gaan. Of de trein nemen, naar het strand. Het is een prachtige dag.'

'Het is al een beetje laat, hè, mam?'

'Nou ja, we hebben de hele dag. We kunnen doen waar we zin in hebben, kleine zangeres,' zegt mijn moeder en ze speldt speels mijn gouden ster op mijn pyjamajasje.

Ik kijk er trots naar en laat mijn vingers over de vijf punten glijden. Ik vraag me af wat ik liever ga doen, naar de winkels of naar het strand. Hoewel, zouden we zaterdag niet ergens anders naartoe gaan? Ik denk diep na, en dan herinner ik het me weer, met schrik.

'O, mam, we zouden naar de dokter gaan!'

'Wat?' Mijn moeder doet even alsof ze me niet begrijpt.

'O, alsjeblieft, Destiny, ik heb geen zin om een heerlijke vrije zaterdag te bederven met een bezoek aan de dokter. Ik voel me trouwens zo fit als een hoentje, het is nergens voor nodig.'

'Mam, je hebt het beloofd!'

'Ja, oké, we gáán wel. Ik zal een afspraak maken voor volgende week. Ben je dan tevreden?'

'Nee, je gaat vanmorgen!'

'Dat kan niet. Ik heb geen afspraak, gekkie.'

'Daar had je al eerder voor moeten bellen! Ik had wakker moeten worden om je te dwingen. O, mam, hoe heb ik het kunnen vergeten?' Ik neem twee hapjes toast en een grote slok thee en spring dan uit bed.

'Wat ga je doen? Je hebt je ontbijt nog niet op!'

'Ik ga me wassen en aankleden en dan neem ik je mee naar de kliniek, en dan zien we wel of ze op de een of andere manier tijd voor je kunnen vrijmaken.'

'Doe niet zo gek, Destiny. Ik zeg je toch dat ik volgende week ga. Laten we deze prachtige dag niet verspillen door naar die kliniek te sjouwen. Vooral omdat ik honderd procent zeker weet dat ik er toch niet terechtkan.'

Ik vermoed dat mijn moeder gelijk heeft, maar ik kan niet toegeven. Ik kijk naar mijn speldje, ontzet dat ik zo ben opgegaan in mijn eigen succes dat ik helemaal niet meer aan mijn moeders gezondheid heb gedacht. Het is me nu volkomen duidelijk dat ze ziek is. Ze is niet alleen mager en zenuwachtig. Het is alsof er iets in haar lichaam zit dat haar opbrandt.

'Je gaat met me mee,' zeg ik.

'Ik ga niet naar die kliniek, niet vandaag.'

'Je gaat mee, al moet ik je oppakken en ernaartoe dragen,' zeg ik. Ik grijp haar onverwachts beet en til haar zo van de grond. Er is nog maar zo weinig van haar over dat het is alsof ik een kind van zes optil.

'Zet me néér, malle meid,' zegt mijn moeder, worstelend om los te komen. 'Au, je doet me pijn!'

Ik kijk naar beneden. Mijn speldje heeft haar borst opengehaald. Het is maar een kleine schram, maar hij ziet er verontrustend rood uit op haar witte huid.

'O, mam, sorry,' zeg ik, en ik zet haar voorzichtig op de grond.

'Het geeft niet, er is niks met me aan de hand,' zegt ze.

'Nee, er is wél iets met je aan de hand, dat weet je best. Je bent alleen maar bang om naar de kliniek te gaan om met een dokter te praten.'

'Nou, vind je dat gek?' zegt mijn moeder. 'Stel je voor dat ik inderdaad ziek ben, ernstig ziek... Wat moeten we dan? Stel je voor dat de dokters niets kunnen doen om me beter te maken?'

Ze is nu bijna in tranen en ik sla mijn armen om haar heen.

'Wees maar niet bang. Ze kunnen vast heel veel doen. Ze maken je zo weer beter. Ze moeten alleen de juiste pillen vinden,' ratel ik.

Ik probeer haar te troosten, maar inwendig ben ik doodsbang. Stel je voor dat ze mijn moeder echt niet beter kunnen maken. Stel je voor dat het kanker is. Dat ze doodgaat. Hoe kan ik ooit verder leven zonder mijn moeder?

Ik was me en kleed me supersnel aan, en dan gaan we op weg naar de kliniek. We nemen de kortste route, door de wijk. Alsof ik nu bang ben voor stomme jongetjes van een of andere bende. Ik heb veel ergere dingen om me zorgen over te maken.

Bij het woord 'kliniek' denk je misschien aan een glimmend gebouw met verpleegsters die rondrennen in witte uniformen en patiënten die rustig op hun beurt zitten te wachten. Deze kliniek is een lelijk noodgebouwtje met graffiti op de muren. Binnen is het een heksenketel: kleine kinderen die heen en weer rennen, schreeuwende mensen en een receptioniste die eruitziet alsof ze ieder moment in tranen kan uitbarsten.

'Laten we maar naar huis gaan,' zegt mijn moeder. 'Ik kan dit niet hebben. Ik voel me een beetje licht in mijn hoofd.'

'Precies. Daarom ben je hier,' zeg ik. Ik trek haar aan haar hand mee naar de receptioniste. 'Kan mijn moeder een afspraak maken voor vanmorgen, alstublieft?'

'Wat? Nee, het bezoekuur is bijna afgelopen en we zitten helemaal vol. Ze moet maandag maar terugkomen,' zegt ze afwijzend.

'Oké, dan kom ik maandag wel terug,' zegt mijn moeder. Er staan zweetdruppels op haar voorhoofd. 'Kom, Destiny. Het is hier zo warm. Ik moet wat lucht hebben. Het komt wel goed. Ik kom maandag wel terug, zoals ze zegt.'

Maar ik weet dat ze dat niet zal doen, ze is veel te bang. Maandag gaat ze naar haar werk en ik ben er dan niet om haar te dwingen naar de dokter te gaan.

'Het spijt me, maar dit is een spoedgeval,' zeg ik.

'Al onze spoedafspraken zitten al vol. Ze moet máándag terugkomen,' zegt de receptioniste, die ongeduldig begint te worden.

'Destiny, ik word helemaal duizelig,' hijgt mijn moeder. Dan zakt ze in elkaar en valt bij mijn voeten op de grond.

'Mam, mam, o, mam!' Ik ga op mijn knieën naast haar zitten, sla mijn arm om haar heen en leg haar hoofd op mijn schoot. 'O, mam, word alsjeblieft wakker. Word alsjeblieft weer beter. Ga niet dood, alsjeblieft!'

De grote, starende ogen van mijn moeder gaan langzaam open. 'Wat is er gebeurd?' fluistert ze.

De receptioniste is snel de dokter gaan halen, de gezinnen in de wachtkamer zijn stil geworden, op één klein kind na, dat huilt.

'Ik denk dat je bent flauwgevallen, mam,' zeg ik.

De dokter is een klein, Aziatisch mannetje met een vriendelijk gezicht. Hij knielt naast mijn moeder op de grond en neemt haar pols op.

'Kunt u mijn moeder vandaag onderzoeken en vertellen wat ze mankeert?' smeek ik.

'Natuurlijk kan ik dat. Nu meteen. Laten we eens even kijken of u kunt gaan staan,' zegt hij tegen mijn moeder, haar voorzichtig ondersteunend.

Hij brengt haar naar zijn spreekkamer. Ik wil erachteraan gaan, maar de receptioniste houdt me tegen.

'Nee, wacht jij maar even hier. De dokter moet je moeder alleen spreken.'

Ik moet dus gaan zitten afwachten. Iedereen kijkt boos naar me, omdat mijn moeder onbedoeld is voorgedrongen. Ik pak een oud tijdschrift dat dun is geworden van het vele doorbladeren, maar ik kan me niet concentreren. Ik staar naar de klok en probeer me voor te stellen wat er met mijn moeder aan de hand is. Ze is vijf minuten bij de dokter binnen... dan tien. Wat doet hij met haar?

Iemand moppert boos dat hij in de ploegendienst zit en dat hij nu te laat komt voor zijn werk. Het kleine kind huilt nog steeds, een troosteloos gejammer dat eindeloos doorgaat. Zijn moeder probeert hem niet eens op te pakken of zijn neus af te vegen. Iemand anders geeft het wachten op en loopt kwaad de deur uit. Mijn moeder is al vijftien... twintig minuten binnen.

Ik sta op en loop de gang in.

'Waar ga je naartoe?' roept de receptioniste.

'Ik ga mijn moeder zoeken. Ze is al zo lang weg. Misschien is ze weer flauwgevallen. Ze heeft me nodig,' zeg ik.

Maar precies op dat moment gaat de spreekkamerdeur open, en daar is mijn moeder, krijtwit en bevend als een riet.

'O, mam!'

'Niks aan de hand,' mompelt ze vlug. Ze draait zich om. 'Heel erg bedankt, dokter. Ik ga dan maandag meteen naar het ziekenhuis.'

'Naar het ziekenhuis!' hijg ik.

De kamer begint te draaien en ik vraag me af of ik ook ga flauwvallen.

'Er is niks aan de hand, Destiny. Het is voor bloedonderzoek. Maar het is niet wat je denkt. Kom, schat, laten we hier weggaan, dan zal ik het je vertellen,' zegt mijn moeder, en ze trekt me mee.

We staan buiten bij de kleine betonnen kliniek en mijn moeder houdt allebei mijn handen vast.

'Er is echt niks met me aan de hand, schat. Ik weet ook niet waarom ik flauwviel. Ik denk dat ik vanbinnen gewoon helemaal gespannen was. Ik heb mezelf vast vreselijk voor schut gezet. Kroop mijn rok niet omhoog toen ik viel?'

'Nee, je deed het erg elegant, maar ik dacht even dat je dóódging. Mam, waarom moet je in het ziekenhuis je bloed laten onderzoeken? Gaan ze kijken of je kanker hebt?'

'Nee. Ik dacht zelf ook dat ik dat had, al die maanden. Ik viel zo af en ik voelde me steeds zo vreemd. Maar het is iets heel anders. De dokter denkt dat er iets mis is met mijn schildklier,' zegt mijn moeder.

'Wat is dat? Is dat ernstig?'

'Nou, het was gekkenwerk om er zo lang mee door te lopen, maar ik was ook zo bang. De dokter denkt dat ik zo mager ben geworden door die overactieve schildklier, en dat dat ook de reden is waarom ik me steeds zo zenuwachtig en gejaagd voel. Het heeft zelfs invloed op je ogen. Die gaan er heel raar van uitzien, net zoals bij mij. Maar ze kunnen het genezen, Destiny. Als ze hebben onderzocht hoeveel schildklierhormoon er in mijn bloed zit, kunnen ze me speciale medicijnen geven, en dan gaat het vanzelf over. Hij heeft me beloofd dat ze me weer helemaal beter kunnen maken. O, ik kan het haast niet geloven. Ik heb me zoveel zorgen gemaakt, maar het komt goed. Alles komt goed met ons, schat. Alles komt helemaal goed.'

HOOFDSTUK 12

# Sunset

Op de een of andere manier weten we Sweeties feestje door te komen. De helft van de kleine meisjes kijkt af en toe naar mijn moeder, bang dat ze straks ook opeens tegen hen zal gaan schreeuwen. Mijn moeder zelf ziet nog steeds vuurrood. Zelfs in haar nek heeft ze akelige rode vlekken. Ze glimlacht als de camera haar kant op draait, ze zingt voor Sweetie als de verjaardagstaart wordt binnengebracht en ze kletst zelfs met de moeders en de kindermeisjes terwijl meneer Lariekoek de spelletjes op touw zet, maar haar vuisten zijn gebald. Ze praat niet tegen mijn vader. Ze kijkt niet eens naar hem.

Mijn vader doet heel ontspannen. Hij hangt een beetje rond, lacht met Sweetie en houdt een schijngevecht met Ace, maar mijn moeder kijkt hij niet aan. Hij krijgt steeds sms'jes op zijn mobiel en gaat dan in een hoek staan om ze te lezen.

Rose-May heeft een ernstig gesprek met de *Hi!*-journaliste, misschien om haar te smeken om niets te schrijven over de verbannen verjaardagsgast. Sweetie gaat dapper door met haar feestje, maar ze lacht net iets te schel, en als ze bij een van de spelletjes niet wint, barst ze in tranen uit.

'O, Sweetie, je moet niet huilen op je verjaardag! Het is maar een spelletje!' zegt mijn moeder, hoewel zij Sweetie zelf heeft beloofd dat ze ieder spelletje zou winnen. 'Nou, kom op, je wil toch niet met rode ogen en een vlekkerig gezicht op de foto?'

Sweetie houdt bijna onmiddellijk op met huilen en geeft het meisje dat heeft gewonnen een dikke zoen, maar de rest van het feestje loopt ze met haar duim in haar mond. Mensen beginnen te vertrekken, hoewel het verjaardagseten nog bijna niet is aangeraakt en meneer Lariekoek nog maar de helft van zijn feestrepertoire heeft afgewerkt.

Wij houden grimmig vol tot de laatste gast weg is. Meneer Lariekoek en juffrouw Lolly en juffrouw Zuurtje krijgen hun geld en vertrekken. De mensen van de Hi! pakken hun apparatuur bij elkaar en gaan ook. De partyplanners rollen de witte gordijnen en vloerkleden op en verzamelen de potten met snoep en de gekleurde lichtjes. Rose-May vertrekt hoofdschuddend. Het feestje is afgelopen.

Dan begint het.

Mijn moeder loopt naar mijn vader toe en geeft hem een harde klap in zijn gezicht. Claudia pakt Sweetie en Ace bij de hand en werkt ze de kamer uit. Ze heeft geen extra hand over voor mij. Ze roept me, maar ik negeer haar en blijf bij de deur staan.

'Waag het niet om mij te slaan, Suzy! Als je dat nog één keer doet, krijg je er een terug, midden in je gezicht.'

'Hoe dúrf je die kleine slet uit te nodigen op Sweeties feestje!'

'Liz is een vriendin. Ik heb het volste recht om op het feestje van mijn kind iedereen uit te nodigen die ik wil.'

'Wie was dat kind? Is ze er ook een van jou?'

'Wát? Ben je gek geworden? Liz is zelf nog maar een kind. Ze had haar kleine nichtje meegenomen. De stakker heeft waarschijnlijk de schrik van haar leven gekregen toen je zo tegen haar tekeerging. Ik begin schoon genoeg te krijgen van die jaloerse woede-uitbarstingen van jou, Suzy.'

'En ik heb genoeg van jouw leugens en je vriendinnetjes. Ik ben doodziek van dat achterbakse gedoe, dat stiekeme gefluister en die sms'jes en die geheime ontmoetingen. Donder op en ga naar háár toe, als je haar zo graag wilt hebben.'

'Oké, dan doe ik dat,' zegt mijn vader.

Hij staat op en loopt naar de deur. Ik probeer hem huilend tegen te houden, maar hij kijkt nauwelijks naar me om en schuift me opzij. Hij loopt zomaar het huis uit.

Mijn moeder zit op de bank en stompt met haar vuisten in de kussens. De tranen lopen over haar rode wangen.

'O, mam,' zeg ik, maar als ik mijn armen om haar probeer heen te slaan, wringt ze zich los. 'Niet huilen, mam. Hij komt wel terug,' zeg ik, steeds opnieuw.

Ik weet zeker dat hij terugkomt. Misschien blijft hij weer een nacht weg, maar morgenochtend is hij vast weer terug.

Maar hij komt niet terug. De hele zondag niet. En

maandag is hij er nog steeds niet. Claudia zegt dat we toch naar school moeten. Mijn moeder zegt helemaal niets. Zij ligt het grootste deel van de dag in bed te huilen.

Ik praat er op school tegen niemand over. Ik draag dagen achter elkaar mijn zwarte T-shirt en spijkerbroek en mijn handschoentjes. 's Avonds was ik ze uit en hang ze over het handdoekenrekje in mijn badkamer. In de klas kan ik me niet concentreren. In plaats daarvan componeer ik nieuwe liedjes. Ik ben vooral heel tevreden over 'Mijn zwarte kleren'.

*Ik draag mijn zwarte kleren,*
*zij dragen de kleur van de dood.*
*Ik ben alleen op de wereld*
*en de wereld is zo groot.*
*Niemand die er van me houdt,*
*Niemand die om me geeft.*
*Ik snik en zucht en vraag me af*
*waarom ik verder leef.*
*Ik knijp mijn mond en ogen dicht,*
*praten kan ik niet.*
*Ik draag mijn zwarte kleren –*
*ziet niemand mijn verdriet?*

Ik schrijf het in mijn schoolagenda en scheur de bladzijde eruit, om hem vanavond in mijn blauwfluwelen boekje te stoppen. Maar als de bel voor de lunchpauze is gegaan en ik de klas uitloop, dwarrelt het papier op de grond. Mijn lerares, Lucy, raapt het op. O, nee, o, nee, o, nee.

Ze kijkt er even naar en staart me dan aan. Ze kijkt bezorgd. 'Wat is dit, Sunset?'

'Niets, Lucy,' zeg ik onnozel.

'Heb jíj dit geschreven? Het is erg verontrustend.'

Ik zie dat Sheba Lilac aanstoot.

'Slijmtrut heeft een vies gedichtje geschreven!' zegt ze genietend.

'Lees het eens voor, Lucy!' smeekt Sheba.

'Toe nou, we willen het horen,' zegt Lilac.

Lucy houdt het papier omhoog. *O god, laat ze het alsjeblieft niet voorlezen. Dan lachen ze me allemaal uit en ga ik dood.*

'Ik kan het niet voorlezen. Het is te persoonlijk,' zegt Lucy.

Daar moeten ze nog harder om giechelen.

'Lucy bedoelt dat het te smerig is.'

'Die Slijmtrut! Wie had dat achter haar gezocht!'

'Het lijkt me een goed idee als jullie nu gaan lunchen,' zegt Lucy.

De leraren geloven niet in rechtstreekse bevelen, maar Lucy weet haar punt duidelijk te maken en ze druipen af. Ik probeer ook weg te glippen, maar ze roept me terug.

'Sunset, ik denk dat wij even moeten praten. Kom even zitten, schat.'

'Mag ik mijn liedje terug?' mompel ik.

'Ja. Ja, natuurlijk. Dus het is een liedje, hè? Hoe gaat de melodie?'

Ik haal mijn schouders op, hoewel ik het in mijn hoofd al heb bedacht. Het is een heel hoge, ritmische melodie, eigenlijk een beetje als religieus gezang.

'Het is érg goed,' zegt Lucy.

Ik voel me onwillekeurig gevleid, ook al is dit verschrikkelijk vernederend.

'Maar het is ontzettend verdrietig. Vóél je je erg verdrietig, Sunset?'

'Nee, hoor, ik voel me prima,' zeg ik.

Ze kijkt nog steeds bezorgd. 'Ik weet dat je nog niet veel vriendinnen hebt op school,' zegt ze aarzelend.

'Ik wíl geen vriendinnen,' lieg ik. 'Ik ben graag alleen.'

'Maar dat kan soms erg eenzaam zijn. En ik weet dat je zegt dat je je prima voelt, maar je maakt een verdrietige indruk. Ik zou wat meisjes kunnen vragen om een paar dagen extra aardig voor je te zijn...'

'Niet Sheba en Lilac!'

'Nee, ik denk niet dat dat een goed idee zou zijn,' geeft Lucy toe. 'Maar wat andere meisjes misschien?'

'Nee. Alsjeblieft. Het gaat echt wel,' zeg ik doodsbenauwd.

'Hoe gaat het thuis?' probeert Lucy.

'Ook prima,' lieg ik. 'Mag ik nu gaan lunchen, Lucy?'

Ik loop weg. Ik moet er niet aan denken haar te vertellen dat mijn vader ons in de steek heeft gelaten, dat mijn moeder de hele dag loopt te huilen en dat ik niet weet wat ik moet doen. Maar ze komt er toch achter, omdat Sweeties juf Claudia aanspreekt. De arme Sweetie heeft in de klas in haar broek geplast en is daar verschrikkelijk van uit haar doen. Ze hebben haar een droog broekje gegeven en haar natte onderbroek in een plastic zakje gestopt om mee naar huis te nemen. Sweetie schaamt zich dood en ziet vuurrood. Ace is ook helemaal warm en opgewonden – hij heeft gevochten.

'Ik moest dus op school vertellen dat het thuis op het ogenblik erg... moeilijk is. Ik wilde niet dat Ace buiten zijn schuld in de problemen zou komen,' zegt Claudia. 'Hij is gewoon van streek. Ik weet zeker dat hij dat andere jongetje niet wilde bijten.'

'Jawel, dat wou ik wel,' zegt Ace. 'Ik ben een tijger en ik bijt iedereen die stout is.'

Hij brult en doet alsof hij Sweetie gaat bijten. Normaal gesproken zou ze hem gewoon een zet geven, maar nu duikt ze triest in een hoekje. Ik probeer haar een knuffel te geven, maar ze kruipt helemaal in elkaar, met haar duim in haar mond. Het zakje met de natte onderbroek schopt ze naar de andere kant van de auto.

'Weg, weg! Ik hou niet van stinkende natte onderbroeken!' schreeuwt Ace. Dat is gemeen, want het broekje zit in de zak en je ruikt er niets van.

Sweetie barst in tranen uit.

'Niet huilen, Sweetie,' zeg ik. 'Iedereen heeft wel eens een ongelukje. Ace plast zo vaak in zijn broek, dat weet je.'

'Nietes!' brult Ace.

'Hij is nog maar klein, dat telt niet,' snikt Sweetie treurig.

'Schat, het is echt niet erg,' zegt Claudia. 'Mijn hemel, ik heb vroeger ook vaak genoeg in mijn broek geplast.'

'Maar niet waar iedereen bij was,' zegt Sweetie. 'Ik wist niet eens dat het ging gebeuren. Ik was verdrietig omdat we het allemaal over onze papa hadden, en toen kwam het er – hup! – zomaar uit. Ze hebben het allemaal gezien, want er kwam een hele plas op de grond en ze lachten me uit. Je gaat het toch niet aan mama vertellen, hè, Claudia?'

'Nou, misschien moet mama weten dat je een nare dag hebt gehad, schat,' zegt Claudia voorzichtig.

We rijden de weg af naar ons huis. Als Claudia het veiligheidshek door wil rijden, staat er een stel fotografen in de weg. Ze flitsen en fotograferen ons door de autoramen heen, hoewel Claudia boos naar hen schreeuwt. Ace trekt lelijke gezichten naar hen door het raampje, maar Sweetie duikt angstig weg.

'Straks zien ze dat ik een verkeerd broekje aan heb! Dan weten ze dat ik in mijn broek heb geplast! O, help, help, ze kíjken,' jammert ze.

'Doe niet zo gek, Sweetie, dat weten ze helemaal niet,' zeg ik, maar ik vraag me af wat de paparazzi bij ons huis te zoeken hebben. Misschien is mijn vader terug en heeft mijn moeder hem op de stoep met open armen ontvangen. Misschien hebben ze de hereniging gefotografeerd en zijn mijn vader en moeder nu weer helemaal verliefd op elkaar en maken ze plannen om hun huwelijksgelofte opnieuw af te leggen?

Ik denk het niet. Binnen is geen spoor van mijn vader te bekennen. Mijn moeder is uit bed. Ze loopt met grote stappen door het huis en schuift alle gordijnen dicht, zodat de fotografen geen foto's kunnen maken met hun telelenzen.

'Ze weten het al,' zegt ze, en ze gebruikt een paar heel lelijke scheldwoorden. Ze heeft een glas wijn in haar hand, dat ze overal mee naartoe neemt. Ze morst voortdurend wijn op de grond en vult het glas dan weer aan. Ze geeft Sweetie een zoen en woelt Ace afwezig door zijn haar, maar ze luistert nauwelijks wanneer Claudia haar vertelt over school.

'Laat maar, laat maar. Ik heb belangrijkere dingen aan mijn hoofd,' zegt ze. 'Neem die kinderen in godsnaam mee en geef ze een kop thee, Claudia. Ik heb barstende hoofdpijn.'

'Als je zo blijft drinken, wordt het er vast niet beter op,' moppert Claudia, terwijl ze Sweetie en Ace naar boven sleept om te gaan douchen.

Ik loop naar mijn moeder, die nu met haar hand over haar ogen op de bank ligt. Ik ga naast haar zitten.

'Sunset! Je trekt het kussen scheef. Ga alsjeblieft je thee drinken.'

'Ik kan je arme hoofd masseren, mam, dan wordt het misschien beter. Kijk, zo.' Ik streel haar zachtjes over haar slaap, maar ze slaat mijn hand weg.

'Ik weet dat je het goed bedoelt, Sunset, maar laat me in hemelsnaam met rust.'

Ik sta dus op en loop weg. Ik zie een verscheurde krant in een hoek liggen. Het zijn allemaal kleine snippers, dus het is onmogelijk om ze in elkaar te passen, maar nu weet ik wat ik moet doen. In mijn kamer zoek ik op het internet mijn vaders naam en de naam van de krant op, en daar verschijnt een grote foto van mijn vader op het scherm – mijn vader en Grote Mond.

Mijn vader heeft een belachelijke cowboyhoed scheef op zijn hoofd staan. Met zijn ene hand maakt hij het vredesteken. Zijn arm heeft hij om de schouders van Grote Mond heen geslagen. Ze staart naar hem omhoog. Haar mond is erg groot en donker op de foto. Ze heeft een heel klein kort broekje aan, dat Sweetie nog niet eens zou passen, en heel hoge hakken. In het onderschrift staat:

> Danny Kilman en zijn nieuwe vriendin Lizzi Shaw komen om 2 uur 's nachts uit Beaches. Danny en Lizzi hebben elkaar ontmoet op de set van hun nieuwe film De Milky Stars. Danny beweert dat ze alleen maar goede vrienden zijn, maar eerder op de avond hadden ze een intieme ontmoeting in het vip-gedeelte van Beaches. Danny toch! Verval je weer in je oude gewoonten?

Ik leg mijn hand over Lizzi Grote Mond en staar strak naar mijn vader.

'Je kunt er niet zomaar met haar vandoor gaan, pap,' fluister ik. 'Hoe moet het dan met mama en Sweetie en Ace en mij?'

Mijn vader maakt zijn stomme teken, met zijn hoed scheef op zijn hoofd, en staart onverschillig terug. Is dit het dan? Komt hij nooit meer terug?

Het ziet er wel naar uit. Hij blijft de hele week weg. Iedere dag staan er nieuwe foto's op het internet van mijn vader en Lizzi die uit clubs en restaurants komen, in auto's stappen, en zelfs als een stel gulzige kinderen zakken vol snoep en chocola kopen bij een avondwinkel.

*Lieve Destiny,*

*Ik vraag me af of je de foto's van onze vader in de kranten hebt zien staan. Het is afschuwelijk. Hij is ervandoor gegaan met een vreselijke actrice, Lizzi. Ze is maar acht jaar ouder dan ik. Ze is jong genoeg om ook papa's dochter te zijn. Nee, ze zou zijn kleindochter kunnen zijn. Je mag blij zijn dat hij geen deel uitmaakt van jouw leven. Ik haat hem. Maar ik mis hem ook. Het is zo erg dat hij ons helemaal lijkt te zijn vergeten. Mijn moeder huilt de hele dag, en je mag het tegen niemand zeggen, maar ze drinkt ook steeds, en gisteravond heeft ze overgegeven op de trap. Ze zei tegen onze huishoudster Margaret dat Ace het had gedaan, heel gemeen, maar Margaret geloofde haar niet en ze kregen grote ruzie.*

*Het is hier nu zo afschuwelijk. Iedereen is zo kwaad en ongelukkig. Sweetie heeft al die prachtige nieuwe cadeaus – een pop die net zo groot is als zijzelf en een winkeltje met echte snoepjes – maar ze speelt er nauwelijks mee, en Ace maakt al zijn speelgoed kapot.*

*Ik ben natuurlijk te oud voor speelgoed. Nou ja, ik heb wel geprobeerd om met mijn poppenhuis te spelen – je weet wel, dat poppenhuis dat ik in mijn kast heb staan. Ik heb alle meubeltjes anders neergezet en heb geprobeerd nieuwe kleertjes te maken voor de beertjes en de mensen, maar toen kreeg ik er genoeg van. Ik schrijf nu vooral liedjes. Ze zijn niet erg goed, of eigenlijk zijn ze waardeloos, maar ik vind het leuk om te doen. Er is één treurig liedje bij, dat je misschien wel mooi vindt.*

*Het heet 'Mijn zwarte kleren'. Ik heb het op een apart blaadje voor je overgeschreven. Ik doe jou na. Ik draag nu ook zwarte kleren. Ik hoop dat je het niet erg vindt. Ik hoop dat je optreden goed is gegaan. Ik wou dat ik erbij had kunnen zijn. Ik ben zo blij dat je mijn zus bent.*
*Liefs van Sunset.*

Destiny schreef me meteen terug.

*Lieve Sunset,*
*Ik kan er niet over uit dat Danny dit doet. Volgens mijn moeder is het een bevlieging. Binnenkort ziet hij in dat hij een* GROTE *fout heeft gemaakt en komt hij terugrennen. Ja, we hebben de foto's gezien in de krant en we begrijpen er niets van. Die Lizzi is niet eens erg knap. Je moeder is stukken knapper (en als ik dat zeg, moet het wel zo zijn, want nadat ze mij en* MIJN *moeder zo akelig heeft behandeld, heb ik geen reden om haar aardig te vinden).*
*Mijn moeder zegt dat Danny in zijn hart een echte huisvader is en jullie nooit voorgoed in de steek zou laten. Ik zei dat hij ons ook in de steek had gelaten, maar volgens mijn moeder is dat niet eerlijk, omdat hij tot de première van De Milky Stars niet eens wist dat ik bestond. Nou, dat weet hij nu wel, en hij lijkt nog steeds niet erg geïnteresseerd, integendeel zelfs, dus ik haat hem ook af en toe. Volgens mij is hij* GEK. *Mijn moeder kocht van de week de Hi! en we hebben er uren*

in zitten bladeren. Danny en je moeder zien er zo gelukkig uit, samen. We kunnen gewoon niet geloven dat ze zo kort daarna uit elkaar zijn gegaan. We hebben het uitgerekend – het moet nog diezelfde avond zijn gebeurd. Wat verschrikkelijk, op Sweeties verjaardag nog wel! We konden niet uit over de foto's met alle cadeautjes, de grote pop en het winkeltje, en Sweetie zag er zo schattig uit in haar mooie feestjurk. Ik wou dat er meer foto's van JOU bij hadden gestaan. Op de familiefoto sta je helemaal op het randje, en op de rest van de foto's van het feestje kan ik je nergens ontdekken. Ik zal je vertellen wat die gekke moeder van mij heeft gedaan. Ze heeft een foto van mij uitgeknipt en naast jou geplakt, op die open plek op de bank, alsof ik ook echt bij de familie hoor.
Ik heb me toch zóóóveel zorgen gemaakt over mijn moeder. Ze werd helemaal ziek en mager, en ze deed soms een beetje vreemd, maar nu zijn we erachter gekomen dat ze HYPERTHEROÏDIE heeft (ik heb het opgezocht in een medisch boek in de bibliotheek). Ze is naar het ziekenhuis geweest om haar bloed te laten onderzoeken en nu heeft ze een speciaal medicijn, THIONAMIDE, en dat gaat haar genezen.
Ik heb mijn liedje dat ik bij de talentenjacht heb gezongen aan haar opgedragen. De middaguitvoering was een beetje waardeloos, omdat de kinderen in de jury me geen punten gaven, maar 's avonds heb ik GEWONNEN. En ik wil niet opscheppen, maar ik heb vier tienen gekregen, de maximale score!

*Ik doe hier een dvd van de avond bij. Ik zit helemaal aan het eind. Het meeste zul je misschien snel willen doorspoelen, maar de donkere, knappe jongen aan het begin heet Jack en die gaat nu een beetje met me om. Hij komt me 's morgens ophalen en loopt met me door de buurt naar school, en soms komt hij na school met me mee naar huis en dan maak ik thee en zo voor hem. Hij is niet echt een VRIENDJE, alleen een vriend. Als je mijn ergste vijandin wilt zien, moet je zoeken naar een meisje met een glimmende witte legging (getver!) ergens midden op de dvd, die een raar acrobatisch dansje doet.*
*Ik vind het fantastisch dat je je eigen liedjes schrijft! 'Mijn zwarte kleren' is zóóó goed. Ik heb alle woorden uit mijn hoofd geleerd. Misschien kan ik het een keer zingen?! Ik zou niet weten hoe ik een liedje zou moeten schrijven. Je hebt blijkbaar Danny's talent geërfd, hoewel je dat nu waarschijnlijk liever niet wilt horen. Ik hoop dat alles weer normaal is als je deze brief krijgt. Mijn moeder doet je de groeten, en zoals ik al zei: zij is ervan overtuigd dat Danny snel zal terugkomen.*
*Liefs van Destiny xxx*

Mijn vader komt zaterdagmiddag terug, als hij precies een week weg is en de schoolvakantie is begonnen. Claudia is voor mijn moeder naar de slijterij. Sweetie hoort zijn auto buiten en rent naar de deur.

'Pappie, pappie, mijn pappie!' roept ze.

Mijn moeder rent ook naar de deur, maar als we de

auto op de oprijlaan zien, blijven we staan. Daar stapt mijn vader uit, met die cowboyhoed op zijn hoofd. Hij strekt zijn armen al naar Sweetie uit... maar er is nog iemand in de auto. *Hij heeft Lizzi Grote Mond bij zich.*

Mijn moeder geeft een gil, grijpt Sweetie en Ace beet, trekt ze naar binnen en slaat met een klap de voordeur dicht. 'Hoe dúrft hij haar hier weer naartoe te brengen!' zegt ze.

'Mammie, alsjeblieft, laat me naar pappie gaan!' zegt Sweetie wanhopig.

'Nee, absoluut niet. Ik laat jullie niet besmetten door die kleine slet,' zegt mijn moeder, en ze draait de deur op slot.

Het is belachelijk: Sweetie en Ace staan te gillen dat ze naar buiten willen, en mijn vader bonst op de deur om binnengelaten te worden. Ik sta te beven in de deuropening, Ik weet niet precies wat ik wil. Ik wil alleen maar heel graag dat we weer een normaal gezin worden. Ik zou het zelfs niet erg vinden als we deden alsof, net als bij een fotoshoot.

Het is trouwens toch idioot, want mijn vader loopt gewoon om het huis heen naar de keukendeur en Margaret laat hem meteen binnen. Dan komt hij via de hal binnenlopen, en mijn moeder kan niet voorkomen dat Sweetie en Ace naar hem toe rennen en hem een dikke knuffel geven, met hun armen en benen om hem heen geslagen, als kleine aapjes. Ik blijf een beetje achter, maar mijn vader kijkt over Sweeties schouder en zegt: 'En krijg ik ook nog een knuffel van mijn grote meid?' Ik barst in tranen uit en ren naar hem toe.

Al die tijd staat mijn moeder te gillen: 'Ga weg, ga weg, ik wil die meid niet in mijn huis!'

'Jóúw huis?' zegt mijn vader. 'Míjn huis, Suzy. En bedaar maar, want ze komt niet binnen, nu nog niet, tenminste. Hou op met dat stomme gegil, je maakt de kinderen van streek.'

'Hoe durf je dat te zeggen, terwijl jij hun hart hebt gebroken en een hele week niet naar ze hebt omgekeken.'

'Nou, ik ben er nú. Waar is het kindermeisje? Ik wil dat hun koffertjes worden ingepakt. Ik neem ze dit weekend mee. Dat vinden jullie toch leuk, kinderen?'

'Nee, dat doe je niet! Je kunt hier niet zomaar binnenwalsen en die kinderen meenemen. Ik weet niet eens waar je woont.'

'Ik zit in het Lane Hotel. Ik heb een suite. De kinderen zullen het er heerlijk vinden. Wacht maar tot je het bad ziet, Sweetie. Het is net een zwembad!'

'Logeert die kleine slet daar ook?'

'Houd op met dat kinderachtige gescheld, Suzy. Ja, ze logeert daar. En wat dan nog?'

'Dan gaan ze niet. Ik wil het niet hebben! Wat haal je je in je hoofd, Danny? Ik ben je vróúw.'

'Luister, laten we het daar nu niet over hebben. Ik denk aan wat het beste is voor de kinderen. Ik ga binnenkort iets huren, iets met een tuin, zodat de kinderen buiten kunnen rondrennen. En uiteindelijk zullen we ook eens serieus over dít huis moeten praten.'

'Wat? Je probeert de kinderen van me te stelen, en nu wil je me het huis ook nog afpakken?'

'Niet alles tegelijk. We gaan de zaken netjes regelen. Ik ben volkomen bereid om voor jou en de kinderen te betalen. Ik zal niet krenterig zijn, maak je geen zorgen, maar je weet dat ik door de recessie veel geld ben kwijtgeraakt. Als het nieuwe album er is, zal het wel weer beter gaan...'

'Er komt helemaal geen nieuw album! Je carrière is afgelopen, rimpelige ouwe gek! Iedereen lacht je uit,' schreeuwt mijn moeder.

'Oké, nu is het afgelopen. Ik laat me niet beledigen. Kom, kinderen. Laat die spullen maar zitten, ik kan altijd nieuwe kleren voor jullie kopen. We gaan.'

'O, nee, helemaal niet! Er staan camera's buiten. Hoe denk je dat het eruitziet als je drie schreeuwende kinderen bij hun moeder vandaan rukt... jij met je nieuwe imago van Zorgzame Huisvader. Wat zou je dierbare Rose-May daarvan zeggen?'

'Luister, Suzy, denk nou eens redelijk na. Wat heeft het voor zin om dit zo moeilijk te maken? Zie je niet wat je de kinderen aandoet? Je mag wel oppassen. Je hebt blijkbaar een glaasje te veel op... waarschijnlijk wel meer dan één. Als je niet snel bijdraait, eis ik bij de rechter de voogdij over de kinderen op. Ik heb een erg goede advocaat. Je kunt maar beter meewerken. De kinderen gaan nu met me mee, en als je hysterisch gaat doen waar de paparazzi bij zijn, maak je mijn zaak alleen maar sterker. Morgenmiddag breng ik ze weer terug. Kom mee, kinderen.'

Hij tilt Sweetie op zijn ene en Ace op zijn andere arm en begint te lopen.

'Niet ook meegaan, Sunset,' zegt mijn moeder, en ze grijpt me vast.

Ik sta hulpeloos te aarzelen. Ik weet niet wat ik moet

doen. Mijn hart bonst en ik voel me misselijk. Mijn moeder wil dat ik blijf, ze heeft me nodig. Maar Sweetie en Ace hebben me ook nodig. Mijn vader heeft geen idee hoe hij voor kinderen moet zorgen. Ze redden het niet zonder mij.

'Ik moet meegaan, mam. Maak je geen zorgen, ik zorg voor Sweetie en Ace,' zeg ik. 'Ik kies geen partij, ik hou van jullie allebei. Niet boos zijn, mam, alsjeblieft...'

Maar ze draait zich van me af en wil ons geen gedag meer zeggen, zelfs Sweetie niet.

Dan worden we achter in de auto geduwd en we rijden met gierende vaart het hek uit. Mijn vader zegt dat we moeten bukken en lacht terwijl hij hard gas geeft. Hij zwaait met zijn cowboyhoed en zet hem dan met een klap op het hoofd van Lizzi Grote Mond. Ze lacht met hem mee en kijkt dan om naar ons.

'Hé, jongens!' zegt ze, en ze zwaait met wiebelende vingers naar ons.

We staren haar aan. We zwaaien niet terug.

'Wie ben jij?' vraagt Sweetie half verstaanbaar, met haar duim in haar mond.

'Ik ben Lizzi, schatje. Ik ben het vriendinnetje van je vader,' zegt ze.

'Ik ben Sweetie, niet Schatje. En ík ben het vriendinnetje van pappie,' zegt Sweetie.

Mijn vader schatert het uit. Lizzi Grote Mond lacht ook, met haar afschuwelijke lippen wijd open, alsof ze ons in één hap wil opeten.

'Jij bent mijn kléíne schatje, Sweetie. En Liz is mijn gróte schat,' zegt mijn vader.

'En Sunset dan?' vraagt Sweetie. 'Sunset is je grote meid, zíj niet.'

'Oi, klein Pruillipje, ik ben niet zíj, ik ben Lizzi,' zegt ze. Ze trekt een gezicht naar Sweetie en trekt dan haar wenkbrauwen naar me op.

'Hoi, Sunset. Jij was erg aardig tegen mijn kleine nichtje... dat kon je van sommige andere familieleden van je niet zeggen. Dankjewel dat je haar die panda hebt gegeven. Dat was lief van je.'

Ik wil niet dat zij me lief vindt. Ik geef geen antwoord. Ik houd solidair Sweeties hand en Ace' groezelige pootje vast. Ace kruipt wat dichter naar me toe.

'Ik vind haar niet aardig,' fluistert hij, niet zacht genoeg.

*Ik ook niet*, antwoord ik hem geluidloos.

'Ik ben een tijger en ik ga haar bíjten,' zegt hij. Dan kijkt hij ontzet naar zijn kleren. 'Ik wil mijn tijgerpak!'

'O, pap, Ace moet zijn tijgerpak hebben. Hij kan echt niet zonder. Kunnen we even teruggaan?' vraag ik.

'Doe niet zo raar, Sunset.'

'Maar het kost maar vijf minuutjes...'

'Ik ga niet nog eens die hele toestand herhalen met de paparazzi en je moeder die het hele huis bij elkaar schreeuwt. Zoals ik al zei, we stoppen ergens onderweg en dan kopen we voor jullie allemaal nieuwe kleren, oké? En slaan jullie niet zo'n toon aan tegen Liz. Ik wil dat jullie heel, heel, heel erg aardig tegen haar zijn, want ze is een heel, heel, heel aardig meisje, oké?'

Natuurlijk is het niet oké. Ze is helemaal niet aardig.

Ze heeft onze vader gestolen en het lijkt haar niets te kunnen schelen. Ace begint te huilen en Sweetie zit zenuwachtig te friemelen. Ik hoop dat ze niet weer in haar broek plast. Ik voel me opeens verschrikkelijk misselijk. Het ziet er hoe dan ook naar uit dat we een puinhoop gaan maken van mijn vaders autobekleding.

Hij rijdt weer met ons naar Harrods en probeert er een feestje van te maken. We kunnen er in ieder geval allemaal naar de wc. Lizzi Grote Mond loopt met ons mee naar de damestoiletten, maar niet om Ace en Sweetie te helpen. Ze staart alleen maar naar zichzelf in de spiegel en doet een nieuwe laag glimmende, donkere lippenstift op haar grote mond.

'Jij gebruikt te veel lippenstift,' zegt Sweetie.

'Dat vind jij, maar jij bent ook maar een dom, klein meisje,' zegt Grote Mond.

'Ik ga tegen pappie zeggen dat je dat hebt gezegd,' zegt Sweetie.

'Je gaat je gang maar, schat. Het interesseert me niks,' zegt ze.

Ze is zo zelfverzekerd. Ze vleit mijn vader niet eens als ze bij hem is. Als hij haar vraagt ons te helpen met nieuwe kleren uitzoeken, haalt ze alleen maar haar schouders op en zegt: 'Ik weet niet wat kleine kinderen leuk vinden. Zoek jij maar kleren voor ze uit. Het was jouw idee om ze van het weekend bij ons te hebben.'

Mijn vader roept er snel een winkelbediende bij en Lizzi loopt neuriënd weg en rommelt onverschillig wat tussen de kleren op de rekken.

Sweetie vrolijkt weer wat op. Ze regelt een nieuw bloesje, een broek en een nachtpon met kantjes voor zichzelf, en besluit dan dat ze écht een paar nieuwe suède schoentjes met hoge hakken wil hebben. Ze zijn er niet in Sweeties maat, maar ze wil ze toch hebben en zegt dat ze wel sokken in de tenen zal stoppen.

Ik weet ook al wat ik wil. Het is gemakkelijk: een nieuw zwart T-shirt, een zwarte spijkerbroek en zelfs een paar nieuwe handschoentjes, omdat de eerste beginnen te rafelen. Ik zou ook graag een zwarte pyjama hebben, maar die kan ik niet vinden. Ik moet het doen met donkerblauw.

Ace is minder gemakkelijk tevreden te stellen. De winkelbediende doet zijn best en laat hem legergroene en knalrode outfits zien, maar hij is niet geïnteresseerd in gewone kleren. Hij wil een tijgerpak en dat kunnen we nergens vinden. Hij begint te huilen en kan niet meer ophouden.

'In godsnaam, Ace, wat héb jij?' schreeuwt mijn vader.

Hij kiest zelf een T-shirt, een korte broek en een pyjama voor hem uit. Ace is wanhopig. Ik til hem op en hij snikt in mijn hals. Plotseling heb ik een idee.

'Pap, mogen we naar de speelgoedafdeling?'

'De speelgoedafdeling? Jullie willen ook altijd wat anders, kinderen. Ben je zo langzamerhand niet wat te groot voor speelgoed, Sunset?'

'Het is niet voor mij, pap. Ik heb iets bedacht wat we aan Ace kunnen geven. Het is iets kleins, echt helemaal niet duur.'

'Ace heeft het niet verdiend. Hij gedraagt zich als een verwend mormel,' zegt mijn vader, maar hij geeft toe.

Lizzi kijkt nijdig als hij zegt dat we naar de speelgoedafdeling gaan, maar als we er zijn, doet ze net alsof ze het hartstikke leuk vindt. Mijn vader en zij lopen te dollen met de beren, laten ze rond hopsen en met elkaar praten. Het is verschrikkelijk gênant, maar ik negeer ze en ga op zoek, met Sweetie aan mijn hand en Ace hangend op mijn heup. Dan vind ik wat ik zoek: schmink!

'Kijk, Ace, dit moeten we hebben!' zeg ik.

Hij stopt met dreinen en kijkt naar de doos. 'Dat is make-up!' zegt hij. 'Dat is niet voor jongens.'

'Nee, nee, het is toververf voor op je gezicht. Ik ga je verven. Ik ga de oranje en de zwarte verf gebruiken, en misschien een beetje roze voor de neus... en raad eens wat je dan bent?'

Ace wiebelt onzeker heen en weer. 'Dat weet ik niet.'

'Natúúrlijk weet je dat wel. Dan ben je een tijger!' Ik kijk naar Sweetie. 'En jou ga ik ook verven, met blauwe oogschaduw boven je ogen, en rode lippenstift. Dan ben je de sprookjesprinses.'

Als ik ze terugbreng naar mijn vader, stralen ze allebei. Ik wil dat hij zegt: 'Dankjewel dat je ze zo rustig hebt gekregen, Sunset. Je gaat zo goed om met je broertje en zusje. Wat moet ik zonder jou beginnen?' Maar wat denk je? Hij glimlacht alleen maar terug naar ons en vraagt vriendelijk, terwijl hij de schmink afrekent: 'Waar heb je die voor nodig?'

Ik begin het uit te leggen en hij knikt een beetje, maar

ik weet dat hij niet echt luistert. En dan is hij alweer afgeleid, omdat twee gekke oude omaatjes als schoolmeisjes beginnen te blozen en te gillen en hem smeken om een handtekening. Grote Mond lacht om ze en trekt haar wenkbrauwen naar ons op. Zij is meer in de schmink geïnteresseerd.

'O, cool! Ik ben dol op schmink! Ik schminkte altijd als er bij ons op school rommelmarkt werd gehouden. Ik vind het hartstikke leuk om te doen. Wacht maar tot we in het hotel zijn, dan ga ik jullie alle drie schminken.'

'Het is míjn schmink. Ik wil het doen,' zeg ik kinderachtig.

Ze haalt haar schouders op. 'Oké. Geen probleem. Doe jij het dan maar, Sunset.'

Dus als we in de suite van het hotel zijn (die echt enórm is, net een compleet appartement, met heel veel bloemen en versieringen en snuisterijen, zodat ik als de dood ben dat Ace iets kapotmaakt) probeer ik Ace zijn gezicht te schminken als een tijger. Het is veel moeilijker dan ik dacht. Ik krijg de strepen niet goed en hij ziet er niet gevaarlijk genoeg uit.

'Nu ben je een tijger, Ace. O, jeetje, ik ben bang voor je!' zeg ik toch, maar als hij zichzelf in de spiegel ziet, is hij niet overtuigd en hij trekt een lelijk gezicht.

Ik probeer het ook met Sweetie, maar de kleuren zijn te fel en ze ziet er helemaal niet uit als een sprookjesprinses. Ze lijkt eerder een clown. Als ze zichzelf ziet, begint haar lip te trillen.

'Misschien was het een slecht idee,' mompel ik. 'Ik haal het er wel af.'

'Ga lekker in mijn grote bad,' zegt mijn vader.

Het is een enorm bad van blauw marmer. Het water komt uit de dolfijnvormige kranen, die ook al blauw zijn! Er zijn allerlei soorten zeep en shampoo en badschuim. Ik zou graag helemaal in mijn eentje in het bad gaan liggen en doen alsof ik een filmster ben, maar ik zit met Sweetie en Ace. Ik trek niet eens al mijn kleren uit om in het bad te gaan, omdat ik bang ben dat mijn vader of Grote Mond binnen zal komen. Sweetie en Ace kleden zich wel uit. Ze plonzen rond, doen alsof ze zwemmen en fleuren helemaal op. Ik schrik als er grote vegen schmink op de sneeuwwitte handdoeken komen, maar Grote Mond Liz haalt haar schouders op als ze het ziet.

'We laten de huishouding gewoon nieuwe brengen,' zegt ze.

Ze bekijkt zichzelf in de spiegel en doet nog wat extra lippenstift op. Ik wed dat zij dat spul ook op de handdoeken smeert.

'Kun jij mijn gezicht doen, zodat ik er écht als een prinses uitzie?' vraagt Sweetie aan haar.

Ik ben ontsteld door haar verraad. Liz geeft haar een beeldschoon prinsessengezicht, met kleine blauwe en lila bloemetjes op haar wangen, zilveren sterretjes rond haar ogen en een piepklein blauw vlindertje op haar voorhoofd. Sweetie is verrukt en rent met alleen een handdoek om zich heen weg om het aan papa te laten zien. Hij buigt voor haar en doet alsof hij verblind is door haar schoonheid. Dan is Ace aan de beurt. Grote Mond verandert hem in een prachtige tijger. Zij krijgt alle strepen precies goed. Ze tekent zelfs snorharen en ze geeft hem een grappige, dreigende uitdrukking. Ik herinner me hoe ze Ace in haar armen hield bij de première van *De Milky Stars*. Het is nog maar een paar weken terug, maar het lijkt al jaren geleden, zoveel is er sinds die tijd gebeurd.

Het is allemaal de schuld van Grote Mond dat ons gezin uit elkaar is gerukt en dat we nu allemaal zo ongelukkig zijn. Ik denk aan mijn moeder thuis, en hoe ellendig ze zich zal voelen. Ze zal veel te veel drinken, en ik ben er niet bij om haar naar bed te helpen.

Ik kijk kwaad naar Lizzi als ze vraagt of ik ook geschminkt wil worden. 'Nee, dankjewel,' zeg ik kil, hoewel ik eigenlijk dolgraag wil weten hoe ik eruitzie met bloemetjes, sterren en vlinders op mijn gezicht.

'Oké, dan doe ik je vader wel,' zegt ze.

Ik denk dat hij zal protesteren, maar hij gaat gehoorzaam op de badkamerkruk zitten en laat haar zijn gezicht schminken. Hij grinnikt zelfs vrolijk. Ze verandert hem in een vampier, met een bleek gezicht, donkere kringen om zijn ogen en bloed dat uit zijn mondhoek naar beneden druppelt. Hij ziet er behoorlijk eng uit, en Sweetie en Ace gillen het uit van verrukking en afgrijzen tegelijk. Mijn vader achtervolgt ze door de suite. Hij doet alsof hij ze gaat bijten en zij rennen gillend voor hem uit.

'Pap, pap, je maakt ze veel te druk,' zeg ik. 'Straks kunnen ze niet slapen.'

Grote Mond kijkt me aan. 'Hoe oud ben je, Sunset, zeventig? Doe niet zo suf, laat iedereen een beetje lol hebben.'

Maar zij wordt niet midden in de nacht wakker van Ace

die gilt dat de vampier hem wil bijten. En ik moet met Sweetie naar de wc rennen omdat ze moet overgeven. Mijn vader had voor het avondeten de roomservice laten komen en ons alles laten bestellen waar we trek in hadden. Sweetie koos drie toetjes: een IJsparadijs, een Chocoladeverrukking en een Citroenjammiejammie. Als ze in de wc-pot spetteren, is er niets paradijselijks, verrukkelijks of jammiejammies meer aan. Sweetie moet na afloop uitgebreid worden gewassen en getroost.

Daarna kunnen we niet goed meer in slaap komen. We kruipen bij elkaar in het supergrote bed in de tweede slaapkamer. De kussens zijn te dun en de lakens zitten te strak en de kamer is te warm. We woelen en draaien in onze onbekende nieuwe pyjama's. Uiteindelijk ga ik met mijn armen om hen heen op mijn rug liggen, en dan vallen ze eindelijk in slaap. Ik blijf klaarwakker liggen, met tintelende armen. Ik probeer de tijd te verdrijven door in mijn hoofd een liedje te schrijven, maar ik ben te moe, ik lig niet lekker en ik voel me zelf ook een beetje misselijk. Ik had bij de roomservice een salade besteld, omdat ik groot wilde zijn. Er zaten olijven bij en vieze, stinkende visdingen die eruitzagen als wormen. Als ik uiteindelijk in slaap val, droom ik dat die wormen door mijn maag kronkelen.

We worden laat wakker, maar mijn vader en Grote Mond zijn nog niet op. Ze slapen eindeloos uit, met hun slaapkamerdeur stijf dicht. Ik neem Sweetie en Ace mee naar de badkamer, waar we ons allemaal wassen en onze nieuwe kleren aantrekken. We zijn vergeten ondergoed en sokken te kopen, dus we moeten het maar doen met die van gisteren.

We gaan de grote huiskamer in en ik kom er uiteindelijk achter hoe we de enorme tv aan kunnen krijgen. Daarmee weten we ons een poosje te vermaken. Maar we beginnen wel erge honger te krijgen, vooral Sweetie, die al haar toetjes eruit heeft gegooid. Ik durf niets te bestellen bij de roomservice, maar ik ontdek een grote koelkast vol drankjes en hapjes, dus we hebben een erg vreemd ontbijt van cola, pinda's, Pringles en chocola. Sweetie voelt zich na afloop weer een beetje misselijk, en Ace moet van de cola veel boeren laten. Hij gaat er eindeloos mee door, alleen om te klieren.

'Ik vervéél me,' zegt hij. 'Ik ga papa wakker maken.'

'Nee. Dat mag niet. Je weet dat je hem 's morgens niet wakker mag maken. Bovendien is zíj er ook.'

'Ik vind haar niet aardig,' zegt Sweetie.

'Je vond haar wel aardig toen ze gisteren je gezicht schminkte.'

'Nietes! Ik deed maar alsof, omdat ik er mooi wilde uitzien. Ik vind haar helemaal niet écht aardig,' zegt ze.

'Ik vind haar ook niet aardig,' zegt Ace. 'Mama is veel liever. Waarom vindt papa haar liever dan mama?'

'Ach, je bent te klein om zulke dingen te snappen,' zeg ik, hoewel ik het zelf ook niet goed begrijp.

Als mijn vader en Grote Mond eindelijk, eindelijk wakker worden, bestellen ze voor ons allemaal een ontbijt bij de roomservice, hoewel het intussen al min of meer lunchtijd is. Mijn vader zegt dat hij ons ergens mee naartoe wil nemen. Ace wil naar de dierentuin om de tijgers te zien, hoewel hij er al is geweest en zelf heeft kunnen zien dat ze geen tijgers hebben.

'Ik weet een andere dierentuin – een leuke dierentuin, vooral voor kinderen,' zegt Grote Mond. 'Er zijn geen tijgers... ze hebben voornamelijk kleine, harige beestjes, zoals apen, maar je kunt er heel dicht bij de stokstaartjes komen. Weet je wat dat zijn, Ace, stokstaartjes?' Plotseling doet ze heel erg goed een stokstaartje na. Ze maakt haar nek lang, trilt met haar neus en ziet er zo grappig uit, echt als een stokstaartje, dat we allemaal in lachen uitbarsten.

We besluiten dus naar die dierentuin te gaan, in Battersea Park. Mijn vader woelt steeds met zijn hand door Grote Monds haar, doet alsof hij haar kleine hapjes eten voert en noemt haar 'mijn kleine stokstaartje'. Het is om misselijk van te worden. Maar ze heeft gelijk, de dierentuin is geweldig. Als je door een tunnel kruipt, kom je met je hoofd midden in het verblijf van de stokstaartjes uit. Ze staren naar ons met hun kleine kraaloogjes alsof wíj de grappige diertjes zijn.

Ace vindt de hangbuikzwijnen ook leuk. Ik moet hem heel goed vasthouden om te voorkomen dat hij over de omheining klautert. Sweetie vindt de doodshoofdaapjes leuk. Ik houd het meest van de muisjes, die hun eigen grote muizenhuis hebben, met echte meubeltjes. Ik denk aan Kleerkaststad en hoe geweldig het zou zijn om echte muizen te hebben die door de kamers rennen, achter het fornuis staan, op de bank springen en zich oprollen in bed. Ik vraag me af of ik er misschien stiekem twee kleine muisjes in zou kunnen zetten. Maar misschien niet een jongen en een meisje, want dan krijgen ze kleintjes en heb je er al gauw een heleboel.

Ik kijk naar mijn vader en Grote Mond. Hij loopt met zijn arm om haar heen en trekt haar dicht tegen zich aan. Stel je voor dat *zíj* een baby krijgen. Als Grote Mond zich over een hek buigt om een groot wit konijn te aaien (waarbij een groot stuk van haar benen te zien is), pak ik mijn vader bij zijn hand en trek hem een eindje mee.

'Pap... pap, mag ik je iets vragen?'

'Wat dan, schat?' vraagt mijn vader. Hij glimlacht en is helemaal ontspannen – veel mensen herkennen hem en hij grijnst en knikt aan één stuk door.

'Pap, hou je van Lizzi?'

Hij kijkt me verrast aan. 'Heeft je moeder gezegd dat je dat moest vragen?'

'Nee!'

Mijn vader lacht. 'Nou, het is ook *háár* favoriete vraag.' Hij zwaait beleefd naar een kale opa die enthousiast zijn duim naar hem opsteekt en als eerbetoon een luchtgitaarsolo weggeeft.

'Nou, hou je van haar?'

Mijn vader zucht even. 'Dat weet ik niet. Doe me een lol, Sunset.'

'Maar ik moet het weten, pap. Ben je echt verliefd op haar en wil je voorgoed bij haar blijven... of kom je weer terug bij ons?'

'Ik zeg je net, ik *wéét* het niet. Ik wil alleen een beetje lol maken. Mag ik alsjeblieft, of is dat te veel gevraagd? Je moeder maakt me gek, Sunset. Als ik maar *kíjk* naar een knappe vrouw die voorbijkomt, gaat ze al door het lint. Ik kan niet eeuwig thuis opgesloten zitten. Ik ben gewend aan het ruige leven, altijd onderweg, iedere avond optreden...'

Ik staar mijn vader aan. Hij is al in geen jaren meer op tournee geweest. Hij heeft geen nieuw album om te promoten. Dus waar heeft hij het over? Hij doet fantasiespelletjes met Lizzi, en maakt zichzelf wijs dat hij weer jong is. Het is alsof hij in zijn eigen Kleerkaststad is gestapt.

Mijn vader steekt zijn hand uit en raakt zachtjes mijn mond aan.

'Wat? Zag je mijn tanden?' vraag ik verschrikt.

'Nee, nee, kiddo, je stond op je lip te bijten. Maak je niet zo druk om die stomme tanden, Sunset. Je moeder heeft een tandencomplex. Ik had precies zulke tanden als jij, voor ik er iets aan heb laten doen.'

Ik blijf staan. 'Pap... Destiny, dat meisje dat je dochter zou kunnen zijn, weet je nog wel... zij heeft ook scheve tanden.'

Maar nu heb ik het verbruid.

'Hou daar nou eens over op, meid. Ik kan niet méér dochters aan dan ik al heb. Echt of niet echt.'

Hij loopt naar Grote Mond toe en geeft haar een gênante klap op haar achterwerk.

Ik kijk om me heen of ik Sweetie en Ace zie, maar ik zie ze nergens. Tien minuten staan we doodsangsten uit en rennen de hele dierentuin rond, maar dan vinden we ze terug bij de doodshoofdaapjes.

'Jullie zijn zelf net een stel aapjes. Ik zou jullie in een kooi moeten stoppen,' zegt mijn vader. Hij pakt ze op en geeft ze allebei een knuffel.

Grote Mond kijkt geeuwend toe. Ik vraag me af of zij zin heeft om met mijn vader ergens te gaan wonen en kinderen te krijgen. Of zou zij ook alleen maar lol willen maken? Ze kijkt op haar horloge.

'Hé, Danny, vergeet niet dat we vanavond uitgaan. Kunnen we de kinderen niet beter terugbrengen?'

We worden opgehouden in het verkeer en komen pas tegen zevenen thuis. Mijn moeder doet met een bleek gezicht en rode ogen de deur open.

'O, godzijdank!' roept ze, en ze bedelft ons allemaal onder de knuffels en de zoenen, zelfs mij. Dan draait ze zich om naar mijn vader. 'Hoe durf je me expres zo te kwellen? Je zei dat je ze vanmiddag zou terugbrengen. Ik heb vanaf twee uur op ze zitten wachten. Ik heb je als een gek gebeld en boodschappen achtergelaten, en jij hebt niet eens het fatsoen om terug te bellen!'

'Hé, hé, kalm een beetje. Ik had mijn telefoon uit staan. We waren leuke dingen aan het doen. We hebben ons prima vermaakt, hè, jongens?'

'Ja, mam, ik wil een hangbuikzwijn als huisdier!' zegt Ace. 'Ze maken gekke geluiden. Hoor maar!' Hij begint enthousiast te knorren en te snuiven.

'En ik wil een doodshoofdaapje,' zegt Sweetie. 'O, mammie, ze zijn zo lief en schattig en grappig.'

Ze springen vrolijk op en neer en vertellen honderduit. Ze zijn te klein om te zien dat dit een grote vergissing is. Mijn moeder wordt er alleen maar verschrikkelijk boos om, en zij is degene bij wie we straks achterblijven. Dan neemt mijn vader afscheid en beginnen ze allebei te huilen. Ace wordt kwaad en probeert mijn vader te schoppen.

'Je bent een heel erg stoute pappa! Je mag niet weggaan!' schreeuwt hij.

Sweetie huilt ook. Ze is ontroostbaar. 'O, pappie, ga nou niet weg. Alsjeblieft, alsjeblieft, alsjeblieft. Ik hou zoveel van je, je moet blijven. Toe nou, pappie, alsjeblíéft!'

Plotseling is mijn vader ook bijna in tranen. Hij klemt Sweetie tegen zich aan, begraaft zijn gezicht in haar goudblonde haren en fluistert in haar oor. Ik houd hem ook vast en hij trekt me dicht tegen zich aan.

'Daar is mijn grote, dappere meid. Ik hou van je, Sunset.'

'Ik hou ook van jou, pap.' Er zit zo'n grote brok in mijn keel, dat ik de woorden bijna niet kan uitbrengen.

'Zul je goed voor je broertje en zusje zorgen, schat?'

'Ja, pap, dat zal ik doen, maak je maar geen zorgen,' beloof ik. En dan gaat hij.

Het is zo onverwacht afschuwelijk om hem uit te zwaaien dat ik ook een beetje moet huilen. Claudia komt naar beneden rennen en slaat haar armen om ons heen.

'Luister eens, Claudia, ik wil graag dat jij je hierbuiten houdt. De kinderen hebben nu hun moeder nodig,' zegt mijn moeder, en ze neemt ons mee naar de grote huiskamer.

Sweeties winkeltje staat er nog te wachten tot het naar haar speelkamer wordt gebracht. Sweetie loopt er een beetje verloren naartoe, nog steeds snikkend. Ze weegt een portie snoepjes af op haar weegschaaltje. Ace pakt een snoepje en stopt het in zijn mond. Dan pakt hij er nog een. De enorme Sweetiepop zit vergeten in een leunstoel.

Mijn moeder laat zich met haar hoofd in haar handen op de bank zakken. Ze voelt zich duidelijk afgewezen.

'O, mam, we hebben je zo gemist,' zeg ik onbeholpen.

'Ach, doe niet zo belachelijk, Sunset. Jullie hebben duidelijk een heerlijke dag gehad met jullie vader,' snuift mijn moeder.

'Sweetie en Ace vonden de dierentuin leuk, maar het grootste deel van de tijd hebben ze het niet naar hun zin gehad,' zeg ik. 'We hebben alle drie heel slecht geslapen.'

'Ik vond mijn pyjama niet fijn, hij zat te strak,' zegt Ace, en hij stopt nog een snoepje in zijn mond.

'Die kleren die je aan hebt zitten je ook te strak, schat. Heeft papa die voor je gekocht? Stel je toch eens voor, dat je niet eens de juiste maat kleren weet te kiezen voor je eigen zoon! Ik zie dat jij ook nieuwe kleren aan hebt, Sweetie. Waarom heeft papa niet de moeite genomen om voor jou iets nieuws te kopen, Sunset? Waarom stelt hij jou altijd achter?'

'Dit zíjn nieuwe kleren, mam. Ik wilde dezelfde,' zeg ik, maar ze luistert niet meer. Ze wil weten wat we hebben gedaan en eist een exact verslag.

'En ik neem aan dat zíj er steeds bij was? Vinden jullie haar aardig? Je kon zeker wel lol met haar maken, hè? Hebben jullie leuke dingen gedaan met Lizzi?'

Sweetie stopt haar duim in haar mond. Ace neemt nog twee snoepjes. Zelfs zij zien in dat dit een sturende vraag is.

'Haal je duim uit je mond, Sweetie, zo gaat je gebit

eraan. En jij, Ace? Vind jij papa's nieuwe vriendin aardig?'

'Ze is grappig als ze doet alsof ze een stokstaartje is,' zegt Ace, en hij propt een handvol snoepjes in zijn mond. 'Maar ik vind haar ook niet aardig.'

'Ace! Eet niet zo vies! Je lijkt wel een varken!'

'Ik ben een hangbuikzwijn, knor, knor,' zegt Ace lachend. Hij kwijlt verschrikkelijk. 'En ik heb ontzettende honger.'

'Ik heb ook een beetje honger, mammie,' zegt Sweetie.

'Heeft pappie jullie geen avondeten gegeven?'

Sweetie denkt even na. 'Volgens mij hebben we niet eens gelúncht.'

Als mijn moeder dat hoort, explodeert ze. Ze geeft míj op mijn kop dat ik er niet op heb gelet dat de kleintjes iets te eten kregen. Ik probeer uit te leggen dat we iets hebben gegeten uit de minibar en om halfeen een uitgebreid warm ontbijt hebben gehad, maar mijn moeder is niet geïnteresseerd in uitleg.

'Jullie zijn vast uitgehongerd, arme schatjes,' zegt ze. Ze strekt haar armen uit en geeft Sweetie en Ace een dikke knuffel. 'Jullie moeten onmiddellijk iets warms eten.'

'Zal ik Margaret vragen om pannenkoeken voor ons te bakken, mam?' vraagt Ace.

'O, ja, mammie, ik ben dól op Margarets pannenkoeken!' zegt Sweetie.

'Nou, ik weet zeker dat jullie pannenkoeken kunnen krijgen, als jullie daar trek in hebben. Claudia, Claudia!'

Claudia komt al aanrennen. Ik vermoed dat ze in de hal heeft staan luisteren.

'Maak jij pannenkoeken voor de kinderen,' zegt mijn moeder kortaf.

'O, ik wil Margarets pannenkoeken, met jam en slagroom. En ze schrijft mijn naam erop, met aardbeiensiroop,' zegt Ace.

'Margaret is er nooit op zondagavond, dat weet je toch, Ace,' zeg ik.

Ik ga die arme Claudia helpen, in de keuken.

'Margaret is er helemaal niet meer,' zegt ze.

'Hoe bedoel je?'

'Ze is weg, samen met John. Ze hebben vanmorgen vroeg hun spullen gepakt, en toen je moeder boven water kwam hebben ze haar gezegd dat ze weggingen en zijn ze vertrokken. Ik denk eerlijk gezegd dat ze een gesprekje hebben gehad met je vader. Hij wil dat John hem blijft rondrijden. En als hij een nieuw huis krijgt, heeft hij een kok nodig.'

'O, Claudia,' zeg ik, ontdaan. 'Beloof me dat jij niet ook weggaat.'

'Sunset, ik heb mijn plan gemaakt, weet je nog wel? Ik heb het je gezegd.'

'Ja, maar dat was anders. Toen was papa hier nog, en alles was nog oké. O, ga alsjeblieft nog niet weg!'

'Heb jij enig idee hoe je pannenkoeken moet maken? Ik weet dat je boter in een koekenpan moet doen, maar hoe je het beslag maakt... Probeer je niet te veel zorgen te maken, Sunset. Ik beloof je dat ik zo lang mogelijk blijf.'

Maar Claudia vertrekt al na een paar dagen. Het is niet haar schuld. Mijn moeder windt zich verschrikkelijk op als ze op een ochtend een brief krijgt van de advocaat van mijn vader. Het gaat allemaal over de zorg voor de kinderen als ze uit elkaar zijn.

'Ik doe niet mee met die flauwekul,' zegt mijn moeder. Ze propt de brief in elkaar en gooit hem in de vuilnisbak.

De vuilnisbak ligt al vol met papieren zakdoekjes en dozen van afhaalmaaltijden en heel veel lege flessen. Danka, de vrouw die iedere dag schoonmaakt, komt blijkbaar ook niet meer. Het huis is zonder haar erg vies en rommelig geworden. De keuken is een verschrikking. Overal ligt troep op de grond. Arme Bessie de poes is helemaal van streek, omdat haar kattenbak ontzettend vies is en ze er zo niet op wil. Ik moet mijn neus dichtknijpen om de stinkende troep in een grote plastic zak te gooien. Ik probeer ook wat te dweilen, maar het lijkt alsof ik het vuil alleen maar verspreid in plaats van dat het schoon wordt.

Dan loop ik naar de vuilnisbak, want ik wil de brief lezen.

'Doe me een plezier, Sunset, ga alsjeblieft niet in de vuilnisbakken staan graaien,' zegt mijn moeder. 'Wat heb je daar nou te zoeken?'

'Ik wil weten of papa ons nog wil zien,' mompel ik.

'Ja, natuurlijk wil hij dat. Hij eist van alles. Hij wil jullie ieder weekend zien, schrijft iedereen de wet maar voor – alleen maar om met jullie en die slet de bink uit te hangen bij de paparazzi. Nou, hij is als ouder niks waard. Hij kan jullie niet kleden, hij denkt er niet eens aan om jullie eten te geven, dus ik wil het niet hebben. Het is trouwens toch grote flauwekul. Toen hij hier nog woonde, nam hij niet eens de moeite om met jullie te spelen. Waarom moet hij opeens zo hoog van de toren blazen over zijn vaderlijke rechten als hij de boel in de steek laat? Wat is hij voor vader? Hij geeft niets om ons. Wanneer heeft hij ooit iets voor jou gedaan, Sunset? Hij duwt je alleen maar weg en zegt: "Nu niet, schat" als je even iets tegen hem zegt.'

Dat is zo afschuwelijk waar dat ik mijn hand voor mijn gezicht sla en mijn best doe om niet te huilen. Claudia doet pogingen om de vaatwasser leeg te halen en opnieuw te vullen. Mijn moeder heeft hem belachelijk vol gepropt, met steelpannen die stijf tegen de glazen aan staan. Ze heeft van een paar glazen de steel afgebroken en Claudia vist de glasscherven van de bodem.

'Echt, Suzy, je moet voorzichtiger zijn. Dit is heel gevaarlijk,' zegt ze, terwijl ze het glas in een krant wikkelt. Ze draait zich naar mij om. 'Je vader heeft het soms misschien erg druk, maar hij houdt toch heel veel van je,' zegt ze.

Mijn moeder wordt nog bozer. 'Lees mij niet de les met dat stomme stemmetje van je! Ik maak uit wat er hier gebeuren moet. En maak Sunset niks wijs over haar vader. Hij houdt helemaal niet zoveel van haar. Hij schaamt zich dood voor haar.'

Ik heb het gevoel dat de glasscherven in mijn maag ploffen.

'Dat is het verschrikkelijkste, oneerlijkste en afschuwelijkste wat je tegen je eigen kind kunt zeggen,' zegt Claudia. 'Je moeder doet ongelofelijk onaardig, Sunset, omdat ze van streek is. Natuurlijk houdt je vader van je. Luister maar niet naar haar.'

'Pardon? Hoe durf je je tegenover mij zo'n houding aan

te meten?' gilt mijn moeder. 'Je bent verdomme maar de kindermeid.'

'Volgens mij heb je me tot chef-kok en afwashulp gebombardeerd,' zegt Claudia. 'Maar inderdaad, ik ben het kindermeisje, en ik heb het belang van je kinderen voor ogen.'

'Je wilt ze alleen maar tegen me opzetten, net als iedereen,' zegt mijn moeder. 'En dat accepteer ik niet. Je kunt nu vertrekken. Kom op, pak je spullen en wegwezen.'

'Met alle plezier, maar ik ga pas als je een regeling hebt getroffen voor de verzorging van de kinderen.'

'Hoe durf je mij de wet voor te schrijven! Je pakt je spullen, en als je niet binnen een halfuur weg bent, bel ik de politie! Ik heb niemand nodig om voor mijn kinderen te zorgen. Dat kan ik zelf.'

Dus Claudia vertrekt, hoewel ze moet huilen als ze afscheid neemt.

'Het spijt me zo verschrikkelijk, Sunset. Ik wou dat ik kon blijven... maar als ik doorzet, wordt het alleen maar erger. Ik weet zeker dat ze wel weer wat kalmeert als ik weg ben. En ik heb het mobiele nummer van je vader. Ik zal hem de situatie uitleggen. Los van alles heb ik nog heel veel geld tegoed, maar dat is niet zo belangrijk. Jullie zijn belangrijk, jij en Sweetie en Ace. Jullie ouders zijn jullie niet waard, vooral jou niet, Sunset. Jij bent een lief, hartelijk, intelligent meisje, vergeet dat niet. Ik zou trots zijn om jou als dochter te hebben.'

Dan begin ik te huilen, en Sweetie en Ace doen met me mee. We beseffen alle drie te laat dat Claudia het beste kindermeisje is dat we ooit hebben gehad. Maar ze rijdt weg in een taxi en wij zitten in ons eentje in ons enorme huis, samen met mijn moeder.

Ik weet niet wat ik moet doen. Ik wil naar boven rennen en me verstoppen in Kleerkaststad, maar naast me staan Sweetie en Ace luidkeels te huilen, en mijn moeder ligt languit op de bank en huilt ook. Dus ik loop naar de badkamer en ik was mijn gezicht. Als ik mezelf in de spiegel bekijk, hoor ik *hij schaamt zich dood, hij schaamt zich dood*, maar ik zeg hardop: 'Hou je kop!'

Dan was ik Sweeties gezicht en ik kam haar haar. Daar kalmeert ze van, maar met Ace is het lastiger. Hij vertrekt zijn gezicht en zet het op een schreeuwen, maar ik til zijn kin op met mijn hand en veeg al zijn tranen en snot weg. Als ik klaar ben, snottert hij nog steeds, maar hij is tenminste schoon.

'Nou,' zeg ik. 'Vandaag wil ik dat je een tijger bent, Ace. Ik help je met je tijgerpak. En jij, Sweetie, wordt een sprookjesprinses, dus we doen je feestjurk aan.'

Ze kijken me allebei met knipperende ogen aan.

'Krijg ik weer een feestje?' vraagt Sweetie.

'We kunnen een feestje voor je houden, als je dat graag wilt,' zeg ik.

'*Ik* wil een feestje. Het is niet eerlijk, Sweetie heeft net een feestje gehad,' dreint Ace.

'Het is ook jouw feestje, een speciaal tijgerfeestje. We houden twee feestjes tegelijk.'

'Echte feestjes, met echt eten?' vraagt Sweetie, die gewend is aan mijn fantasiespelletjes.

'Ja, we kunnen echte feesthapjes hebben,' beloof ik grootmoedig.

'Heb jij ook een feestje, Sunset?'

'Nee, ik ben de partyplanner,' zeg ik, en ik wrijf mijn handen met de nethandschoentjes over elkaar.

'Komen er gasten?' vraagt Sweetie. 'Mag ik pappie uitnodigen?'

Ik haal diep adem. 'Nee, de gasten moeten al in het huis zijn. Je mag mama uitnodigen, en je nieuwe grote pop. En mij. Je moet echte uitnodigingen maken. Je hebt nieuwe krijtjes en een tekenboek, Sweetie. Ga ze maar halen, dan laat ik jullie zien hoe je uitnodigingen maakt. Je kunt een sprookjesprinses op je kaartjes tekenen, Sweetie, en als je Ace je zwarte en oranje krijtjes wilt lenen, kan hij op zijn kaartjes een tijger tekenen.'

Als ik wegga, liggen ze in hun feestkleren met hun buik op de grond hun uitnodigingen te maken. Er komen kreukels in Sweeties jurk, maar ik besluit dat dat niet erg is. Ik denk niet dat ze hem ooit nog zal dragen.

Ik ga mijn moeder zoeken. Ze zit nijdige telefoongesprekken te voeren door haar mobiel. De tranen lopen nog steeds over haar wangen.

'Aan dat stomme uitzendbureau heb je ook niks,' zegt ze. 'Ze zeggen dat ze op dit moment geen geschikte mensen beschikbaar hebben! Hoe kan dat nou! "Vanwege de uitzonderlijk grote vraag." Ja, natúúrlijk is er vraag, daar is het een uitzendbureau voor. Ze zeggen dat ik het volgende week nog maar eens moet proberen. Volgende wéék! Dan hoeft het al niet meer, dan zijn we allemaal allang doodgehongerd, en als we nog wél leven, staan we tot onze enkels in de rotzooi. En áls ze zich verwaardigen een huishoudster en een kindermeisje te sturen, moet ik "alternatieve middelen" zoeken om te betalen. Weet je wat die rotzak van een vader van je heeft gedaan? Hij heeft al mijn creditcards geblokkeerd! O, Sunset, wat moeten we doen?'

'We redden het wel, mam, jij en ik.'

'O, natuurlijk, dan ga jij zeker de salarissen uitbetalen?'

'We hoeven geen salarissen meer te betalen, want wij kunnen zelf koken en schoonmaken en voor Ace en Sweetie zorgen.'

'Jij bent nog maar een onnozel kind, en ik heb geen idee als het op koken en schoonmaken en zo aankomt.'

'Je hebt toch wel eens gekookt en schoongemaakt vóór je beroemd werd? Toen je nog in die flat woonde?'

Mijn moeder wordt er niet graag aan herinnerd dat ze is opgegroeid in een arme wijk. Ze kijkt me nijdig aan. 'Je weet niet waar je het over hebt. We kookten nooit, we gingen gewoon naar de snackbar. En wat schoonmaken betreft, laat me niet lachen! Op mijn zestiende was ik weg uit dat smerige krot en had ik al mijn eigen inkomsten als model. Sunset, ik zat laatst te denken... ik heb dan misschien drie kinderen gehad, maar ik zou misschien best nog wat modellenwerk kunnen doen, vooral na die laatste borstcorrectie. Wat denk jij ervan?'

Ik denk dat ze gek is, maar ze fleurt weer wat op bij de gedachte, dus ik ga mee in het idee. 'Ja, natuurlijk kun je dat doen, mam. Je bent nog steeds hartstikke knap. Hoewel je mascara nu een beetje is doorgelopen. Wacht, dan haal ik even een nat doekje om het weg te vegen. Of ga anders even douchen, je haar wassen, jezelf lekker optutten, want Sweetie en Ace hebben een feestje.'

'Ben je gek geworden, Sunset? We hebben net een rampzalig feestje achter de rug. Wil je me gek hebben of zo? Hallo?' Ze tikt hard met haar lange, valse nagels tegen mijn voorhoofd. 'Is daar iemand?'

Nu is het genoeg geweest. Plotseling heb ik schoon genoeg van haar. Ik sla haar hand weg en geef haar bijna een klap in haar gezicht.

'Ja, er ís daar iemand, mam. Ik ben Sunset en ik ben een méns. Ik heb gevoel. Ik ben het zat dat iedereen zo rot tegen me doet. Ik doe mijn best om voor iedereen te zorgen, zelfs voor jou. Sweetie en Ace moesten huilen, dus het leek me een goed idee om ze af te leiden met een feestje, gewoon voor de lol, en ze zijn er helemaal van opgevrolijkt. Dit is allemaal verschrikkelijk eng, begrijp je dat dan niet?'

'Waag het niet om zo tegen mij te praten!'

'Wat wou je ertegen doen? Ga je me vertellen dat ik mijn spullen moet pakken, net als Claudia? Ga je een nieuwe dochter halen bij het uitzendbureau – een knappe, met perfecte tanden? Ik weet dat je me niet wilt, maar je zit met me opgescheept. Dus hou op met klagen en huilen en mopperen en zorg voor ons. Jij bent de moeder!'

Ze kijkt stomverbaasd, alsof Sweeties pop plotseling uit haar stoel is opgestaan en tegen haar staat te schreeuwen.

'Oké, ik ben de moeder... maar ik wou dat het niet zo was!' zegt ze, en ze rent de kamer uit.

Ik weet niet waar ze naartoe is en wat ze gaat doen. Ik besluit dat het me niet kan schelen. Ik loop de keuken in en kijk in de koelkast om te zien of er iets te eten is voor het feestje. Nou ja, we kunnen beginnen met ijs, en er staat een grote schaal met fruit. Ik kan er kleine stukjes van snijden en een fruitsalade maken. We hebben brood, dus ik kan sandwiches maken! Ik kan eieren koken. Je hoeft ze alleen maar in een pannetje water op het gas te zetten. En dan kan ik er mayonaise doorheen roeren. Wat hebben we nog meer? Ik vind een grote zak chips en een pakje met pittige worstjes. We hebben een grill. Ik kan de worstjes onder de grill leggen tot ze bruin zijn. Hartstikke makkelijk.

Ik begin. Het is niet zo eenvoudig als ik had gedacht. Ik moet overal tegelijk op letten. Ik moet oppassen dat de worstjes niet aanbranden, en de eieren stoten tegen elkaar in de pan, zodat er barsten in komen. Mijn handen doen pijn van het fruit snijden en het brood smeren. Als de eieren en de worstjes klaar zijn en ik sta te wachten tot ze zijn afgekoeld, kijk ik om me heen, op zoek naar iets om de boel mee op te vrolijken. Ik heb besloten dat we het feestje het beste in de keuken kunnen houden. De grote huiskamer zou alleen maar pijnlijke herinneringen oproepen, en als je met Ace gaat eten, kun je plekken met vloerkleden maar beter vermijden.

Ik zou willen dat ik ballonnen had. Ik behelp me met wat haarlinten van Sweetie, waarmee ik strikken maak om de handgrepen van de keukenladen.

Dan ren ik naar boven om te kijken hoe het met Sweetie en Ace gaat. Ze hebben zich verrassend rustig gehouden. Ze zijn niet in de speelkamer, hoewel er stapels uitnodigingen op de vloer liggen. Ze hebben kennelijk ook gasten gevonden om uit te nodigen: Sweeties beer Rosie, twee barbiepoppen, Ace zijn Tijgerbeer en verschillende kleine soldaatjes. Ze liggen schots en scheef op de grond, alsof ze al naar een feestje zijn geweest en nu hun roes liggen uit te slapen.

Ik hoor gefluister en gegiechel. Sweetie en Ace zijn in mijn kamer. Ik storm de overloop over en blijf in de deuropening staan. Zo te zien zijn ze er al een poosje. De deuren van mijn kleerkast staan wagenwijd open, net als mijn poppenhuis: ze zijn in Kleerkaststad! Ze houden mevrouw Donsje, meneer Bruintje Dikzak, Tjap Tjoj en Tippel in hun handen en laten ze rondspringen en praten met kleine piepstemmetjes.

'Wat dóén jullie?' schreeuw ik.

Sweetie en Ace springen schuldbewust overeind. Ze weten dat Kleerkaststad streng verboden terrein is. Een paar weken geleden was ik woedend tekeergegaan, had ik al mijn dierbare persoonlijke vriendjes uit hun handen gerukt en Sweetie en Ace uit mijn kamer gezet. Maar nu vind ik het gek genoeg helemaal niet zo erg. Kleerkaststad is voor mij niet écht meer. Het is alleen maar fijn speelgoed waar ik altijd graag mee speelde... en nu vinden Sweetie en Ace het ook leuk om ermee te spelen.

'Sorry, Sunset! We zetten al je mensjes terug,' zegt Sweetie snel.

'Het geeft niet. Ik denk dat ik het nu wel goed vind als

jullie met mijn poppenhuis willen spelen. Als jullie er maar heel voorzichtig mee zijn, en alleen als ik zeg dat het mag. Kijk, zullen we mevrouw Donsje op het feestje uitnodigen?'

'O, ja, laten we dat doen! Zij wil heel graag naar mijn prinsessenfeest komen,' zegt Sweetie.

'Maar je moet wel heel goed op haar passen, hoor. Ze voelt zich misschien een beetje klein en verlegen naast jouw Rosiebeer.'

Ik zet bijna al mijn mensen terug op hun favoriete plekjes. Dan zoek ik in de kastjes en kijk onder de bedjes.

'Waar is Ukkepuk?' vraag ik.

'Wie is Ukkepuk?' vraagt Sweetie.

'Dat kleine baby'tje van boetseerklei,' zeg ik.

Ze kijken ontzet, vooral Ace.

'Wat heb je met Ukkepuk gedaan?' vraag ik streng.

'Niets,' zegt Ace snel.

'Ik denk dat we haar per ongeluk hebben fijngeknepen,' zegt Sweetie. 'We hebben haar gebruikt om eten te maken voor de kleine beertjes.'

'Arme Ukkepuk!' zeg ik. 'Dus jullie hebben de rest van mijn familie in kannibalen veranderd?' Ik probeer boos te doen, maar ik kan mijn lachen niet inhouden en Sweetie en Ace lachen mee.

We verzamelen alle poppen en beren, zetten ze in een kring in de speelkamer en dan delen Sweetie en Ace hun uitnodigingen uit.

'Vergeet je grote nieuwe pop beneden niet, Sweetie,' zeg ik. 'Hoe ga je haar noemen?'

'Dat weet ik nog niet. Ik kan nooit goede namen bedenken voor mensen,' zegt Sweetie.

'Laten we haar prinses Rosabel noemen,' zeg ik.

'O, ja, dat is een práchtige naam,' zegt Sweetie.

*'Ik ben prinsesje Rosabel,*
*ik heb een mooie naam*
*en ik wil graag supersnel*
*naar het feestje gaan.'*

Ik bedenk al zingend de woorden. Ik denk even na.

*'Ik zal dansen als een danseres*
*en zingen, lief en zacht.*
*Ik geef een kus aan mijn zus, de prinses*
*En ga spelen, de hele nacht.*

Het is niet echt een goed liedje, maar Sweetie zingt het vrolijk mee. Ace wil ook een liedje.

*'Hoor hoe hij brult,*
*voel hoe hij bijt,*
*kijk hoe hij vecht*
*grommend van nijd.*
*Strepen op zijn gezicht,*
*wat een beest!*
*Dat is mijn tijger,*
*Dat is Ace.'*

Hij vindt mijn liedje leuk, hoewel hij de woorden en het wijsje niet kan onthouden. Hij roept alleen maar 'Brult!' en 'Bijt!' en 'Vecht!'.

'Oké, dan kan het feestje nu beginnen,' zeg ik. 'Nemen jullie je gasten maar mee naar beneden.'

Terwijl zij alle poppen en beren op de banken in de keuken proberen te zetten, maak ik de eiersandwiches klaar. Ik steek prikkers in de worstjes en leg alle hapjes in een mooi patroon op de borden. Ik weet niet hoeveel borden ik moet neerzetten voor echte mensen. Ik loop naar de keukendeur en roep.

'Mam, het feestje gaat beginnen. Kom je ook?'

Ik verwacht niet echt antwoord. Waarschijnlijk is ze met een fles wijn teruggekropen in bed. Maar dan hoor ik voetstappen op de trap, klik-klak, klik-klak. Ze heeft dus haar hoge hakken aan. Als ze de keuken inkomt, houden we allemaal onze adem in, zo prachtig ziet ze eruit. Ze heeft haar allermooiste zilversatijnen jurk aan. Hij is heel diep uitgesneden, komt tot haar enkels en sluit perfect om haar heen. Hij schittert en glinstert in het licht van de keukenlampen. Ze heeft haar haar gewassen en opgekamd, zodat het licht en luchtig om haar hoofd valt, en ze heeft nieuwe make-up opgedaan, met speciale zilveren oogschaduw. Ze heeft zwarte eyeliner op, net als Cleopatra, en ze heeft prachtige roze wangen, maar haar lippen zien heel bleek. Ze heeft helemaal geen lippenstift op.

'O, mammie, wat zie je er prachtig uit!' zegt Sweetie.

'Je bent mooi, mam!' zegt Ace.

'O, mam, dankjewel dat je naar het feestje bent gekomen,' zeg ik.

'Ik zou het voor geen goud willen missen,' zegt mijn moeder.

Zij gaat aan het ene eind van de tafel zitten, ik aan het andere eind, en Sweetie en Ace zitten op de banken tussen ons in en springen voortdurend heen en weer om feestgangers rechtop te zetten die dreigen om te vallen.

Samen eten we van de feesthapjes. Sweetie en Ace delen er royaal van uit, zodat ik voortdurend harige snuitjes en plastic lipjes moet afvegen. Mijn moeder knabbelt wat van een sandwich en neemt een heel klein beetje fruitsalade, maar we zijn gewend dat ze niet veel eet, vanwege haar lijn. Sweetie en Ace smullen enthousiast.

'Je bent érg goed in feesthapjes maken, Sunset,' zegt Sweetie.

'Tijger zegt jam-jam-jammie,' zegt Ace.

'Eigenlijk mag je geen eieren koken en worstjes grillen, Sunset. Je zou je kunnen verbranden,' zegt mijn moeder. 'Maar goed gedaan, hoor, schat. Dit is een heel goed idee. We kunnen ons prima zelf redden, hè, kinderen? We hebben het geweldig naar onze zin, toch?'

We hebben het geen van allen écht heel erg naar onze zin, maar we doen allemaal zo goed mogelijk alsof.

We houden het dagenlang vol en doen ons best om onszelf te overtuigen. Zaterdag komt mijn vader aan de deur. Als mijn moeder niet opendoet, probeert hij toch binnen te komen, maar ze heeft de voordeur en de achterdeur op slot gedraaid. Mijn vader schreeuwt en klopt op de ramen. Sweetie en Ace klampen zich huilend aan me vast, niet wetend of ze naar buiten willen rennen, naar papa toe, of veilig bij mama willen blijven. Mijn moeder doet alsof mijn vader een enge man is die ons kwaad wil doen. Wij weten dat dat onzin is, maar op de een of andere manier is het toch net alsof we belegerd worden en mijn vader de slechterik is. Hij probeert ons ook te bellen, steeds opnieuw, tot het is alsof het hele huis rinkelt. Maar uiteindelijk geeft hij het op en hij rijdt weg.

Mijn moeder juicht. Wij weten niet of we ook moeten juichen of dat we moeten huilen. Mijn vader komt zondag niet terug. Ook daar doet mijn moeder triomfantelijk over.

'Zie je wel! Als jullie vader écht om jullie gaf, zou hij vanmorgen vroeg meteen zijn teruggekomen. Ik zou niet rusten voor ik jullie te zien zou krijgen, schatten van me,' zegt ze.

Ze slooft zich extra voor ons uit en stelt voor dat we de hele avond dvd's gaan kijken, met popcorn, chocola en ijs... en héél veel wijn voor haar.

'Geen saaie bedtijden. We kunnen de hele nacht opblijven, als we willen. Het leven is veel leuker met mama, vinden jullie ook niet?'

Mijn moeder valt als eerste in slaap, in een hoopje op de bank, met haar wijnglas nog in haar hand. Ze verroert zich niet als ik haar probeer wakker te maken. Ik moet zelf Sweetie en Ace naar boven dragen. Daarna zoek ik een deken voor mijn moeder en ga ik zelf naar bed.

De volgende ochtend slapen we allemaal tot over tienen uit. Mijn moeder is nog lang niet op, dus ik maak voor Sweetie, Ace en mezelf ontbijt klaar. School is afgelopen, dus spelen we maar schooltje. Ik zet Sweetie en

Ace met prinses Rosabel en wat ander speelgoed aan de keukentafel en we spelen een ouderwetse schoolles na. Als een van de poppen of beren stout is of van de bank valt, schud ik ze even door elkaar, of ik zet ze voor straf in de hoek. Ace doet expres ondeugend, omdat hij het leuk vindt om in de hoek te staan.

De telefoon blijft maar overgaan, en ik weet niet wat ik moet doen. Mijn moeder heeft ons verboden op te nemen, maar zij is nog steeds boven, op haar kamer. Ze merkt het toch niet. Ik vind dat ik echt met papa moet praten – hij zal zich zo'n zorgen maken over ons. Ik pak voorzichtig de hoorn op.

'Pap?' fluister ik.

Maar het is mijn vader niet, het is Rose-May.

'Hallo, ben jij dat, Suzy? Waarom neem je in hemelsnaam je telefoon niet op? Maar goed, ik ben blij dat je je verstand terug hebt. Luister, schat...'

'Je spreekt niet met Suzy. Ik ben het, Sunset.'

'Wat?' Rose-May zucht ongeduldig. 'Wil je alsjeblieft je moeder even geven, Sunset?'

'Dat kan niet. Ze is nog niet op.'

'Maak haar dan wakker, het is al over elven!'

'Ja, maar als ik dat doe, denk ik niet dat ze met je wil praten.'

'Mijn hemel, is dat mens niet goed snik of zo? Dit gaat niet over Danny. Het gaat over Sweetie.'

'Sweetie?'

Sweetie, die bezig is prinses Rosabel een P en een R te laten schrijven voor haar taalles, kijkt op. 'Wat is er?' vraagt ze.

'Ik moet Suzy spreken over Sweetie. Het is dringend,' zegt Rose-May. 'Och, laat ook maar, ik kom wel langs. Ik ben over een uur bij jullie.'

Ze hangt op. Sweetie en Ace staren me aan.

'Dat was Rose-May,' zeg ik. 'Maar we zeggen niets tegen mama. Straks wordt ze kwaad.'

'Waarom had je het over mij?' vraagt Sweetie.

'Ze zegt dat ze over je wil praten, met mama,' zeg ik, verbijsterd.

'Ik ben toch niet stout geweest?' vraagt Sweetie angstig. 'Ik wil niet dat Rose-May me op mijn kop geeft. Ze wordt soms heel erg boos.'

'Ze gaat mij toch ook niet op mijn kop geven, hè?' vraagt Ace.

'Rose-May gaat helemaal niemand op zijn kop geven, stelletje mallerds,' zeg ik.

Sweetie stopt toch haar duim in haar mond. Ze ziet er schattig uit in haar nachtpon met konijntjes, maar als Rose-May echt langskomt, kunnen we ons maar beter allemaal gaan wassen en aankleden.

'Kom op, kinderen, naar boven,' zeg ik. 'Tijd om in bad te gaan.'

Sweetie haalt haar duim uit haar mond en wrijft over haar lippen. 'Mijn tanden voelen raar, Sunset,' zegt ze.

'Ik denk dat je ze even moet poetsen,' zeg ik.

Ik maak ons allemaal klaar. Als ik Sweetie en Ace heb droog gewreven, laat ik Sweetie haar prinsessenjurk en Ace zijn tijgerpak aantrekken. Zelf trek ik mijn zwarte kleren aan.

Mijn moeder komt nu in beweging. Ze steekt haar hoofd om de hoek van de deur en wrijft in haar ogen. 'O, jee,' mompelt ze. 'Ik heb zó'n hoofdpijn. Denk je dat je een kop zwarte koffie voor me kunt zetten, Sunset?'

Gelukkig heeft ze zich binnen een halfuur gedoucht en aangekleed. Ze heeft een geruite strik om haar haar gebonden en draagt een strakke spijkerbroek met een klein vestje erboven. Ze ziet eruit als een kind van Sweeties leeftijd, helemaal niet als een moeder.

Als ze een auto hoort aankomen, schrikt ze op. 'Is dat Danny?' vraagt ze.

Dan ziet ze dat het Rose-Mays roze auto is. 'O, god, zíj is het! Is Danny bij haar? Echt iets voor hem, om de onderhandelingen aan zijn vervloekte manager over te laten! Nou, dat bazige wijf kan mooi opdonderen. Ze is niet míjn manager. Ik hoef helemaal niet naar haar te luisteren.'

Rose-May heeft haar eigen afstandsbediening om het hek te openen, maar ze heeft geen sleutel van ons huis. Ze klopt kordaat op de deur.

'Ja, klop maar. We laten je mooi niet binnen,' mompelt mijn moeder.

'Mam, kunnen we niet beter even horen wat ze wil?' zeg ik.

'Nee, niet doen!' zegt Sweetie snel.

'Suzy?' schreeuwt Rose-May door de brievenbus. 'Suzy, wil je de deur even openmaken? Ik begin mijn geduld te verliezen.'

'Kan mij wat schelen,' zegt mijn moeder.

'Suzy, dit gaat niet over Danny, niet direct tenminste.

Het gaat niet over jullie. Ik wil een serieus gesprek met je hebben over Sweetie.'

'Ik wil geen serieus gesprek,' zegt Sweetie.

'Suzy, hoor je me? Er is een heel goede kans dat we van Sweetie een enorme tv-ster kunnen maken. Ik weet dat dit helemaal op het verkeerde moment komt, en dat Danny zich vreselijk heeft misdragen. Ik heb hem duidelijk gemaakt wat ik daarvan vind. Ik heb het gevoel dat hij binnenkort met hangende pootjes terugkomt. Maar goed, zoals ik dus al zei, dit gaat niet over Danny, maar over Sweetie. Dit is het interessantste nieuwe tv-idee waar ik sinds lange tijd van heb gehoord.' Rose-May houdt op met schreeuwen en wacht op antwoord.

Mijn moeder bijt op een van haar valse nagels. Ze kijkt naar Sweetie. Sweetie kijkt naar haar.

'Mammie, word ik echt een tv-ster?' vraagt Sweetie. Ze zegt het op een zakelijke toon, alsof ze altijd al had verwacht dat dit vroeg of laat zou gebeuren.

'Ik... ik weet het niet, schat,' zegt mijn moeder. Ze kijkt naar mij. 'Wat denk jij ervan, Sunset? Denk je dat het waar is? Of zou Danny haar hebben opgestookt?'

'Waarom vragen we het haar niet? Dan merken we het vanzelf,' zeg ik. 'Laat jij haar binnen, dan zet ik water op voor thee.'

Ik jaag mijn moeder met wapperende handen naar de deur. Sweetie schudt haar haar al uit haar ogen en strijkt de kreukels uit haar jurk. Ace trekt een pruillip.

'Waarom mag ík geen tv-ster zijn?' protesteert hij.

En nu ik er goed over nadenk: waarom ík niet? Hoewel

ik niet echt graag op tv wil... vooral niet wanneer Rose-May ons er alles over vertelt. Ze zit met haar lichtpaarse blouse en witte broek in een leunstoel en ziet er erg opgeruimd en zakelijk uit. Ik heb thee gezet in een mooie theepot en alles netjes op een dienblad gezet. Ik hoop dat ze naar me zal glimlachen en zeggen: 'Wat een heerlijk kopje thee, Sunset. Knap gedaan.' Maar ze merkt het nauwelijks op.

'Het programma gaat *Mijn vader is beroemd (en ik straks ook)* heten, en het wordt op de vroege zaterdagavond uitgezonden. Het wordt iets gigántisch, dat zul je zien! Het idee is dat ze iedere week het gezin van een beroemdheid gaan filmen. Jullie buurman, de tennisser, komt ook aan de beurt, met zijn dochtertje. Ze kiezen kinderen die lijken op hun beroemde vaders. Je hoeft niet te raden welke voetballer ze hebben gekozen, met zijn oudste zoon. Ik wist meteen dat Danny en Sweetie perfect in het programma zouden passen. Dat kind is zo'n plaatje, het zou misdadig zijn om haar niet te gebruiken.'

Ik doe mijn best om niets te laten merken, maar Ace is minder terughoudend.

'Neem *míj*, Rose-May,' zegt hij. 'Ik wil ook op tv!'

'Ik weet zeker dat we jou ook een keer op tv gaan zien, Ace, maar nu ben je nog een tikje te jong. De kinderen in het programma moeten minstens zes jaar zijn, om te voorkomen dat kleine hummeltjes worden geëxploiteerd. Voor Sweetie is het perfect, want ze is net jarig geweest. Mijn vermoeden is dat zij de kleinste, schattigste deelneemster gaat worden.'

'Wat moet ze doen? Alleen klein en schattig zijn?' vraag ik.

'O, nee, het kind moet op de ouder lijken. Dus hier komt de hamvraag: kan Sweetie zingen? Het hoeft niet veel te zijn... een paar woordjes, een klein melodietje? Ze verwachten geen kleine operazangeres, maar ze moet wel lekker zingen.'

'Ik kan zingen,' zegt Sweetie. Ze gaat op de koffietafel staan, spreidt haar feestjurk uit en doet haar mond open. Ze zingt mijn liedje van prinses Rosabel met een erg zacht stemmetje. Soms valt ze een beetje weg, maar ze ziet er zo lief uit dat dat veel goedmaakt. Mijn moeder kijkt trots naar haar en klapt aan het eind wild in haar handen. Rose-May knikt.

'Jep. Precies wat ik dacht. Ze redt het wel. Het programma begint met een filmpje van vader en dochter in de gezinssituatie, en daarna verschijnen ze voor een live publiek in de studio. Sweetie gaat dus met Danny een duetje zingen. Ik zal een van Danny's hits voorstellen, iets heel simpels. En dan sluit Sweetie de boel af met een solo. Dat prinsessenliedje is misschien wel geschikt – het is snoezig en het past goed bij haar stem. Wie zingt het?'

'Ik zing het,' zegt Sweetie. 'Sunset heeft het voor me bedacht.'

'Echt?' zegt Rose-May. Ze kijkt alsof ze het niet gelooft. 'Toch niet de tekst én de melodie? Is dat echt jouw eigen liedje, Sunset?'

Ik knik blozend.

'Nou, misschien kun jij dan ook wel op tv.'

'Ik zing voor geen meter,' zeg ik.

'Misschien kunnen we je filmen. We kunnen een opname van je maken terwijl je zogenaamd het liedje bedenkt – dat allebei de dochters van Danny Kilman een rol krijgen. Maar goed, eerst moeten we zien dat ze Sweetie goedkeuren. Ik heb de producente alles over haar verteld. Ze kan hier morgen langskomen... om een uur of elf, oké? Je kunt dan zorgen dat Sweetie er op haar best uitziet.' Rose-May kijkt hoofdschuddend de kamer rond. 'Ik weet een fantastisch schoonmaakbedrijf. Ik zal ze bellen om te vragen of ze hier straks even kunnen langskomen om de boel een beetje op te frissen.'

Mijn moeder bijt nog steeds op haar nagel. 'Moet Danny er ook bij zijn?' vraagt ze.

'Ja, natuurlijk,' zegt Rose-May. 'En ik weet precies wat voor geweldige act jullie kunnen opvoeren. We hebben voor dit programma een superhechte, liefdevolle familiesfeer nodig. Ik doe mijn best om alle negatieve berichtgeving van de afgelopen weken te ontzenuwen, onder het mom dat de roddelpers overhaast belachelijke conclusies heeft getrokken. Danny wilde zijn jonge medespeelster alleen maar graag een paar interessante plekjes van Londen laten zien...'

Mijn moeder zegt een heel lelijk woord.

'Precies,' zegt Rose-May. 'Maar als we de pr goed aanpakken, zijn we daar allemaal bij gebaat. Ik denk dat Danny en jij bij elkaar horen, Suzy. Als jullie bij elkaar blijven, zal dat Danny's carrière enorm helpen. Hij is te oud om er nog met een tiener vandoor te gaan. Het begint ronduit onsmakelijk te worden. De pers heeft daar al vol leedvermaak op gewezen, maar het is nog niet te laat om de situatie te redden.'

'Ik weet niet of ik de situatie wel *wíl* redden,' zegt mijn moeder. 'Danny moet niet denken dat ik hem terugneem, alleen maar omdat hij in een goed blaadje wil komen bij de pers.'

'Goed, schat, als je dat zo wilt... Maar als hij je alimentatie moet betalen, zal hij toch behoorlijk geld moeten verdienen. En als je Sweetie dit grote tv-project laat doen, weet ik zeker dat haar een geweldige carrière als kindsterretje te wachten staat. En dan denk ik niet alleen aan ons eigen land. Ik vermoed dat ze een enorm Disney-potentieel heeft. En ik zal haar graag managen,' zegt Rose-May.

'O, zeg ja, mammie! Ik wil héél graag een ster zijn,' zegt Sweetie.

Natuurlijk krijgt ze haar zin. De volgende ochtend zijn we allemaal supervroeg op, om te zorgen dat het toekomstige kindsterretje op tijd gewassen, gekamd en gekleed is. Haar eigen feestjurk is nu een beetje gevlekt en gekreukt, maar we ruilen hem om met de identieke jurk van prinses Rosabel, en hij past perfect. Ik krijg vlinders in mijn buik als ik eraan denk dat die kleine Sweetie moet zingen voor een onbekende tv-producente, maar zij lijkt er zelf erg koel onder, hoewel ze veel op haar duim zuigt.

Rose-May komt samen met mijn vader aanrijden. Godzijdank is Lizzi Grote Mond nergens te bekennen. Mijn vader heeft zijn nieuwe cowboyhoed op. Hij komt nonchalant naar de deur lopen, maar hij ziet er nerveus uit. Mijn moeder doet open. Onze ouders staan een beetje ongemakkelijk samen in de hal.

'O, mammie, o, pappie!' roept Sweetie. Ze rent van de een naar de ander.

Ace pakt mijn vader om zijn knieën en houdt hem stijf vast.

Mijn vader en moeder kijken elkaar nauwelijks aan. O, laat ze alsjeblieft, alsjeblieft niet weer tegen elkaar gaan schreeuwen, denk ik. Maar ze blijven vreemd rustig.

'Hé, Suus,' mompelt mijn vader.

'Hé, Dan,' zegt mijn moeder.

We gaan met z'n allen de grote huiskamer binnen. Het snoepwinkeltje staat nog steeds in de hoek en herinnert ons allemaal aan het noodlottige feestje. Rose-May zit tussen mijn vader en moeder in en babbelt er opgewekt op los. Ze kijken allemaal trots naar Sweetie, die netjes op een kussen zit, met haar rok om zich heen gespreid, als Goudhaartje uit het sprookje. Ze heeft haar duim in haar mond.

'Doe die duim uit je mond, schat,' zegt mijn moeder. 'Je wilt er toch niet uitzien als een baby, of wel?'

'Ik ben een baby, mam, kijk,' zegt Ace. Hij rolt op zijn rug en trappelt met zijn voeten in de lucht, waarbij hij bijna mijn vader zijn cowboyhoed van zijn hoofd schopt.

'Pas op, knul,' zegt mijn vader. Hij geeuwt en rekt zich uit. 'Mijn god, wat ben ik moe.'

'Blijkbaar niet genoeg geslapen, de laatste tijd,' zegt mijn moeder zuur.

'O, god, hou alsjeblieft op,' zegt mijn vader. 'Waar blijft die producente, Rose-May? We zijn hier allemaal ziekelijk vroeg komen opdagen vanwege haar zogenaamde drukke schema. Waar zit ze?'

Tien minuten later komt ze aan. Ze is erg jong. Ze draagt verschillende T-shirts over elkaar heen, een modieuze spijkerbroek met gaten erin en een zonnebril die ze als een diadeem in haar haar heeft gestoken. Ze heet Deb. Ze glimlacht beleefd als Rose-May haar aan mij voorstelt, ze grinnikt even naar Ace, maar haar ogen beginnen te stralen als ze Sweetie ziet.

'O, ze is snóézig, Rose-May,' zegt Deb.

Sweetie trekt een zelfgenoegzame grijns.

Deb gaat op haar hurken voor haar zitten en begint met een gek stemmetje tegen haar te praten. 'Hallo, lieverdje. Dus jij bent Sweetie, hè? Wat heb je een mooie jurk aan.'

'Eigenlijk is het de jurk van prinses Rosabel, maar ik mag hem lenen,' zegt Sweetie.

'O, wat lief,' zegt Deb onzeker. Waarschijnlijk denkt ze dat Sweetie maar wat kletst.

Rose-May speelt de gastvrouw en biedt koffie en thee aan, maar ze werpt een hulpeloze blik naar mijn moeder. Die besteedt er geen aandacht aan, dus ik sta op en zeg dat ik koffie en thee ga zetten. Als ik met een vol dienblad voorzichtig terug kom lopen, zijn Rose-May en Deb druk in gesprek verwikkeld over Sweetie.

'Ze lijkt me héél erg jong,' zegt Deb. 'Weet je zeker dat ze zes is?'

Rose-May verzekert haar ervan dat Sweetie echt haar zesde verjaardag heeft gevierd.

'Het gaat er namelijk om dat we nogal wat vragen van zo'n klein kind. Het filmpje is maar kort, het grootste deel van het programma wordt zaterdagavond live uitgezonden. Ik kan me niet veroorloven dat er iets misgaat. Ze hoeft maar één keer te huilen of een driftbui te krijgen en ik word door de pers aan de schandpaal genageld voor het kwellen van kleine kinderen. En dan wordt het programma van de buis gehaald. Dus ik moet superstabiele kinderen hebben, geen schattige kleine meisjes die gemakkelijk van de kook raken en gaan huilen.'

'Sweetie is een kleine ster in de dop,' zegt Rose-May zelfverzekerd. 'Ze weet niet eens wat een driftbui ís. Kom, Sweetie, zing je mooie liedje eens voor Deb.'

Sweetie staat op en murmelt iets onverstaanbaars, met haar duim in haar mond.

'Haal je duim uit je mond, schat,' zegt mijn moeder.

Sweetie haalt met een ploppend geluid haar duim uit haar mond en slaakt dan een kreet. Er zit iets boven op haar kleine duimpje! Het is een tánd!

Sweetie staart er geschokt naar en brengt haar hand naar haar mond. Ze voelt het gat. Haar ogen worden groot van ontzetting en ze begint te huilen. Een druppel bloederig kwijl hangt uit haar mond.

'O, Sweetie! O, god, néé!' zegt mijn moeder. 'Ik heb je nog zó gezegd dat je niet steeds op je duim moest zuigen!'

'Hé, ze kan er niets aan doen. Alle kleine kinderen raken hun tanden kwijt,' zegt mijn vader.

'Kom hier, schat, geef die tand maar aan mammie. Misschien kan de tandarts hem wel terugzetten. Of anders zet hij er misschien een nieuwe tand in,' zegt mijn moeder.

'Doe normaal, Suzy, dat kind is zes. En ze ziet er best schattig uit met dat gaatje tussen haar tanden.'

'Ik wíl geen gaatje tussen mijn tanden,' jammert Sweetie. 'Het voelt akelig en er is allemaal blóéd!'

'Het is maar een klein beetje bloed, dat gaat vanzelf over. Het is niet erg, Sweetie, mijn voortand is er ook uit gegaan toen ik zo oud was als jij, maar je krijgt er gewoon weer een nieuwe voor in de plaats,' zeg ik.

'Ik wíl geen nieuwe tanden zoals jij, ik wil mijn óúde tand terug!' brult Sweetie.

Deb zit naar Sweetie te kijken en werpt dan een blik op haar horloge. Rose-May ziet dat.

'Kom, Sweetie, laten we die gekke tand nu maar even vergeten. Je gaat nu voor ons zingen, toch, lieverd? Je wilt deze grote kans toch niet mislopen, schat?'

Sweetie probeert te stoppen met huilen. Mijn moeder neemt haar snel mee naar de badkamer om het bloed weg te vegen, maar dat is een grote vergissing. Sweetie ziet zichzelf in de spiegel en begint te gillen. Het duurt een hele tijd voor ze rustig wordt. Deb maakt aantekeningen, pleegt een telefoontje, drinkt haar koffie. Ze schudt haar hoofd naar Rose-May.

'Ik denk niet dat dit iets wordt,' zegt ze.

'Geef haar even de kans om te kalmeren, Deb. Kom op nou, ze is nog maar klein.'

'Mmm. Té klein, zoals ik dus al zei,' zegt Deb.

'Laat haar in ieder geval even zingen. Ik ga haar wel halen,' zegt Rose-May.

Ze brengt Sweetie terug. Sweetie doet heel erg haar

best om niet te huilen, maar ze snikt en hikt en de tranen rollen nog steeds over haar wangen. Ze heeft allebei haar handen stijf over haar mond geslagen, alsof ze de rest van haar tanden wil vasthouden.

'Zing nou maar, schat,' zegt mijn moeder.

'Laat ons maar iets horen, kleine prinses,' zegt mijn vader.

'Kom op nou, Sweetie, we wachten op je,' zegt Rose-May.

Sweetie doet een moedige poging, maar het gaat niet. Ze zingt met gebogen hoofd, met een zacht, slissend stemmetje, en af en toe raakt ze de wijs kwijt. Halverwege loopt ze vast en begint ze te snikken.

'Probeer het nog één keer, Sweetie,' smeekt mijn moeder.

Sweetie verstopt haar hoofd in een kussen. Ze wil niet meer.

'Arme kleine meid,' zegt Deb. 'Huil maar niet, hoor. Ik weet dat je je best hebt gedaan.'

Sweetie begint nog harder te huilen, want ze weet dat ze het heeft verprutst.

'Tja, nou ja,' zegt Deb, en ze stopt haar mobiel en haar notitieboekje in haar tas.

Rose-May kijkt naar mij. 'We kunnen het natuurlijk ook met Sunset proberen,' zegt ze.

Ze staren me allemaal aan. Ik voel mezelf vuurrood worden.

'Dat kan ik niet!' protesteer ik.

'Misschien toch wel,' zegt Rose-May. 'Je ziet er natuurlijk heel anders uit dan Sweetie, maar daar kunnen we best iets mee doen. Misschien kunnen we voor jou wat ruigere muziek kiezen.'

Deb neemt me keurend op. 'Mmm,' zegt ze.

'Nee,' zeg ik. 'Echt niet.'

'Kom, Sunset, niet zo negatief,' zegt mijn moeder. Ze kijkt naar Deb. 'Ze mist wat zelfvertrouwen, maar als we haar een beetje aanmoedigen, weet ik zeker dat ze goed haar best zal doen. En haar haar ziet er veel beter uit als het behoorlijk is gestyled.' Ze neemt mijn haar in haar handen en probeert het op verschillende manieren langs mijn gezicht te houden.

'Ja, maar kan ze zíngen?' zegt Deb.

'Nee,' zeg ik.

'Wacht eens even,' zegt Rose-May. 'Zei je niet dat jij dat prinsessenliedje van Sweetie had bedacht? Je kunt dus wél zingen!'

'Ik kan niet zingen,' zeg ik. 'Echt niet. Als ik het kon, zou ik het doen, maar ik kan het niet. Hoor maar!'

Ik zing de eerste twee regels van 'Prinses Rosabel' als bewijs.

'Schraap eerst je keel en probeer het dan nog eens,' zegt Rose-May.

'Ik kan niet zingen. Ik ben altijd schor,' zeg ik.

Deb zucht. 'Geeft niks, schat. Niets aan te doen. En jij moet het je ook niet aantrekken, hoor, Sweetie!'

Ze is nog steeds van streek en zit helemaal in elkaar, met het kussen tegen zich aan gedrukt.

Deb kijkt naar mijn vader en schudt haar hoofd. 'Sorry,

Danny, het ziet ernaar uit dat het niets gaat worden met het programma... tenzij je nog andere dochters ergens verstopt hebt.'

Het is maar een grapje, maar ik spring op.

'Ja! O, Deb, alsjeblieft, wil je hier even naar kijken...'

'Het spijt me, Sunset, ik moet verder. Misschien een andere keer...'

'Nee, het duurt maar twee minuten, echt waar. En dan zul je het zien.'

'Sunset? Je mag niet Debs tijd verprutsen, hoor,' zegt Rose-May.

'Nee, alsjeblieft, kijk hier even twee minuutjes naar. Meer vraag ik je niet,' smeek ik. 'Ik ga het halen. Wacht héél even.'

Ik ren naar mijn kamer, grijp de dvd en storm weer naar beneden. Mijn handen beven zo dat ik nauwelijks de dvd uit het doosje kan krijgen en in het apparaat kan stoppen.

'Waar ben je in hemelsnaam mee bezig, Sunset?' vraagt mijn moeder.

'Kijk, mam! Kijk, iedereen!' zeg ik.

*Bilefield's Got Talent* verschijnt op ons tv-scherm, met shots van de hele school die staat te juichen.

'Sunset, alsjeblieft, Deb heeft echt geen zin om naar een schooluitvoering te kijken!' zegt Rose-May.

Ik spoel snel door naar het eind en dan, o, dan loopt Destiny het podium op en begint te praten over haar moeder.

Deb tuurt naar het scherm. 'Wie is dat meisje? Ze heeft dezelfde kleren aan als jij, Sunset.'

Dan doet Destiny haar mond open en begint te zingen. Deb gaat recht overeind zitten en staart naar het scherm.

'Het is mijn nummer,' zegt mijn vader.

'Het is dat meisje!' zegt mijn moeder. 'Sunset, hoe durf je...'

'Stil, Suzy. Moet je die stém horen,' zegt Rose-May.

'Ze is fantastisch!' zegt Deb, als Destiny buigt. 'Wie ís dat?'

'Zij is papa's andere dochter, Destiny,' zeg ik.

'Dat is ze níét. Ze is gewoon het kind van een idiote groupie. Ze fantaseert maar wat,' zegt mijn moeder. 'Natuurlijk is dat kind geen dochter van Danny.'

'Het zou wel kunnen,' zegt Rose-May. Ze zet de dvd stil en tuurt ingespannen naar Destiny's gezicht. 'Kijk, ze heeft hetzelfde haar, dezelfde jukbeenderen, zelfs dezelfde houding.' Rose-May kijkt me aan. 'Ken jij dat meisje, Sunset?'

'Ja. En ze is papa's dochter, dat weet ik zeker.'

'Is dat zo, Danny?' vraagt Deb.

'Hoe moet ik dat weten?' vraagt mijn vader.

'Het kán niet,' zegt mijn moeder. 'Haar moeder liegt. Ik wed dat ze dat kind geen DNA-test wil laten doen.'

'Rustig nou, Suzy. Laten we even goed nadenken over wat we hier hebben. Dit kan fantástisch zijn,' zegt Rose-May. 'We hebben Danny, en we hebben Danny's verloren gewaande dochter, die de volste, krachtigste stem blijkt te hebben die ik ooit uit de mond van een kind heb horen komen...'

'We kunnen het verhaal onthullen bij *Mijn vader is be-*

*roemd (en ik straks ook)*,' zegt Deb. 'Moet je eens nagaan hoeveel mensen daarnaar gaan kijken... en de roddelbladen zullen elkaar verdringen om erover te publiceren.'

'Ik weet zeker dat *Hi!* geïnteresseerd zou zijn,' zegt Rose-May.

'Nee!' zegt mijn moeder.

Maar mijn vader luistert aandachtig. 'Wat doet dit voor mijn image?' vraagt hij aan Rose-May. 'Zal het geen slechte indruk maken, dat ik een onwettige dochter heb die ik al die jaren heb genegeerd?'

'Nee, nee, we kunnen er een mooi verhaal omheen maken, dat je dolblij bent dat je eindelijk je dochter hebt gevonden. We zullen er de nadruk op leggen dat je een liefhebbende huisvader bent en dat je dit nieuwe kind van harte in je leven verwelkomt. Daar kunnen we eindeloos op voortborduren. Weet je, Danny, ik zie er een eigen realitysoap voor je in zitten – dit verhaal heeft echt álles.'

'En ze kan prachtig zingen,' zegt Deb. Ze draait zich naar me om en geeft me een knuffel. 'Sunset, je hebt mijn hele dag goedgemaakt.'

Mijn moeder zit nog steeds haar hoofd te schudden. 'Nee, ik kan dit niet acccepteren. Ik sta niet toe dat dit vreemde kind – of haar afschuwelijke moeder – zich in ons leven dringt. Wat gaat er nog meer gebeuren in dat verhaal van jou, Rose-May? Wordt Danny Kilman soms herenigd met zijn oude liefde?'

Ze barst in tranen uit. Mijn vader pakt haar hand.

'Suzy, jíj bent mijn oude liefde... en mijn ware liefde, nu. Ik weet dat ik me belachelijk heb misdragen, en dat spijt me heel erg. Dat met Lizzi was maar een bevlieging. Ik had er bijna meteen spijt van. We zijn niet meer bij elkaar. Ik wil terugkomen bij jou en de kinderen... Alsjeblieft, lieveling,' zegt hij, en zijn stem breekt.

Hij neemt mijn moeder in zijn armen. Even probeert ze hem nog weg te duwen, maar dan snikt ze het uit op zijn schouder. Mijn vader kijkt Rose-May aan en knipoogt.

'Nou, dan hebben we toch nog een programma,' zegt Deb. 'Sunset, hoe krijgen we Destiny te pakken?'

# HOOFDSTUK 13
# Destiny

'Dag, schat,' zegt mijn moeder, en ze geeft me een kus.

Ik mompel gedag en kruip weer onder mijn berendekbed. Het is zomervakantie. Ik hoef voorlopig niet meer vroeg op te staan. Ik kan heerlijk blijven liggen luieren. Ik ben zo blij. Met mijn moeder is het goed, ze gaat niet dood. Ze heeft nu haar medicijnen. Ze is nog steeds broodmager en een beetje hyper, maar in het ziekenhuis hebben ze beloofd dat ze snel weer de oude zal zijn. Ik wou dat ze niet zo vroeg op hoefde om te gaan schoonmaken, maar ze beweert bij hoog en bij laag dat ze het niet erg vindt. Vanuit de universiteit gaat ze meteen door naar haar eerste oude dametje, maar later in de ochtend komt ze misschien tussendoor even naar huis, hoewel ik haar heb gezegd dat ik me prima red.

Jack komt ook nog even langs. Hij zegt dat hij me een achterwaartse salto gaat leren. Eigenlijk kan ik die al, maar dat ga ik hem niet vertellen. Ik vind Jack hartstikke aardig, op een puur vriendschappelijke manier. Ik denk dat ik ook een brief ga schrijven naar Sunset. Eigenlijk is zij aan de beurt om mij te schrijven, maar ik denk dat ze nog moet verwerken dat Danny hen in de steek heeft gelaten. Ik wil dolgraag horen wat ze van mijn zingen vindt.

Ik lig op mijn rug en zing zachtjes 'Destiny' voor mezelf. Ik hoor het applaus in mijn hoofd, steeds harder en harder.

'Willen jullie een toegift? Oké!' zeg ik, en ik zing het van voren af aan, nu zo hard als ik kan.

'Destiny?'

O, jee, mijn moeder is terug! Ik houd snel mijn mond en slik. Ik voel me een ontzettende idioot.

'Wat is er, mam? Ben je iets vergeten?'

Ik kom overeind. Mijn moeder ziet er heel vreemd uit. Ze klampt zich vast aan het voeteneind van het bed, alsof ze bang is om te vallen.

'Voel je je niet lekker? Ga gauw zitten. O, mam, moet ik de dokter bellen?' ratel ik, terwijl ik uit bed spring.

'Nee, ik voel me prima, meer dan prima. O, mijn god, Destiny, ik kan het niet geloven!' zegt ze, terwijl ze zich naast me op het bed laat zakken. 'Ik ben halverwege de straat en daar komt een Mercedes voorbij, een enorme zilveren slee, en ik sta me net af te vragen waarom iemand in hemelsnaam met zo'n auto door onze buurt zou gaan rijden, als hij vlak voor ons huis blijft staan. Ik ren als een gek terug, en daar stapt een chauffeur uit, in een chic uniform. En ik denk: allemachtig, wat krijgen we nou? En hij kijkt me aan en hij zegt: "Bent u mevrouw Williams?"'

'Wát? Mam, je verzint dit toch niet, hè?'

'Nee, nee, ik zweer het je. Kijk maar door het raam, dan

zul je het zien! En hij gaf me deze brief, hier, lees maar. Maar je moet wel opschieten, want je moet je wassen en aankleden, en dan moeten we ervandoor. Hoewel hij zegt dat we ons niet hoeven te haasten...'

'Mam? Ik begrijp er niks van.'

Mijn moeder gooit een envelop naar me toe. Mijn naam staat erop: DESTINY. Ik scheur hem open. Er zitten twee brieven in. De ene is van Sunset.

*Lieve Destiny,*
*Dit is je GROTE KANS. Er komt een programma op tv, Mijn vader is beroemd (en ik straks ook). Het gaat over de kinderen van beroemdheden, en die vrouw, Deb, hoopte dat mijn zusje Sweetie een beetje zou kunnen zingen, net als papa, maar die arme Sweetie: haar tand viel eruit en ze raakte helemaal overstuur. Toen wilden ze dat ik het zou proberen, maar ik kan voor geen meter zingen, dus toen liet ik ze jouw dvd zien, en ze STONDEN VERSTELD. Nu willen ze een heel tv-programma doen met jou en papa, en ik hoop zó dat je 'ja' zegt. Ik kan niet wachten om je te zien als je komt.*
*Liefs van je superopgewonden zus Sunset xxx*

Ik knipper even met mijn ogen en lees dan de tweede brief.

*Beste Destiny en mevrouw Williams,*
*Ik ben Deb Wilmott van Playtime Productions UK. Ik ga een tv-serie produceren, die Mijn vader is beroemd*

*(en ik straks ook) gaat heten. Ik heb op dvd je geweldige optreden gezien, Destiny, en ik denk dat we een fantastisch programma kunnen maken met jou en je nieuw gevonden vader, Danny Kilman. We hebben geen telefoonnummer of e-mailadres van je, dus ik ben zo vrij geweest een auto naar je toe te sturen, in de hoop dat je naar Danny's huis in Robin Hill zult willen komen. Daar zullen we filmen dat jullie elkaar ontmoeten, en dan, als alles goed gaat, nemen we jullie mee naar de studio's om een paar liedjes op te nemen. Bel alsjeblieft naar het nummer onder aan deze brief om me te laten weten of we jullie beiden kunnen verwachten.*
*Vriendelijke groet,*
*Deb Wilmott*

Mijn moeder leest de brief langzaam door. Haar vinger wijst de woorden een voor een aan en haar lippen bewegen geluidloos. 'Ik kan het niet geloven!' mompelt ze steeds.

'Ik ook niet!' zeg ik. 'O, mam, o, mam, o, mam!'

'Dit is je kans om je vader te ontmoeten!'

'Dit is mijn kans om te zíngen!' zeg ik, en ik spring op en neer op mijn bed. 'O, Sunset, ik hou van je. Je bent de beste zus van de hele wereld!'

'Schiet op dan, schatje. Die arme chauffeur heeft geen zin om uren te wachten. De kinderen uit de buurt jatten de wielen onder zijn auto vandaan, met hem erin. Ga je maar gauw wassen... en ik denk dat ik die Deb zal moeten bellen. O, jee, het zal wel een chique tante zijn.'

'Ik bel haar wel, mam. Kom, geef me je mobiel maar.'

Ik toets de cijfers in, voor ik niet meer durf. Ik hoor de telefoon overgaan en dan een stem die zegt: 'Hallo, met Deb.'

O, jee, ze is écht superchic.

'Hallo,' mompel ik.

'Hallo, met wie spreek ik?'

'Met... met Destiny.'

'O, práchtig! Ik wist niet hoe ik je te pakken moest krijgen, en ik moet je spreken... nu meteen, eigenlijk. Ben jij dat meisje dat op Sunsets dvd staat – dat magere grietje in de zwarte kleren, met de enorme stem?'

'Dat ben ik.'

'Zing eens één regel door de telefoon.'

'Nu?'

'Lukt dat?'

'Oké. *You are my Destiny*.'

'Yes! Je bent het echt. Kun je nu meteen komen, samen met je moeder?'

'Ik denk het wel. Hoewel ze het wel tegen de mensen op haar werk zal moeten zeggen.'

'We hebben je waarschijnlijk een paar dagen nodig, dus neem je logeerspullen mee, liefje. Ik regel een hotelkamer voor jullie... Tenzij jullie bij Danny gaan logeren, natuurlijk.'

Ik denk aan Suzy. Ik verwacht niet dat dat ooit zal gebeuren.

'Krijg ik Sunset te zien?' vraag ik hoopvol.

'Natuurlijk, schat. We willen je filmen met de hele familie.'

'En, Deb, ik weet dat je wilt dat ik "Destiny" ga zingen...'

'Ja, in een duet met Danny. Ik wil jullie aan weerskanten van het podium laten beginnen, dan naar elkaar toe laten lopen en het laatste refrein laten zingen terwijl jullie elkaar aankijken. Dat wordt echt geweldig.'

'Wil je dat ik ook een solo zing?'

'Ja, zeker.'

'Mag dat dan een van Sunsets liedjes zijn? Er is er een, "Mijn zwarte kleren". Ik ken de woorden al, maar Sunset zal me de melodie moeten leren. Dat komt wel goed, ik leer heel snel.'

'Dat geloof ik direct, schat. Goed, dat doen we. Het zal juist nog iets extra's toevoegen: twee getalenteerde kinderen van een beroemde vader, één zangeres en één liedjesschrijfster. Het wordt steeds beter.'

'Nou, dan kan ik me maar beter klaarmaken om weg te gaan.'

'Zo is het, Destiny. Ik zie je dan over een uur of vier, hooguit vijf. Tot straks!'

Mijn moeder geeft me een knuffel als ik ophang. 'O, lieverd, je klonk zo rustig, alsof je dit soort dingen dagelijks meemaakt! Ik ben zo trots op je, schat. O, wauw!'

'Luister, mam, bel jij Louella om te vragen of ze voor jou kan invallen bij de oude mensen? Je gaat toch met me mee, hè?'

'Als je denkt dat ik me dit laat ontgaan, ben je niet goed

wijs! O, Destiny, schat, dit is de gelukkigste dag van mijn leven,' gilt mijn moeder, en dan gaat ze bellen.

Ik spring snel onder de douche en trek mijn leukste kleren aan – de nieuwe zwarte spulletjes met de zwarte nethandschoentjes en mijn prachtige leren jack. Mijn moeder stopt nog wat spullen in een tas terwijl ze Louella het grote nieuws vertelt.

We lopen de voordeur uit, doodsbang dat de Mercedes een hallucinatie blijkt te zijn en is verdwenen... maar daar staat hij, pal voor onze neus. De chauffeur knikt, glimlacht en springt uit zijn auto om ons te helpen instappen. Alsof we Lády Kate en haar dochter Destiny zijn.

'Naar Londen dan maar?' zegt hij.

'Ja, direct,' zeg ik. 'Maar kunnen we misschien eerst nog even de buurt in rijden? Ik moet iemand vertellen dat ik een paar dagen weg ben.'

Hij verheugt zich er duidelijk niet op om nog dichter bij de sombere flats in de buurt te komen, maar hij antwoordt beleefd: 'Zegt u maar waar ik moet stoppen, mevrouw.'

Mevrouw! Mijn moeder schiet nerveus in de lach, maar ik weet mijn gezicht in de plooi te houden. Ik wijs hem de weg naar de flat waar Jack woont.

'Hier is het. Ik ben zo terug.'

Ik spring uit de auto, vlieg de trap op en ren de galerij door naar Jacks flat. Ik klop op de deur en kijk over de reling naar de Mercedes. Er staat al een aardige menigte omheen.

Een van Jacks oudere broers komt in zijn trui en trainingsbroek naar de deur. Hij neemt me van top tot teen op en ik begin me een beetje zorgen te maken. Dan schreeuwt hij over zijn schouder: 'Hé, Jack, je vriendinnetje is er.'

Ik bloos, en als Jack naar de deur komt, is hij ook vuurrood, hoewel hij zijn best doet om heel gewoon te doen. Hij heeft een spijkerbroek en T-shirt aan, maar hij is op zijn blote voeten en zijn haar staat alle kanten op. Hij is duidelijk nog maar net uit bed.

'Hoi, Destiny! Jij bent vroeg! Ik dacht dat ik vandaag naar jou toe zou komen.'

'Ja, dat is ook zo, maar ik kom even zeggen dat ik zo naar Londen ga.'

'Dat had je me nog niet eerder verteld.'

'Ik wist het ook niet eerder!'

'Wat ga je in Londen doen dan? Heb je daar vrienden?'

'Eigenlijk meer... familie. En raad eens, Jack? Ik kom op tv!'

'Wát? Dat is zeker een grapje, hè?'

'Het is waar. Kijk maar naar beneden, dan zul je het zien!'

Jack kijkt... en zijn mond valt open. 'Dat is een Mercedes! Wat doet die hier?'

'Het is míjn Mercedes,' zeg ik. 'Zie je wel, mijn moeder zit erin.'

Ik zwaai wild, en mijn moeder en de chauffeur zwaaien terug.

'Wie is die man dan? De nieuwe vriend van je moeder?'

'Nee, het is de chauffeur. Die vrouw van de tv heeft hem

gestuurd om me op te halen. Ik ga zingen in een programma, *Mijn vader is beroemd (en ik straks ook!)*. Is het niet fantastisch?'

'Ja,' zegt Jack, een beetje beduusd.

'Nou, wens me dan maar succes, hè?'

'Oké. Maar... maar je komt toch wel terug? Je blijft toch niet in Londen?'

'Een paar dagen maar. Als ik terug ben, kom ik je alles vertellen, oké?'

'Oké. Maar als je een tv-ster wordt, wil je misschien geen vrienden meer zijn.'

'Doe niet zo raar. Ik blijf altijd vrienden met jou, Jack,' zeg ik.

Dan bloos ik weer en hij ook.

Ik hol terug langs de galerij en ren de trap af. Als ik instap, leunt Jack over de reling en schreeuwt: 'Succes, Destiny!' en ik zwaai naar hem. Dan, tot mijn grote vreugde, gaat er een andere deur in de flat open en Angel kijkt naar buiten. Ze staart met haar mond in een grappige 'O' naar beneden. Ik zwaai ook naar haar, spring in de auto en weg zijn we.

'Knijp me eens in mijn arm, Destiny. Ik heb het gevoel dat ik droom,' fluistert mijn moeder.

'Dat gevoel heb ik ook,' zeg ik, terwijl ik haar een heel zacht kneepje geef.

De auto verdwijnt niet. Het gebeurt echt. Ik denk aan de laatste keer dat we naar het zuiden zijn gereisd. Dit is allemaal zo anders. De chauffeur heet Jim en hij kletst tegen ons alsof we vrienden zijn.

'Hoe is die Deb, Jim? Ken je haar? Denk je dat ze echt een tv-programma over mijn Destiny gaat maken?' vraagt mijn moeder.

'Ze heeft vast hoge verwachtingen van haar, dat ze deze auto heeft geregeld... Ik ben niet goedkoop!' zegt Jim, lachend. 'Wat ga je doen op tv, Destiny?'

'Ik ga zingen.'

'O, geweldig. Nou, wat dacht je ervan om iets voor ons te zingen in de auto? Dat zou nog eens leuk zijn,' zegt Jim.

Dus ik zing 'Destiny', en als ik klaar ben, juicht Jim enthousiast.

'Je hebt zo'n mooie stem, ik krijg er de kriebels van in mijn nek,' zegt hij. 'Kom, doe er nog eens een!'

Ik zing dus een hele medley van liedjes van Danny Kilman, en mijn moeder en Jim doen mee: mijn moeder zingt het refrein en Jim maakt jankende gitaargeluiden.

'Ik ben altijd een fan van Danny Kilman geweest,' zegt hij.

'Destiny is... familie van Danny,' zegt mijn moeder trots. 'Hij komt ook in dat programma.'

'Mijn hemel! Jij wordt vast ook beroemd, Destiny. Ik ga tegen al mijn andere klanten opscheppen dat ik jou bij me in de auto heb gehad,' zegt Jim.

Ik zou graag de hele rit blijven zingen, maar mijn moeder vindt dat ik beter kan stoppen.

'Je moet je stem sparen, schat. Je wilt niet schor zijn als je Deb Wilmott ontmoet.'

Ik begin nu een beetje zenuwachtig te worden. Als we bij een wegrestaurant iets gaan eten, krijg ik bijna geen hap door mijn keel. Stel je voor dat het misgaat! Stel je voor dat die Deb me niet aardig vindt! Stel je voor dat ik het liedje verknal! Stel je voor dat Danny één blik op me werpt en zegt: 'Nee, jij bent echt mijn dochter niet.' Hoe gaan we elkaar trouwens ontmoeten? Ik dacht dat hij ervandoor was met die Lizzi.

'Denk je dat hij deze keer het hek voor ons opendoet?' fluister ik tegen mijn moeder.

'Nou, ik laat je niet weer over die muur klimmen... Dan gaat je leren jack eraan!' zegt mijn moeder. 'Maak je geen zorgen, schat. Ik weet zeker dat het deze keer goed gaat.'

Als we ten slotte de grote weg af rijden naar Robin Hill, zet Jim de auto stil en begint te praten door zijn mobieltje.

'We staan voor aan de weg,' zegt hij. 'Hoe wil je dit doen? Moet ik helemaal doorrijden tot het hek?' Hij luistert en knikt dan. 'Oké, oké, ik zal het tegen ze zeggen,' zegt hij en verbreekt de verbinding.

'Ze denken dat het een mooier effect geeft als jullie lopend naar het huis gaan. Ze willen filmen dat je Danny ontmoet. We wachten hier, dan komt de geluidsman jullie een microfoontje omhangen.'

'O, help!' zegt mijn moeder. 'Mij ook? Nee toch zeker?'

Ze grabbelt in haar tas naar haar make-up en doet bij mij ook snel wat poeder op mijn neus. We zien de tv-mensen aankomen. Mijn moeder knijpt in mijn hand.

'Is dit niet spannend, schat? Kijk, je eigen cameraploeg! Je bent nu al beroemd!'

'Het gaat toch niets bederven, hè, mam? We blijven toch gewoon onszelf hè, wij tweeën?'

‘Natuurlijk blijven we onszelf, malle meid. O, ik ben zo trots op je. Kom, laten we maar uitstappen.’

Er is een cameraman en een geluidsman en een meisje in een spijkerbroek met gaten dat Deb zelf blijkt te zijn. Ze geeft mijn moeder en mij een zoen op beide wangen, alsof ze ons al ons hele leven kent.

‘Dit is fantastisch!’ zegt ze. ‘We willen filmen dat je Danny voor het eerst ontmoet, oké? Dus jullie lopen met z’n tweeën naar het hek, en Destiny, jij zegt iets door de intercom – gewoon je naam, dat is genoeg. Dan gaat het hek open, en dan lopen jullie samen de oprit op naar de voordeur. Niet naar de camera kijken, gewoon heel natuurlijk doen, oké?’

Het voelt helemaal niet natuurlijk om een microfoon op mijn T-shirt te hebben en een cameraman achterstevoren voor me uit te zien lopen, maar mijn moeder pakt mijn hand en we lopen samen de weg af naar het hek. Daar blijven we staan en we kijken elkaar aan.

‘Toe maar,’ zegt mijn moeder.

Ik haal diep adem en druk op de knop van de intercom. ‘Ik ben het, Destiny.’ Mijn stem trilt van de zenuwen.

Het hek zwaait langzaam open en we lopen de oprit op. We komen de hoek om, de deur staat open en daar staat Danny naar ons te glimlachen. Mijn moeder slaakt een kreetje en duwt me naar voren. Ik loop met trillende benen naar hem toe, en hij strekt zijn armen naar me uit en trekt me tegen zich aan.

‘Hallo, schatje. Ik ben Danny. Ik ben je vader.’

Ik hoor mijn moeder achter me snikken. Ik weet hoeveel dit voor haar betekent. Mijn ogen zijn droog, maar ik knipper hevig, alsof ik mijn tranen moet inhouden. Ik klamp me aan deze vreemde man vast, tot Deb dolenthousiast 'Cut!' roept.

'Jij klein wonder. Dat was ongelofelijk! In één keer goed!' zegt ze.

Ik schuif voorzichtig langs Danny naar binnen. Daar staat Suzy nors in de hal, met Sweetie aan haar hand en Ace op haar heup. En daar is mijn zus Sunset, bijna een tweelingzus in haar zwarte kleren. We staren elkaar aan, giechelen verlegen en pakken elkaars handen vast, zo stijf alsof we elkaar nooit meer willen loslaten.

## Lees ook van Jacqueline Wilson:

# De ster van het hotel

Elsa woont met haar moeder, stiefvader, halfbroer en halfzus in één hotelkamer. Wonen in een hotel lijkt leuk, maar als dat gebeurt omdat je ouders geen ander huis kunnen betalen en het hotel ook nog eens vies en oud is, is de lol er snel af. Toch maakt Elsa de hele dag grappen. Haar plan is zelfs om ooit beroemd te worden als grappenmaakster.

Als Elsa op een dag thuiskomt, staat er een televisieploeg in de hal. Elsa ziet dit als haar grote kans om door te breken, maar de tv-mensen zijn alleen maar geïnteresseerd in slechte verhalen over het hotel. De eigenaar van het hotel is woedend en dreigt Elsa en haar familie op straat te zetten. Die nacht krijgt Elsa onverwacht de kans om de hele situatie te redden...

ISBN 978 90 261 2669 7

# ALTIJD PRIJS!

Lola – Lolly voor vrienden – verdeelt haar tijd tussen twee huizen. Door de week woont ze bij haar moeder en Steve, samen met haar halfbroertje. In het weekend is ze bij Charlie, haar vader, en helpt ze mee in zijn eetcafé. Maar dan kondigt Lola's moeder aan dat zij zes maanden in Australië gaan wonen vanwege Steve's nieuwe baan. Lola moet een onmogelijke keuze maken.

Ze besluit bij haar vader te blijven, maar mist haar moeder erg. Charlies café loopt slechter en slechter. Toch doet hij zijn uiterste best er iets leuks van te maken. Hij maakt elke dag boterhammen met patat en hij neemt Lola mee naar de kermis. Dan gaat het café failliet en moeten Charlie en Lola een nieuw huis zoeken. Lola weet zeker dat Charlie en zij een oplossing vinden. Misschien kunnen hun nieuwe vrienden op de kermis helpen?

ISBN 978 90 261 2748 9